DIANA PALMER

Noelle

Editado por HARLEQUIN IBÉRICA, S.A.
Núñez de Balboa, 56
28001 Madrid

NOELLE, Nº 124 - 1.11.11
Título original: Noelle
Publicada originalmente por HQN™ Books
Traducido por Sonia Figueroa Martínez

I.S.B.N.: 978-84-9000-912-3

En recuerdo de Ryan Patton Hendricks, cuya luz sigue brillando con fuerza en los corazones de todos los que le quisieron.

PRÓLOGO

La calle era ancha y polvorienta... y Terrell, aquella pequeña localidad situada en el territorio de Nuevo México, era un hervidero de actividad a última hora de la tarde; aun así, casi todos los carromatos y las calesas se habían detenido para poder observar la confrontación que estaba produciéndose frente al edificio de adobe del juzgado, donde el juez territorial acababa de fallar en contra de un grupo de pequeños granjeros.

–¡Nos has vendido! –le gritó un vaquero enfurecido a un hombre alto y de aspecto distinguido que vestía un traje oscuro–. ¡Ese hijo de Satán británico y codicioso va a echarnos a patadas de nuestras propias tierras gracias a ti!, ¿qué vamos a hacer cuando llegue el invierno y no tengamos dónde vivir ni comida para nuestros hijos? ¿Adónde vamos a ir, si acabas de quitarnos nuestras tierras? Hughes ni siquiera las necesita, ¡ya es el propietario de medio condado!

Jared Dunn, el hombre alto y elegante al que se encaraba, se limitó a mirarle inmóvil, sin parpadear apenas y con los ojos ligeramente entornados. El brillo acerado que se reflejaba en su mirada era una advertencia clara, pero el vaquero estaba demasiado fuera de sí como para darse cuenta de que estaba pisando terreno peligroso.

–Ha sido un juicio justo, vosotros teníais vuestros propios abogados –su dicción era refinada, pero contenía un deje apenas perceptible.

–¡No son como tú, don abogado de altos vuelos de Nueva York! –la actitud del vaquero, que llevaba una pistola al cinto, cada vez era más amenazante.

Era mucha la gente que iba armada en 1902, pero fuera de las ciudades, porque en la mayoría de ellas ya había reglamentaciones contra las armas de fuego; aun así, aquella pequeña localidad seguía casi igual que en los años ochenta del siglo anterior, y la ley empezaba a instaurarse poco a poco. Aquello no era un estado, sino un territorio.

A Jared Dunn no le había tomado por sorpresa el hecho de que el vaquero que estaba encarándose con él estuviera armado. El sheriff de aquella localidad era un tipo menudo que no había conseguido aquel puesto por su dureza, sino por su personalidad afable, así que estaba claro que no iba a recibir ninguna ayuda de él; de hecho, se había esfumado como por arte de magia cuando el vaquero había empezado a proferir amenazas en medio de la calle.

Al ver que el vaquero bajaba la mano hasta dejarla a escasa distancia de la empuñadura de la pistola, Jared le advirtió con voz clara y firme:

–No lo hagas.

–¿Por qué?, no me digas que a un abogaducho finolis como tú le dan miedo las pistolas –le espetó el tipo, en un tono de voz ligeramente burlón–. ¿Es que los señoritos de ciudad no sabéis disparar?

Jared se desabrochó poco a poco su elegante chaqueta hecha a medida; la echó hacia atrás sin apartar los ojos de su contrincante, y dejó al descubierto la desgastada cartuchera de cuero que le rodeaba las estrechas caderas, y en la que llevaba enfundado un revólver... un Colt del calibre 45, que tenía una empuñadura negra e igual de desgastada que la cartuchera.

La forma en que llevaba el arma habría sido advertencia suficiente para cualquiera, pero, por si fuera poco, el fluido y natural movimiento con el que se había echado hacia atrás la chaqueta hablaba por sí solo. Permaneció inmóvil y con porte elegante, aparentemente relajado, y con la mirada fija en el vaquero.

–Déjalo ya, Ed –dijo uno de los amigos del tipo–. Por mucho que nos cueste aceptarlo, no podemos pegarle un tiro a un abogado. Encontraremos otras tierras, y esta vez nos aseguraremos de que las escrituras del que nos las vende sean válidas.

–¡Maldita sea...! ¡Esa tierra es mía, y no voy a renunciar a ella sólo porque un ricachón le haya pagado a un abogado para que me la quite! –se agachó ligeramente, y encorvó la mano alrededor de la pistola–. Desenfunda o muere, forastero.

–Como en los viejos tiempos –murmuró Jared para sí mismo. Sus ojos azules se entornaron mientras permanecían fijos en su contrincante, y esbozó una sonrisa gélida.

–¡Desenfunda! –vociferó Ed. Al ver que no reaccionaba, que se limitaba a permanecer inmóvil, añadió–: ¡Cobarde!

Jared se mantuvo firme, a la espera. Sabía por experiencia propia que quien ganaba aquella clase de duelos no era el más rápido, sino el que se tomaba su tiempo y apuntaba con precisión.

El vaquero atacó de repente. Consiguió desenfundar e incluso llegó a disparar una vez, pero para entonces la bala de Jared ya le había agujereado el brazo con el que sujetaba el revólver. El impacto provocó que el tipo moviera los dedos con brusquedad, y su arma se disparó mientras caía al polvoriento suelo gritando de dolor.

Aquel disparo al azar alcanzó a Jared en la pierna, justo por encima de la rótula, pero él no gritó ni se desplomó. Permaneció con la mirada fija en su adversario, que seguía gimoteando en el suelo, y se acercó poco a poco a él. Se detuvo al llegar a su lado, con la pistola humeante empuñada con firmeza y un brillo acerado en sus ojos azules que escalofrió a los que estaban presenciando la escena, y dijo sin el menor atisbo de compasión:

–¿Has acabado ya, o quieres volver a intentarlo?

Tenía el dedo índice en el gatillo y la pistola apuntando a su contrincante; era obvio que, si el tipo intentaba agarrar el arma que tenía en el suelo junto a su brazo indemne, le descerrajaría otro tiro sin vacilar ni un instante.

El vaquero contempló macilento a aquel hombre que había resultado ser la muerte vestida con traje elegante, y alcanzó a decir en un susurro ronco:

–Oye, ¿te conozco de algo?

–Lo dudo.

–Sí, claro que... que te conozco... –el fuerte dolor le estremeció, pero siguió diciendo–: Te vi en... en Dodge. Yo estaba en Dodge City a principios de los ochenta, y un pistolero de Texas se cargó a otro... ni siquiera le vi mover la mano, me tomó por sorpresa, igual que ahora... –estaba cada vez más débil por la pérdida de sangre, y le costaba permanecer consciente.

Algunos de los presentes habían ido en busca de un médico para que los atendiera, y justo entonces, un hombre de ojos oscuros que iba pertrechado con un maletín se abrió paso entre el gentío; cuando vio al uno con la pierna herida y al otro con el brazo ensangrentado, le espetó a Jared:

–Estamos en 1902, y se supone que a estas alturas ya somos civilizados. ¡Guarde esa condenada pistola! –al verle enfundar con fluidez, supo que estaba ante un experto en el manejo de las armas, pero no se dejó amilanar–. Le ha destrozado el brazo, ¿verdad?

Después de examinar al vaquero y de indicarles a dos de los acompañantes de éste que lo llevaran a su consulta, se volvió de nuevo hacia Jared, que estaba vendándose la herida de la pierna con un pañuelo blanco que no tardó en teñirse de rojo, y comentó:

–Usted también puede venir. Creía que era abogado.

–Lo soy.

–Pues a juzgar por cómo maneja esa arma, no lo parece. ¿Puede caminar?

–Sólo me han pegado un tiro, no estoy muerto –le contestó Jared, con voz cortante. Su mirada seguía siendo gélida–. No es la primera vez que me disparan.

–Es abogado, así que no me extraña.

–Vaya, supongo que usted es anarquista.

Después de indicarles a los amigos del vaquero, que estaban de lo más apocados, que hicieran lo que les había ordenado y llevaran al tipo a la consulta, el médico contestó:

–No, no lo soy, pero opino que el mundo no debería estar en manos de un puñado de hombres.

–Aunque le cueste creerlo, yo opino lo mismo –un buen samaritano se ofreció a echarle una mano, pero él prefirió ir a la consulta sin ayuda de nadie y siguió al médico y al vaquero herido sin mirar a izquierda ni a derecha.

Le hizo gracia que los amigos de su víctima le lanzaran miradas llenas de nerviosismo mientras se apresuraban a refugiarse en la sala de espera, porque era una reacción que se había vuelto muy familiar a lo largo de los años. Cuando se había marchado de Texas para ejercer la abogacía en Nueva York diez años atrás, había creído que los días de frío acero y plomo humeante habían quedado atrás para siempre, pero la mayoría de casos en los que trabajaba le llevaban de vuelta al oeste. A pesar de que la frontera estaba cerrada, muchos tipos se habían criado en los tiempos sin ley, y seguían pensando que las disputas había que solucionarlas a punta de pistola.

Era consciente de que había tiroteos incluso en lugares civilizados como Fort Worth, ya que leía al respecto en el periódico local que su abuela le mandaba a Nueva York; al parecer, en Fort Worth había entrado en vigor una ley contra el uso de armas de fuego, pero eran muy pocos los que la respetaban a pesar de la considerable fuerza policial que había en aquella ciudad.

El sheriff de Terrell quería ser reelegido, y como era consciente de que las ordenanzas para el control de las armas eran muy impopulares, no las apoyaba. En Texas no se habría tolerado a un agente de la ley como aquél.

Jared se sentó en una silla mientras el médico asistía al vaquero herido con la ayuda de un tipo más joven que debía de ser su ayudante, y mientras esperaba se olvidó de su herida y se dedicó a pensar en el caso en el que estaba trabajando. De joven había aprendido a hacer caso omiso del dolor, y esa lección le fue de perlas en ese momento, a los treinta y seis años.

Le habían hecho creer que el terrateniente era la víctima, y no se había enterado de la verdad hasta que el caso había concluido. Estaba obligado a guardarle lealtad a su cliente, y había analizado las escrituras lo bastante a fondo como para saber que aquellos humildes rancheros no tenían ningún derecho real sobre las tierras, pero eso no había contribuido a que se sintiera mejor cuando el juez había dictaminado que debían abandonar los hogares donde habían estado viviendo durante cinco años, donde habían plantado sus cosechas y habían criado sus rebaños sin que el ausente dueño de las tierras supiera que estaban allí.

A ojos de la ley, el derecho de propiedad por ocupación no era válido, y el hecho de que le hubieran comprado las tierras, sin asesoramiento legal, a un especulador sin escrúpulos que se había esfumado hacía tiempo, era inconsecuente.

–Le he dicho que venga, que voy a echarle una ojeada a esa pierna.

La voz cargada de impaciencia del médico le arrancó de

sus pensamientos, y al alzar la mirada vio que estaban los dos solos; después de que le vendaran el brazo, el vaquero herido se había ido con la ayuda del asistente del médico a la sala de espera, y ya estaba en compañía de sus amigos.

Cuando Jared subió a la mesa de exploración, el médico le cortó el pantalón y, después de examinar la herida con atención, le puso antiséptico y hurgó en ella con un instrumento largo. Cuando encontró la bala empezó a extraerla, pero al alzar la mirada para ver si estaba haciéndole daño, se sorprendió al ver que parecía tan tranquilo como si estuviera leyendo el periódico.

–Es un tipo duro, ¿verdad? –murmuró, después de extraer la bala y de dejarla en un plato metálico.

–Me crié en una época sin ley –le contestó con calma.

–Yo también –le aplicó más antiséptico, y empezó a vendarle la herida–. El disparo le ha causado bastantes daños. No tiene huesos rotos, pero hay unos cuantos ligamentos desgarrados. Intente mantener la pierna en alto todo lo posible, y vaya a ver a su médico cuando llegue a casa. No creo que queden secuelas permanentes, pero le costará andar durante un par de semanas. No se quite el vendaje hasta que su propio médico le eche un vistazo. Tendrá algo de fiebre, que él compruebe si hay infección cuando regrese a Nueva York. Existe riesgo de gangrena.

–Estaré atento.

–Siento haberle destrozado los pantalones.

–No se preocupe, en toda guerra hay pérdidas –fijó la mirada en el rostro del médico antes de añadir–: Yo me encargo de pagar las dos cuentas... la mía, y la del hombre al que he herido. Estaría dispuesto a plantarle cara a Hughes y a sanear a fondo todo este asunto, me mintió y me hizo creer que la ocupación de las tierras había sido reciente.

–¿No sabía que esos hombres llevaban cinco años viviendo allí?

–No, me he enterado hoy.

El médico lo miró sorprendido, y soltó un pequeño silbido entre dientes.

Después de bajar de la mesa, Jared se sacó unos billetes de la cartera y se los dio antes de decir:

–Si vuelve a ver al hombre al que he herido, dígale que tiene posibilidades de ganar un pleito contra el hombre que le vendió las tierras. Nadie se esfuma por completo, seguro que se le puede seguir la pista. Conozco a un tipo que trabajaba para la agencia de detectives Pinkerton y que vive en Chicago, se llama Matt Davis –se sacó un lápiz y una libretita del bolsillo, y anotó el nombre y la dirección–. Es un buen hombre, y le encanta luchar por causas nobles. He trabajado a menudo con él durante los últimos diez años.

El médico aceptó la hoja de papel antes de contestar.

–Ed Barkley le estará agradecido. No es un mal hombre, pero estuvo viviendo en la frontera durante años antes de casarse e intentar echar raíces. Se gastó hasta el último penique que tenía en esas tierras, y acaba de perderlo todo –se encogió de hombros, y esbozó una pequeña sonrisa–. En los viejos tiempos se habría hecho justicia en un abrir y cerrar de ojos, al margen de que estuviera bien o mal. Cuesta trabajo mantener una actitud civilizada.

–Y que lo diga.

Se dirigió hacia su hotel después de salir de la consulta del médico, sin haberse quitado la cartuchera en ningún momento, pero se detuvo al ver que el sheriff se le acercaba.

–Me parece que deberíamos hablar sobre el enfrentamiento... –le dijo el tipo, tras un ligero carraspeo.

La herida de la pierna le dolía y estaba furioso porque aquel tipo ni siquiera había intentado cumplir con su deber, así que volvió a echar la chaqueta hacia atrás con actitud desafiante y gélida, y le contestó con voz cortante:

–Claro, vamos a hablarlo.

A diferencia de Ed Barkley, el sheriff sabía lo que implicaban tanto la colocación baja e inclinada de la cartuchera como el desgaste de la empuñadura del arma, así que volvió a carraspear y soltó una risita llena de nerviosismo antes de murmurar:

–Está claro que ha sido defensa propia, no hay duda. Es una lástima que estos tipos no sepan controlar su mal genio... ha sido un juicio justo. Eh... ¿se marcha ya de la ciudad?

–Sí –Jared lo miró con frialdad antes de añadir–: Hoy podría haber muerto alguien. Le eligieron para que protegiera a la gente de esta ciudad, y ha huido como un perro cobarde. He estado en sitios de Texas donde le habrían tiroteado en medio de la calle por lo que ha hecho hoy.

–¡Estaba ocupado con otros asuntos cuando ha pasado todo! Usted es un tipo de ciudad, ¿qué va a saber del trabajo de un representante de la ley?

Jared esbozó una sonrisa casi imperceptible, pero sus ojos relampagueaban.

–Más de lo que usted tendrá tiempo de aprender en su vida –sin más, volvió a cubrir la pistola con la chaqueta y siguió andando hacia el hotel; a pesar de que su cojera se acentuaba con cada paso que daba, su aspecto seguía siendo amenazador.

Hizo las maletas en cuanto llegó al hotel y, después de pagar la cuenta, tomó el primer tren que pasó con rumbo a San Luis, donde iba a tomar otro que le llevaría a Nueva York.

Mientras el tren se alejaba de la pequeña ciudad, fueron muchos los curiosos que lo siguieron con la mirada, y dos niños comentaron entusiasmados lo emocionante que había sido presenciar un duelo de verdad.

CAPÍTULO 1

–¡Mierda!

El exabrupto resonó en el elegante despacho y Alistair Brooks, el socio principal del bufete de abogados Brooks y Dunn, alzó la mirada del informe que estaba escribiendo a mano en su escritorio de roble y preguntó:

–¿Qué pasa?

Jared Dunn lanzó con un floreo de su larga y bronceada mano la carta que acababa de recibir de su abuela desde Fort Worth, en Texas, y masculló en voz baja:

–Mierda –permaneció sentado tras su escritorio, contemplando ceñudo la carta. Las gafas que se ponía para leer descansaban sobre su recta y elegante nariz, sobre ojos que podían abarcar toda una gama de tonalidades azuladas... desde el azul cielo hasta un gris plomo.

–¿Es un caso? –le preguntó Brooks.

–No, una carta de casa –hizo una pequeña mueca, y se reclinó en la silla con las piernas cruzadas.

Tendía a apoyarse un poco más en la derecha, porque la herida de bala que había recibido en Terrell aún estaba bastante reciente y seguía doliéndole; después de someterle a un concienzudo examen, su propio médico había vuelto a vendársela y le había aconsejado que procurara no tocársela hasta que curara del todo. La fiebre se le había ido en los pocos días que llevaba en Nueva York, y el dolor y la debilidad que sentía por culpa de la herida no se reflejaban en ningún momento en las firmes líneas de su delgado rostro.

–¿De Texas? –le preguntó Brooks.

–Sí, de Texas –no podía llamarlo su «hogar» exactamente, aunque a veces sentía que sí que lo era. Volvió la silla giratoria para mirar a su socio, que estaba en el extremo opuesto del elegante despacho de suelo de madera, muebles de roble y largas ventanas por las que entraba la luz a través de finas cortinas, y añadió–: He estado pensando en mudarme, Alistair. Seguro que Parkins estaría dispuesto a ocupar mi puesto en el bufete en caso de que me vaya, tiene conocimientos sólidos de derecho penal; además, lleva bastante tiempo ejerciendo, y se ha ganado una reputación admirable en el mundillo jurídico.

Brooks dejó sobre el escritorio la pluma con la que estaba escribiendo, y soltó un profundo suspiro antes de decir:

–El caso de las tierras de Nuevo México te ha deprimido, ¿verdad?

–No es sólo eso, es que estoy cansado –se pasó la mano por el pelo. Lo tenía negro y ondulado, con pequeños toques plateados en las sienes, y las presiones de su profesión habían cincelado nuevas líneas en su rostro–. Estoy cansado de trabajar en el lado equivocado de la justicia –al ver que Brooks enarcaba las cejas en un gesto de desaprobación, añadió–: No me entiendas mal, por favor. Me encanta practicar la abogacía, pero he dejado sin casa a familias que deberían tener derechos sobre tierras en las que han estado trabajando durante cinco años, y me siento asqueado. Da la impresión de que paso más tiempo trabajando por dinero que por conseguir que se haga justicia, y no me gusta. Ahora me incomodan casos que me habrían satisfecho cuando era más joven y ambicioso, estoy desilusionado con mi vida.

–Da la impresión de que vas a disolver nuestra sociedad, Jared.

–Sí, es justo lo que estoy haciendo. Estos diez años que llevo practicando la abogacía han sido muy positivos, te agradezco el empujón que le diste a mi carrera y la oportunidad de trabajar en Nueva York, pero quiero darle un giro a mi vida.

–Me parece que esta súbita decisión está más relacionada con la carta que acabas de leer que con el caso de Nuevo México.

–La verdad es que tienes razón. Mi abuela ha acogido en casa a una prima pobretona de mi hermanastro Andrew.

–La familia vive en Fort Worth y tú los mantienes, ¿verdad?

–Sí. Mi abuela es la única pariente con vida de mi difunta madre, y para mí es muy importante. En cuanto a Andrew... –soltó una carcajada fría y carente de humor, y admitió–: Andrew es pariente mío, por mucho que me disguste su comportamiento.

–Aún es muy joven.

–Tiene una opinión exagerada de su propia importancia porque participó en la Guerra de Filipinas. Fanfarronea y se las da de machito para impresionar a las damas, y gasta dinero a manos llenas –su voz reflejaba una profunda irritación–. Ha estado comprándole sombreros a la nueva inquilina con el dinero que le mando a mi abuela para los gastos de la casa, y creo que fue él quien tuvo la idea de ofrecerle que se fuera a vivir allí.

–Y no te parece bien.

–Me gustaría saber a quién estoy pagándole los gastos, y a lo mejor necesito reconectar con mis propias raíces. Hace mucho que no vivo en Texas, pero creo que tengo morriña.

–¿Quién, tú? Increíble.

–Empezó cuando me encargué del caso de Beaumont,

aquél en el que representé a los Culhane en el juicio por el yacimiento petrolífero. Se me había olvidado lo que era estar entre texanos... eran de la zona del oeste de Texas, de El Paso. De joven pasé un tiempo en la frontera. Mi madre vivió en Fort Worth con mi padrastro hasta que ambos murieron, y tanto mi abuela como Andrew están viviendo allí. Siento predilección por el oeste de Texas, pero...

–Texas es Texas.

–Exacto –admitió, sonriente.

Alistair Brooks pasó una mano por la lustrosa madera de su silla, y comentó:

–Valoraré la posibilidad de pedirle a Ned Parkins que te reemplace si tienes que irte, aunque la verdad es que eres irremplazable –esbozó una pequeña sonrisa, y añadió–: He conocido a pocas personas de personalidad realmente pintoresca a lo largo de los años.

–Sería mucho menos pintoresco si la gente se comportara de forma más civilizada en los tribunales.

–Aun así, a los jueces de Nueva York les resulta fascinante el aura de misterio que te rodea, y eso suele darnos cierta ventaja en los juicios.

–Seguro que encuentras a alguien adecuado, y tú mismo eres un abogado excelente.

–Al igual que tú –Brooks suspiró con pesar antes de decir–: Haz tus planes, y avísame cuando sepas cuándo te vas a ir. Intentaré allanarte el camino todo lo que pueda.

–Has sido un buen amigo y un buen socio, echaré de menos el bufete.

Jared recordó aquellas palabras una semana después mientras viajaba en el vagón de pasajeros de un tren con destino al oeste y contemplaba el lento paso de la pradera, mientras oía los rítmicos bufidos de la máquina de vapor y veía pasar flotando el humo y las cenizas, mientras el traqueteo de las ruedas de metal sonaba como una serenata.

–Qué tierra tan baldía –le dijo una señora de acento británico al hombre que estaba sentado junto a ella.

–Sí, pero no siempre será así. En cuestión de un par de años se habrán levantado grandes ciudades por esta zona, tal y como ha pasado en el este del país.

–¿Hay pieles rojas por aquí?

–Hoy en día, todos los indios viven en reservas –le contestó el hombre–. Menos mal, porque los kiowa y los comanches solían atacar a los asentamientos en los sesenta y los setenta, y hubo personas que sufrieron muertes terribles. Y además de los indios, también estaban las rutas de conducción de reses, y las ciudades ganaderas como Dodge City y Ellsworth...

La voz del hombre quedó relegada a un segundo plano mientras Jared se sumía en sus propios pensamientos y reflexionaba sobre la década de los ochenta del siglo XIX, que había sido una época crucial para el Oeste.

En otoño de 1881 se había producido en Tombstone, Arizona, el tiroteo entre los Earp y los Clanton, y la noticia del enfrentamiento había aparecido en los titulares de los periódicos de todo el país; en las grandes llanuras y en Arizona se habían producido los últimos ataques de represalia tras la debacle de Custer en Montana en el año 76; las tribus indias del oeste habían perdido su libertad, y Gerónimo había intentado lograr la independencia y había acabado siendo capturado por el general Crook en Arizona; la conducción de grandes manadas de ganado había terminado debido al devastador invierno del 86, que había acabado con la mitad de las reses y había estado a punto de destruir por completo la ganadería.

En 1890 habían ocurrido de forma simultánea la terrible masacre de mujeres y niños indios en Wounded Knee y el cierre de la frontera. Las viejas ciudades ganaderas ya no existían, y se habían desvanecido de la faz de la Tierra los pistoleros, los sheriffs de la frontera, los grupos de indios en pie de guerra dispuestos a arrancar cabelleras, y la inacabable persecución que la caballería llevaba a cabo contra los indios que intentaban mantener sus antiguas costumbres.

Jared se recordó para sus adentros que la civilización era algo positivo, que se estaba progresando para que una nueva generación de norteamericanos disfrutara de una vida más simple, fácil y sana. Los programas sociales para el embellecimiento de las ciudades, el bienestar público y la defensa de los derechos tanto de los niños como de las mujeres iban ganando fuerza incluso en las poblaciones más pequeñas. La gente estaba intentando labrarse una vida mejor, y eso era preferible a los viejos tiempos sin ley.

Pero a pesar de todo, había algo primario y salvaje en lo más profundo del hombre trajeado, algo que vibraba al recordar el olor de la pólvora, aquel intenso olor acre que escocía en los ojos cuando uno se enfrentaba a un adversario y veía cómo la gente se apartaba a toda prisa. En aquel entonces él no era más que un muchacho al final de la adolescencia, un chico sin padre deseoso de enfrentarse a quien fuera con tal de demostrar que valía tanto como los que eran hijos de padres casados.

Era consciente de que su madre no había tenido la culpa de que un tipo al que ni siquiera había alcanzado a verle el rostro la atacara una oscura noche en Dodge City, Kansas; al fin y al cabo, había hecho lo correcto... no se había deshecho de él, le había criado y le había dado todo su amor siempre, incluso cuando se había casado con un hombre de negocios de Fort Worth (aunque por culpa de aquel matrimonio él se había visto obligado a cargar con un hermanastro que nunca le había caído bien).

Su madre había muerto intentando salvarle de la vida temeraria en la que se había hundido. En su lecho de muerte, cuando había ido a visitarla a Fort Worth antes de que falleciera a causa del brote de cólera que había acabado también con su amado esposo, ella le había tomado la mano con fuerza y le había rogado que se fuera a estudiar al Este.

Le había dicho que la pequeña suma de dinero que había ahorrado trabajando de costurera y vendiendo huevos le bastaría para poder iniciar los estudios, que él podría buscarse un empleo para costearse lo demás, y le había pedido que le prometiera que iba a hacerlo; según ella, quería tener la esperanza de que él podía llegar a alcanzar la salvación divina, porque estaba convencida de que acabaría condenado al infierno si seguía por aquel camino de violencia.

Él había cumplido sus deseos al pie de la letra; después del entierro, había dejado a su hermanastro al cuidado de su abuela, y se había ido a vivir al Este. Había conseguido una beca gracias a su mente aguda y analítica, y después de graduarse con honores en la Facultad de Derecho de Harvard, un compañero de la universidad le había ayudado a conseguir trabajo en el prominente bufete de los dos Alistair Brooks, padre e hijo.

En los diez años que habían pasado desde su graduación había estado centrado con gran éxito en el derecho penal, por el que sentía predilección, pero junto al éxito también habían llegado los problemas, y su hermanastro había sido el causante de casi todos ellos. Andrew había sido un adolescente muy rebelde, y había sido su pobre abuela la que había tenido que aguantarle.

Él le había ayudado a alistarse en el ejército justo antes de que estallara la Guerra Hispano-Norteamericana, y Andrew había descubierto en las Filipinas que había algo que se le daba de maravilla: exagerar. Se consideraba un verdadero héroe de guerra, e interpretaba el papel a la perfección.

La arrogancia y la fanfarronería de su hermanastro eran las máximas responsables de que él hubiera permanecido en

Nueva York, ya que había ido a casa en contadas ocasiones porque no le soportaba; a su modo de ver, el día en que su madre se había casado con Daniel Paige y el hijo de éste había pasado a formar parte de su familia había sido realmente aciago.

Su pasado era algo de lo que Andrew no tenía ni idea. La abuela Dunn nunca hablaba del tema, y tampoco de la verdad sobre cómo había sido concebido. Ésa era una vida que había quedado relegada al pasado mucho tiempo atrás, en Kansas, y no tenía incidencia alguna en la vida que él se había forjado por sí mismo. Para la gente de Fort Worth no era más que un abogado de Nueva York que no hacía nada más peligroso que alzar una pluma para rellenar documentos.

Había tenido algún contratiempo esporádico con descontentos que no estaban conformes con la resolución de algún caso, pero, por suerte, ninguno de esos altercados había salido publicado en la prensa. Los periodistas solían sentirse intimidados por él, y la mayoría de sus adversarios eran reacios a admitir que habían sido lo bastante idiotas como para amenazarle con una pistola.

Desde que había colgado las armas en los ochenta sólo había tenido un puñado de incidentes sin importancia. Su puntería seguía siendo impecable y practicaba con el arma lo suficiente como para mantener los reflejos en forma, pero no había matado a nadie en los últimos años.

Entornó los ojos al recordar aquella vida pasada y violenta, lo insensato e irreflexivo que había sido. Estaba convencido de que a su madre le había preocupado muchísimo su temeridad, aquel lado oscuro de su personalidad que había ido acrecentándose hasta alcanzar proporciones desmesuradas antes de que ella muriera. Seguro que, al igual que él, ella se había preguntado en más de una ocasión quién era el hombre que la había forzado, pero en Dodge City no había nadie que se pareciera a él lo bastante como para pensar que pudiera haber algún parentesco. Era posible que su padre hubiera sido un vaquero borracho que estaba de paso en la ciudad, o un soldado que acababa de regresar de la guerra. Era algo que carecía de importancia, pero en el fondo le habría gustado saber la verdad.

Siguió sumido en sus pensamientos mientras su mirada permanecía fija en las verdes llanuras a través de la ventanilla del tren. Estaba preocupado por lo de la mujer que estaba viviendo con su familia. Él se encargaba de pagar los gastos de su abuela y de Andrew, así que, antes de endosarle aquella carga extra, lo políticamente correcto habría sido que le consultaran al menos si estaba dispuesto a alimentar otra boca más. No tenía ninguna información sobre ella, y ni siquiera estaba seguro de hasta qué punto la conocían ellos; al parecer, había sido Andrew quien había tenido la idea de mandar a buscarla.

Era prima lejana de su hermanastro, pero con él no tenía ningún parentesco. Su abuela le había enviado una carta explicándole la situación, y la recordaba al pie de la letra:

... Andrew cree que estará mucho mejor con nosotros que en Galveston, sobre todo teniendo en cuenta los terribles recuerdos que la muchacha tiene de ese lugar. No desea regresar allí por nada del mundo, pero su tío está presionándola para que se vaya a vivir con él; al parecer, la ciudad ya está reconstruida, y él vuelve a tener trabajo. La tragedia sucedió hace año y medio, pero a la pobre le da pánico volver a vivir tan cerca del mar, y me temo que la insistencia de su tío ha sacado a la luz recuerdos que la aterran...

Aquellas palabras de su abuela le habían llamado la atención, y se preguntaba a qué se debía el miedo de aquella mujer por volver a Galveston. A lo mejor había sido una de las supervivientes de la terrible inundación que había devastado aquella zona en septiembre de 1900. Unas cinco mil personas habían muerto aquella mañana, en cuestión de cinco minutos, cuando el océano se había tragado por entero aquella pequeña población.

En ese momento recordó que su abuela le había contado en una de sus cartas que Andrew había viajado a la costa de Texas recientemente, y empezó a atar cabos. Seguro que la supuesta prima lejana no era más que una nueva novia que lo tenía embobado, y de ser así, él no pensaba mantenerla mientras su hermanastro se dedicaba a cortejarla. Estaba dispuesto a echarla de casa, y cuanto antes.

Intentó imaginársela mientras el tren atravesaba las extensas praderas; conociendo a Andrew, seguro que era guapa, experimentada, y toda una experta a la hora de conseguir lo que quería. Probablemente tenía el corazón como un trozo de carbón, y ojos capaces de contar un fajo de billetes a distancia; cuanto más pensaba en ella, más enfadado se sentía. Le parecía incomprensible que su abuela hubiera permitido algo así, a lo mejor estaba un poco senil. Era una mujer menuda y de carácter fuerte que nunca había sido dada a comportarse con insensatez, seguro que Andrew la había engañado... pero a él no iba a poder tomarle el pelo.

El tren llegó a la estación cuando ya había anochecido. Jared bajó al andén con el equipaje de mano, y lo dispuso todo para que a la mañana siguiente le llevaran a casa el resto de sus cosas. Logró encontrar un carruaje de alquiler a pesar de lo tarde que era y le dio al cochero la dirección de su enorme casa victoriana, que estaba situada en la calle principal.

Cuando bajó del vehículo y estuvo ante la casa, sintió el peso de su edad. No había enviado un telegrama para avisar de su llegada, porque había pensado que sería mejor darles una sorpresa.

Andaba con una marcada cojera, ya que el largo viaje

desde Nueva York había sometido a su pierna herida a un esfuerzo considerable. Su pelo negro y ondulado estaba cubierto con un sombrero hongo ligeramente ladeado, el traje azul marino que llevaba estaba impecable pero salpicado con el polvo del viaje, y lo mismo podía decirse de sus botas negras de cuero hechas a mano. Cualquiera que le hubiera visto avanzar en ese momento por el caminito bordeado de flores que conducía hasta el porche, habría pensado que era la viva estampa de un elegante caballero de ciudad.

A pesar de la oscuridad, pudo darse cuenta de que la imponente casa estaba en buenas condiciones. La luz que salía de las largas y altas ventanas aportaba un aire acogedor e iluminaba el porche, en el que además de un balancín y un sofá había dos hamacas con sus respectivos cojines. Él no había vivido nunca en aquella casa, pero había ido de visita en alguna que otra ocasión después de comprarla para su abuela. Los cojines tenían unos amplios volantes de encaje blanco y le parecieron una buena elección, ya que le conferían a la casa una elegancia sutil que encajaba a la perfección con el delicado trabajo de ebanistería que decoraba los aleros del edificio.

Se detuvo para abrir la puerta mosquitera y llamar con la aldaba, que tenía forma de cabeza de león, y al cabo de unos segundos oyó voces procedentes del interior de la casa.

–Ella, por favor, ¿puedes ir a abrir? ¡Ella! ¡Oh, por el amor de Dios...! ¿Dónde está la señora Pate?

–No se preocupe, señora Dunn, ya voy yo.

–Ni pensarlo, Noelle. No es correcto...

La suave voz de su abuela se acalló cuando sus instrucciones cayeron en saco roto, y Jared alcanzó a vislumbrar una densa cabellera de pelo caoba sujeta con descuido antes de que se abriera la puerta; al ver el hermoso rostro ovalado de ojos verdes y espesas pestañas que lo miraba con expresión interrogante, sus propios ojos se entrecerraron con suspicacia, y recorrió a la mujer con la mirada de arriba abajo. Llevaba una sencilla blusa blanca con un cuello alto de encaje, y una falda oscura que le llegaba a los tobillos.

–¿Qué desea? –le preguntó ella.

Su voz era amable, pero tenía un marcado acento de la zona rural del sur de Texas y dejaba entrever cierta beligerancia que le puso en guardia de inmediato. Se quitó el sombrero por pura cortesía, y se apoyó un poco más en el bastón antes de contestar con voz gélida:

–Me gustaría ver a la señora Dunn.

–Es demasiado tarde para recibir visitas, tendrá que regresar en otro momento.

–Me parece muy arrogante para ser una criada, señorita.

Ella se sonrojó antes de decir:

–No soy una criada, sino un miembro de la familia.

–¡Y un cuerno! –sus ojos habían adquirido un brillo acerado, implacable... peligroso.

La mujer quedó desconcertada tanto por aquellos ojos como por el exabrupto, que contrastaba de pleno con el tono suave de su profunda voz masculina. Ningún caballero usaría semejante lenguaje en presencia de una dama.

–Mire, señor, no sé quién es, pero... –empezó a decir con altivez.

–Andrew debería haberla informado de mi identidad, sobre todo teniendo en cuenta que soy yo quien paga los gastos de esta casa. ¿Dónde está mi abuela?

Fue entonces cuando Noelle se dio cuenta de con quién estaba hablando. Andrew había mencionado a su hermanastro, por supuesto, pero no le había dicho que era el mismísimo Satán vestido con traje. Era muy guapo a pesar de las canas que le salpicaban las sienes, y era alto e intimidante; además, sus ojos eran como puro acero azul, y su rostro parecía muy severo. Se apresuró a abrirle la puerta, y le dijo a la defensiva:

–No me ha entregado su tarjeta de presentación.

–Estoy en mi propia casa, así que no me ha parecido que fuera necesario –le espetó él, con irritación. Le dolía la pierna, y estaba agotado por el viaje.

–Cielos, está lisiado –soltó ella sin pensar, al ver el bastón y las líneas de tensión que le rodeaban la boca.

–La delicadeza de su comentario me ha dejado sin palabras –comentó, con un sarcasmo cortante.

Noelle se ruborizó de nuevo, pero en gran parte por enojo contenido. Aquel tipo era tan alto, que tenía que alzar mucho la mirada para poder verle la cara, y en ese momento decidió que no le caía nada bien y que había sido una tonta por sentir pena por él. Seguro que se había lastimado la pierna al patear a pobres perritos indefensos...

–La señora Dunn está en la sala de estar –le espetó, antes de cerrar con un sonoro portazo.

–Mi equipaje de mano está fuera.

–Pues que entre por sí solo –lo dejó allí plantado, y fue hacia la sala de estar.

Jared la contempló atónito por un momento, y entonces se apresuró a seguirla; ¡para ser una pariente pobre, aquella mujer era de lo más altiva!

–¡Jared! –la anciana menuda que estaba en el sofá sonrió encantada al verle, y alzó el rostro para que la besara en la mejilla–. ¡Qué sorpresa tan maravillosa! ¿Estás de paso, o piensas quedarte una temporada?

–He regresado a casa para quedarme, decidí que necesitaba cambiar de aires –mantuvo la mirada fija en la desconocida mientras contestaba a su abuela, y notó cómo cambiaba la expresión de aquellos ojos verdes al oír su respuesta.

–Me alegra muchísimo que estés aquí, y seguro que a Andrew también. Esta semana está fuera por asuntos de negocios, trabaja como agente de ventas de una fábrica de ladrillos de la zona y ha estado encargándose de captar clientes en

Galveston; de hecho, fue allí donde encontró a nuestra encantadora Noelle.

Jared miró de nuevo a la desconocida y se dio cuenta de que era más joven de lo que había pensado en un principio. Daba la impresión de que aún era una adolescente.

–Noelle, te presento a mi nieto Jared. Ella es Noelle Brown, querido. Es prima de Andrew.

Tras contemplar en silencio a la joven durante un largo momento, Jared le preguntó:

–¿Cómo descubrió Andrew que son parientes?

–Un conocido mutuo lo comentó –Noelle entrelazó las manos con fuerza a la altura de la cintura.

–Pues debía de ser un conocido muy observador, teniendo en cuenta que Andrew y usted no se parecen en nada. Él es rubio, y tiene los ojos oscuros.

–La madre de Andrew tenía el pelo caoba, y cuando él comentó que su familia materna procedía de Galveston, un conocido le habló de la existencia de Noelle y de la difícil situación por la que estaba pasando –apostilló su abuela.

–Entiendo.

–¿Qué es lo que te ha pasado, querido? –le preguntó, mientras le indicaba con un gesto el bastón.

–Tuve un pequeño accidente.

–¿Eso es todo? Es un verdadero alivio saber que no se golpeó la pierna contra un poste –comentó Noelle, en un tono de lo más almibarado.

Él ladeó la cabeza, y le lanzó una mirada penetrante.

–Ya veo que es muy directa, señorita Brown.

–No he tenido más remedio que aprender a serlo. Tenía cuatro hermanos, y ninguno de ellos se andaba con miramientos conmigo por el hecho de que fuera una chica.

–No espere que yo me ande con miramientos por el hecho de que sea tan joven –su tono de voz suave rezumaba peligro.

Ella lanzó una breve mirada hacia sus sienes plateadas antes de contestar:

–Pues yo no voy a hacer concesiones por su edad.

–¿Mi edad?

–Sí, está claro que es bastante viejo.

Jared se tragó una respuesta cortante, y se dijo que era comprensible que pudiera parecer mayor a ojos de una adolescente. Se volvió de nuevo hacia su abuela, y le preguntó en un tono de voz diametralmente opuesto al que había usado con Noelle:

–¿Cómo estás?

–Muy bien, teniendo en cuenta mi edad. Y tú tienes muy buen aspecto, querido –le dijo ella, con una sonrisa llena de calidez.

–Me ha sentado bien vivir en Nueva York.

–Yo diría que sólo hasta cierto punto, mira cómo tienes la pierna.

–Esto pasó en Nuevo México, abuela. Fue un accidente.

–¿Te caíste de un caballo? –fue la primera posibilidad que se le ocurrió a la anciana.

A juzgar por la mirada de Noelle, estaba claro que pensaba que un tipo tan trajeado, un abogado que vivía en una enorme ciudad del Este, no debía de tener ni idea de montar a caballo, así que Jared se limitó a contestar con vaguedad:

–Los caballos son peligrosos –le hacía gracia la mala opinión que la joven parecía tener de él; de hecho, en aquellos ojos verdes podía leer con claridad que pensaba que era un pusilánime, un bobo, un vago, un petimetre...

Cuando sus miradas se encontraron, ella carraspeó como si acabara de decirle a la cara lo que pensaba de él, y le preguntó:

–¿Le apetece tomar algo, señor... eh... señor Dunn?

–Me vendría bien un café, el viaje me ha dejado exhausto –soltó un sonoro bostezo para reforzar la imagen de insulso caballero de ciudad.

Noelle dio media vuelta, y contuvo a duras penas las ganas de echarse a reír mientras salía a toda prisa de la sala y se dirigía hacia la cocina. Si aquél era el formidable hermanastro de Andrew, no había peligro de que la echaran de momento; al principio le había parecido ver algo inquietante en aquellos ojos acerados, en su actitud y su postura, pero seguro que habían sido imaginaciones suyas.

Después de que Noelle cerrara la puerta y sus pasos se alejaran por el pasillo, la señora Dunn miró a su nieto y le dijo:

–Venga, explícame lo que pasó.

–Tuve una discusión con un vaquero armado en una pequeña población llamada Terrell –le contestó, mientras se sentaba enfrente de ella–. Mi disparo le rompió el brazo, pero una bala perdida me alcanzó en la pierna. Aún me duele un poco, pero estaré como nuevo en un par de semanas; por suerte, él también va a recuperarse sin problemas, y a lo mejor se lo piensa mejor antes de desenfundar contra alguien de ahora en adelante.

–Es increíble que aún haya duelos a estas alturas, cuando ya estamos en un mundo civilizado. Esto es lo que Edith quería evitar, lo que la llevó a rogarte que te marcharas a estudiar al Este.

–He tenido muy pocos enfrentamientos en los últimos tiempos –comentó, mientras dejaba el bastón a un lado–. Aún quedan lugares salvajes y tipos que desenfundan antes de buscar a un agente de la ley, y la verdad es que los ánimos pueden llegar a caldearse mucho en la sala de un juzgado.

–Supongo que por eso decidiste dedicarte a la abogacía, es un trabajo peligroso –le espetó, con tono cortante.

–Sí, puede llegar a serlo –admitió, sonriente–. Voy a abrir un bufete aquí, en Fort Worth. No me apetece seguir ejerciendo en Nueva York.

Los ojos azules de su abuela, tan parecidos a los suyos, se suavizaron de inmediato.

–¿Lo dices en serio, Jared? Sería maravilloso tenerte siempre en casa.

–Yo también te he echado de menos.

–Aquí no hay nadie que esté al tanto de tu pasado. Nunca se lo he contado a nadie, y mucho menos a Andrew, pero los enfrentamientos que sigues teniendo... ¿qué pasa si alguno de tus adversarios viene a la ciudad?

Él soltó una pequeña carcajada antes de contestar.

–No pasaría nada, abuela. Los tiroteos han quedado en el pasado, ahora sólo hay alguno que otro en tabernas o durante robos. Dudo que algún joven pistolero venga a retarme, eso sólo pasaría en un folletín.

–No me lo recuerdes –murmuró, al recordar que su nieto había aparecido en una de aquellas publicaciones; el hecho de que le hubieran dibujado en la portada armado con seis pistolas era una ridiculez, porque siempre había llevado una única arma, incluso en su época de joven y temerario pistolero.

–Soy un abogado respetable.

–Eres incorregible, y ninguno de nosotros es tan respetable como queremos aparentar. Yo trabajaba en una taberna cuando tu madre se quedó embarazada de ti, y ahora pertenezco a la Sociedad Benevolente de Mujeres, al Grupo contra el Alcoholismo, al Círculo de Costura, y al grupo de plegaria. No sé cómo me miraría la gente si mi pasado saliera a la luz.

–Igual que ahora pero con más fascinación, picarona.

Ella se echó a reír antes de decir:

–Lo dudo. Qué duras son las lecciones que se aprenden en la juventud, Jared. Todas nuestras indiscreciones nos persiguen como sombras cuando nos hacemos mayores.

Él contempló compasivo aquel rostro cansado y surcado de líneas. La vida de su abuela había sido mucho más dura que la suya, pero él también acarreaba sus propias cicatrices; a pesar de que jamás había matado a alguien sin un motivo de peso, la violencia del pasado regresaba a veces en sus sueños con gran detalle, y tenía que levantarse y pasear de un lado a otro de la habitación para mantener a raya las pesadillas.

–Tú tienes tus propios demonios –comentó su abuela, al ver el dolor que relampagueó en sus ojos.

–Cada cual tiene los suyos, ¿no? –soltó un sonoro suspiro, y decidió cambiar de tema–. Anda, cuéntame todo lo que sepas sobre nuestra huésped pelirroja.

–Es muy dulce y servicial. Sabe cocinar, y no le importa trabajar duro.

–No es eso lo que me interesa saber.

–Se siente atraída por Andrew, y viceversa. Quedó prendado de ella desde el momento en que la vio, y en cuanto se enteró de la situación en la que se encontraba, insistió en que se viniera a vivir aquí. La pobre perdió a su familia en la inundación que asoló Galveston en otoño de 1900 y estuvo viviendo en Victoria con un tío bastante mayor, pero a él le ofrecieron un buen empleo en Galveston y la aterraba la idea de regresar allí. No sé, puede que su tío quisiera deshacerse de ella, la cuestión es que Andrew la invitó a que se viniera a vivir con nosotros –colocó mejor uno de los pliegues de su vestido antes de añadir–: Él sabía que a ti no te haría ninguna gracia, pero me dijo que aportaba dinero a la casa y que estaba dispuesto a encargarse de costear los gastos de la muchacha.

–Andrew aporta diez dólares al mes, lo demás se lo gasta en botas nuevas y en emperifollar su carruaje.

–Sí, ya lo sé, pero su padre se portó muy bien con Edith.

–Y contigo, no lo he olvidado. Andrew es la cruz con la que debemos cargar en pago por la bondad de su padre.

–Eso es insensible y cruel, Jared.

–Nunca he sido un hombre sensible –el viejo brillo de rebeldía relampagueó en sus ojos por un instante.

–Te daría la razón si no te conociera tan bien, eres muy sensible y considerado con la gente a la que quieres.

–Sólo he querido a dos personas en toda mi vida: mi madre y tú.

–A lo mejor encuentras algún día a una mujer que te ame y acabas casándote, querido. Deberías formar una familia propia, yo no viviré para siempre.

–Seguro que Andrew vive una eternidad, y yo tendré que cargar con él hasta el día en que me muera –refunfuñó entre dientes.

–El cinismo no te sienta nada bien.

–Pues últimamente lo empleo a menudo –se cruzó de piernas, y empezó a tamborilear con los dedos en la bota que tenía sobre la rodilla–. Cuando empecé a ejercer la abogacía, quería estar del lado de la justicia, pero me di cuenta de que últimamente estaba una y otra vez del lado del dinero. Estoy cansado de ayudar a que los ricos machaquen a los pobres, mi ambición ha ido desvaneciéndose en los últimos meses y lo que quiero es hacer el bien.

–Estoy convencida de que ya lo has hecho; en todo caso, seguro que por aquí hay buenas personas que necesitan un abogado.

–Sí, eso espero. Abuela, ¿crees que Andrew siente algo serio por Noelle?

–¿Quién sabe? Es un muchacho muy voluble, pasó una temporada intentando cortejar a Amanda Doyle... no sé si te acuerdas de su padre, tiene una casa muy grande en la ciudad y tres hijas. Participó en las Guerras Indias, estuvo en el cuerpo de caballería.

–Sí, sé quién es –Jared recordaba vagamente a un hombre mayor de aspecto distinguido. Doyle también se había criado en los tiempos en los que la ley brillaba por su ausencia, pero sus hijas siempre habían estado protegidas y mimadas y su esposa era una dama de la alta sociedad.

–La señorita Doyle rechazó a Andrew, y fue en aquella época cuando él fue a Galveston y encontró a Noelle.

–Y seguro que la encandiló con sus fanfarronerías –masculló con sequedad.

–Hay que admitir que sus supuestas hazañas en la guerra, sumadas a su pelo rubio, su rostro apuesto y su arrogancia, le dan un aire de lo más gallardo.

Jared soltó una carcajada antes de decir:

–Y no te olvides de que es un jovenzuelo, tengo la impresión de que tu huésped me considera un viejo decrépito.

–No te conoce de nada, y tú pareces decidido a reafirmar la impresión equivocada que tiene de ti.

–Déjalo, no tiene importancia. Me parece que no es más que una niñita malhumorada, pero si vino a esta casa creyendo que íbamos a mantenerla durante el resto de su vida, va a llevarse una gran desilusión.

–Ni siquiera me planteé lo que supondría para ti el hecho de que se viniera a vivir con nosotros –admitió, avergonzada.

–No te preocupes, conozco de sobra a Andrew y sé que te coaccionó. Pero no sabemos nada sobre esa muchacha, podría ser cualquiera.

–Andrew me dijo que su padre era un hombre muy conocido, y que se trataba de una familia respetable.

Jared no quería saber nada de aquella joven que ya le irritaba más de la cuenta, pero antes de que pudiera hacer algún comentario, su abuela admitió:

–Además, pensé que a lo mejor la había traído a vivir aquí porque estaba pensando en casarse con ella.

Aquellas palabras no le hicieron ninguna gracia. Soltó una carcajada seca antes de comentar:

–Andrew aún no está listo para sentar cabeza –lo dijo de forma deliberada, e intentó convencerse de que era cierto. Se reclinó en el asiento, y se frotó la pierna herida.

–¿Vas a pedirle a Noelle que se vaya?

–Aún no lo sé, depende de lo que averigüe de ella. Digamos que vamos a tener que aguantar su presencia hasta que tome una decisión –la miró sonriente, y añadió–: ¿Por qué no me cuentas lo de todas esas nuevas organizaciones que han ido surgiendo en Fort Worth, las que mencionabas en tus cartas? Me encantaría saber qué es exactamente el Proyecto para la Mejora Cívica.

CAPÍTULO 2

La primera mañana de Jared en casa estuvo marcada por la lluvia. Se acercó a la ventana del comedor mientras esperaba a que Ella Pate, la señora que ocupaba el puesto de ama de llaves y que se encargaba de cocinar y de hacer la colada, sirviera el desayuno. La elegante casa estaba muy bien cuidada y contaba con todas las comodidades modernas, incluyendo un cuarto de baño enorme con una instalación de agua corriente.

El rosal que había justo al otro lado de la ventana estaba en plena flor, pero él no era consciente ni de las rosas ni de las gotas de lluvia que bajaban por el cristal de la ventana. Tenía los ojos centrados en el pasado, un pasado que había resurgido en su mente por el hecho de estar de nuevo en Fort Worth.

Aquélla no era la casa donde habían vivido su madre y su padrastro, no era el lugar donde había muerto su madre; aun así, estar con su abuela había sacado a la luz dolorosos recuerdos del pasado, y eso era algo que no esperaba.

–Las rosas están preciosas, ¿verdad? –comentó la señora Pate–. El viejo Henry nos las cuida, aunque a la señorita Brown le gusta trabajar en el jardín vestida con un mono de hombre cuando él está descuidado. Esa muchacha tiene buena mano con las plantas.

A Jared no le pasó desapercibida la sequedad de su voz, y no pudo evitar esbozar una sonrisa al imaginar cómo iba a reaccionar una población tan conservadora como aquélla al ver en plena calle a una muchacha vestida con ropa de hombre. Se preguntó qué otras cosas se le daban bien a la joven, pero no dijo ni una palabra. Noelle había estado viviendo en la pobreza, y aún estaba por ver si había decidido mudarse a Fort Worth para intentar mejorar su situación.

Su abuela entró en ese momento al comedor seguida de la joven en cuestión, y sonrió al verle.

–Buenos días, Jared. ¿Has dormido bien?

–Sí, gracias –al ver que Noelle ayudaba a su abuela a sentarse, se preguntó si lo hacía por amabilidad o todo era puro teatro.

–Gracias, querida –dijo su abuela–. El desayuno tiene una pinta deliciosa, Ella.

–Espero que el sabor sea igual de bueno –le contestó la señora Pate, sonriente.

–Pásame tu taza, Jared, ya te sirvo yo.

Al darle la taza a su abuela, su mirada se desvió hacia Noelle, que tenía los ojos fijos en la ventana y parecía sumida en sus pensamientos.

–¿En qué está pensando, señorita Brown?

Ella se sobresaltó un poco, y se volvió hacia él de golpe. Se enfadó consigo misma por reaccionar como una colegiala, y se limitó a espetar:

–Estaba preguntándome si Andrew llegará hoy.

–Dijo que esperaba estar de regreso esta tarde. Se alegrará mucho al verte, Jared –comentó la señora Dunn.

–¿Eso crees? –le echó un poco de leche al café antes de añadir–: No estaba aquí cuando vine de visita la Navidad pasada –le había irritado sobremanera saber que, de no ser por su improvisada visita, su abuela habría pasado las fiestas sola.

–Estaba en Kansas City, visitando a unos amigos –la anciana prefirió no comentar que uno de dichos amigos era una mujer–. Tiene que pasar bastante tiempo fuera por culpa de su trabajo.

Jared tomó un sorbo de café y fue llenando su plato con las bandejas de huevos, salchichas, tomate y panecillos que su abuela fue pasándole. La señora Pate compraba cada semana mantequilla fresca, y había puesto un poco en un platito de porcelana festoneado con motivos florales. También había diversos tipos de conservas, mermeladas y gelatinas que su abuela y el ama de llaves habían hecho en verano y otoño, y él aprovechó para servirse dos cucharadas de la deliciosa mermelada de melocotón por la que tenía predilección.

–Ya pronto tendremos verdura fresca, el huerto está fantástico –comentó su abuela.

–Sí, es verdad –apostilló Noelle, con naturalidad–. He tapado las tomateras, aún son muy jóvenes y no quiero que las estropee una helada repentina.

–Henry me preguntó por qué había tan pocas malas hierbas.

La joven carraspeó un poco, y contuvo las ganas de mencionar que el viejo Henry estaba bebiendo mucho whisky últimamente. Lo había descubierto por casualidad, pero no quería hablar mal de él por miedo a que empeorara aún más la opinión que Jared tenía de ella. La familia entera parecía tenerle mucho apego al jardinero, aunque ella no compartía esa buena opinión, porque era obvio que no cumplía bien con sus obligaciones.

–He tenido un poco de tiempo libre, y...

–La señora Hardy me comentó que te había visto atareada en el jardín vestida con un mono de trabajo, Noelle. Creo que tu comportamiento no le parece digno de una dama.

–Me he criado en el campo, señora Dunn. He hecho de todo, desde ordeñar vacas hasta fregar suelos, y sería absurdo llevar un vestido largo en un suelo embarrado.

–Te entiendo, pero aquí debes ser más discreta. Henry está contratado para encargarse de las plantas.

Jared luchó por contener la risa. Su abuela había sido incorregible a la hora de encargarse del trabajo de los empleados cuando se había mudado a Fort Worth para vivir con su hija y con el esposo de ésta, y le había costado aprender a manejarse en sociedad. A lo mejor estaba intentando evitarle a la joven alguna de las dolorosas lecciones que ella había tenido que aprender.

–Le prometo que lo intentaré, señora Dunn –le contestó Noelle, con tono respetuoso, mientras pensaba para sus adentros que no estaba dispuesta a renunciar ni a la jardinería ni a su mono de trabajo.

Por alguna extraña razón que ni él mismo alcanzó a entender, Jared supo de inmediato que tras aquella aparente aquiescencia se ocultaba una férrea rebeldía.

–Te lo digo por tu propio bien, no quiero que tengas que aprenderlo por las malas –dijo su abuela, con voz suave–. Las murmuraciones y las malas lenguas pueden llegar a ser muy dañinas.

–No estoy acostumbrada a vivir tan a lo grande –comentó la joven.

–¿Esto le parece vivir a lo grande? –le preguntó Jared.

Noelle se sintió dolida por el sarcasmo que se reflejaba en su voz, y empalideció un poco antes de admitir con voz queda:

–Nunca he vivido en una casa con criados, señor Dunn –sacó la servilleta de debajo de los cubiertos al darse cuenta de que todos tenían las suyas en el regazo, y después de colocársela encima de la falda, miró con disimulo a la señora Dunn para ver cómo sujetaba el tenedor de plata.

A Jared le hizo gracia su comportamiento. Estaba dispuesta a aprender buenos modales, pero estaba claro que era demasiado orgullosa para pedirle a alguien que la enseñara.

–¿A qué se dedicaba su padre, señorita Brown?

Ella pinchó un poco de huevo con el tenedor, y se lo comió antes de contestar.

–Era carpintero.

–Al igual que su tío, ¿verdad? ¿Por qué es tan reacia a regresar a Galveston?, ¿le da miedo el agua? La inundación ocurrió hace más de año y medio, y tengo entendido que las autoridades están construyendo un dique marítimo para evitar que vuelva a pasar lo mismo en el futuro.

Galveston, el mar, la inundación, su familia... Noelle creía que los terribles recuerdos ya habían quedado atrás, pero su tío había insistido en regresar allí. Estaba empeñado en ir a vivir a casa de su hermanastro, en ganar dinero trabajando en lo que fuera mientras continuaba la reconstrucción de la ciudad, y a ella le había aterrado la idea de vivir en aquel lugar donde había presenciado escenas tan horribles de muerte, de la muerte de su familia. Recordarlo todo era un tormento, y regresar allí significaría tener que revivir aquel horror cada día de su vida, cada vez que fuera a comprar o a la iglesia.

No había podido contarle a nadie lo que había visto. Incluso Andrew, al que encontraba muy atractivo, se apresuraba a cambiar el rumbo de la conversación en cuanto ella sacaba el tema... resultaba extraño que alguien como él, un verdadero héroe de guerra, pudiera parecer tan aprensivo. Ella seguía sintiendo la necesidad de hablar de ello, porque a pesar del tiempo que había pasado, seguía viendo la imagen de los rostros desfigurados de sus padres...

–¿Señorita Brown? No puede ser que lo de la inundación siga perturbándola después de tanto tiempo, ¿tiene alguna razón oculta para no querer regresar a Galveston?, ¿está metida en algún problema? –al ver que su abuela hacía ademán de intervenir, Jared hizo un gesto con la mano para silenciarla. Miró a Noelle con una expresión penetrante y acerada digna de la sala de un juzgado, e insistió con voz firme–: Contésteme, ¿qué es lo que está ocultando? ¿Por qué prefiere ponerse a merced de un pariente lejano antes que volver a Galveston?

–Da la impresión de que me considera una criminal –le espetó ella, con voz acusadora.

Él se reclinó en su silla, y la contempló en silencio con ojos fríos y calculadores antes de contestar:

–En absoluto. Sólo quiero saber por qué prefiere vivir de mi caridad antes que cuidarle la casa a su tío, que ya es bastante mayor y seguro que va a pasarlo mal sin tenerla a su lado para que le ayude.

Noelle sintió que enrojecía de indignación, y aferró con fuerza la servilleta que tenía en el regazo mientras contenía a duras penas las ganas de lanzarle su vaso de agua. Aquel hombre era un petulante sabelotodo e insufrible, ¿quién se creía que era?

Se puso de pie temblando de furia, y le espetó:

–Mi tío tiene en Galveston a un hermano casado y con seis hijas, así que no van a faltarle cuidados y atenciones. ¡Si tanto le ofende mi presencia en esta casa, si cree que no hago nada para ganarme el sustento, no tengo inconveniente alguno en marcharme! –notó el escozor de las lágrimas en los ojos, y de repente se sintió tan abrumada y angustiada por aquellas acusaciones como por los recuerdos de Galveston. Lanzó la servilleta sobre la mesa, y se alzó un poco la falda mientras huía corriendo hacia el porche trasero.

Hacía mucho que no lloraba, pero Jared la había enfurecido y le había arrebatado el control férreo sobre sus propias emociones que tanto la enorgullecía. Lloró a lágrima viva hasta quedar temblorosa y con las mejillas empapadas, y se aferró a la baranda del porche mientras intentaba contener el líquido que amenazaba con salírsele de la nariz. Se hundió en su propio sufrimiento mientras la fina lluvia le acariciaba el rostro, mientras las gotas golpeteaban en el tejado de zinc.

Acababa de hacerse un flaco favor, porque ya no tenía adónde ir; aun así, no estaba dispuesta a regresar a Galveston por nada del mundo, no podían obligarla...

–Tenga.

Se sobresaltó al ver que una mano firme y bronceada le ofrecía un inmaculado pañuelo blanco de lino, y se lo pasó por la boca, las mejillas y los ojos antes de decir con voz ronca:

–Gracias.

–No estaba enterado de que había perdido a toda su familia en la inundación, mi abuela acaba de decírmelo. Y tampoco sabía que aún sigue tan afectada por la tragedia.

Noelle le lanzó una mirada por encima del pañuelo; al ver que la actitud burlona de antes había desaparecido y había dado paso a una expresión compasiva que la sorprendió, admitió:

–Yo tampoco.

Jared sabía de primera mano lo que era tener malos recuerdos, y comentó con voz suave:

–No he estado nunca en Galveston, pero tuve ocasión de hablar con varias personas que estuvieron allí días después de la inundación. Vio a sus padres cuando todo acabó, ¿verdad? –sólo así se explicaba que la afectara tanto hablar de la inundación. Cuando ella asintió e hizo ademán de dar media vuelta, la agarró con firmeza de los brazos y la instó a que lo mirara.

Noelle se sintió como paralizada ante la mirada intensa y penetrante de aquellos ojos azules. Los tenía tan cerca, que parecieron llenar su mundo entero.

–No se lo quede dentro, cuéntemelo. Cuénteme todo lo que recuerda.

Ella se sintió compelida a contárselo, necesitaba hacerlo. Los recuerdos brotaron sin que pudiera evitarlo de su boca, y fue un alivio enorme poder hablar por fin del tema con alguien dispuesto a escuchar.

–No parecían humanos –susurró. Se sonó la nariz, y se estremeció al recordarlo–. Los cuerpos estaban apilados en una hilera tras otra, y algunos eran tan horribles... –tragó con fuerza antes de poder seguir–. Me sentía muy culpable, porque estaba en Victoria con mi tío cuando pasó todo. Si hubiera estado en casa, hubiera muerto con ellos. Íbamos a comprar al centro todos los sábados, así que seguro que mis padres y mis cuatro hermanos estaban allí cuando sucedió, de improviso, a media mañana. Dicen que una ola gigante cubrió la ciudad entera y barrió con todo lo que encontró a su paso, que seguro que ni tuvieron tiempo de enterarse de lo que pasaba. Más de cinco mil personas murieron en cuestión de minutos, ¡simples minutos! –humedeció el pañuelo con la lluvia, y se lo pasó por la cara mientras intentaba contener las náuseas–. Quedaron tirados por la calle, separados los unos de los otros, pero al menos los encontraron a tiempo de que se pudiera... se pudiera... identificarlos –los ojos se le llenaron de lágrimas al recordar aquella terrible imagen de sus seres queridos, y apretó el pañuelo contra la boca.

Jared frunció ligeramente el ceño al contemplar su rostro lloroso. En su juventud se había familiarizado con la muerte, así que no le afectaba demasiado; de hecho, su madre había fallecido en paz, sujetándole la mano. Pero había oído decir que Galveston había sido una verdadera pesadilla de cadáveres, más de los que un hombre alcanzaría a ver en tiempos de guerra, así que pudo imaginarse lo que podría haber supuesto para una joven sensible ver a toda su familia tirada en la calle. Los cadáveres de los ahogados solían tener un aspecto horrible, y seguro que estaban incluso peor días después, mientras los supervivientes se veían obligados a recoger de las calles los restos en descomposición...

Se metió las manos en los bolsillos, y empezó a juguetear con las monedas sueltas que tenía allí mientras la veía intentar recobrar la compostura. Tenía la sensación de que no era dada a llorar, en especial delante de desconocidos. No la tocó a pesar de que una parte de su ser le impelía a hacerlo, porque él no habría aceptado el consuelo de un desconocido y estaba convencido de que ella tampoco.

Noelle se secó los ojos cuando logró controlar sus emociones. Los tenía enrojecidos, al igual que la nariz y las mejillas.

–La insistencia de mi tío en volver a Galveston resucitó los recuerdos. Estaba convencida de que lo había superado, pero jamás había podido hablar del tema. Creía que con Andrew podría sincerarme, porque participó en la guerra, pero no quiso escucharme; de hecho, tengo la impresión de que empalidecía cada vez que me oía mencionar el tema, pero seguro que fueron imaginaciones mías.

Jared sabía que no habían sido imaginaciones. Andrew no se había enfrentado nunca a la muerte, y era muy impresionable.

–Siga –la instó, con voz suave.

El sonido de la lluvia contra el tejado se intensificó. Noelle suspiró antes de seguir con su relato.

–No tenía a nadie a quien contárselo. Usted me ha acusado de estar huyendo de algo, y tiene razón. Prefiero morir antes que volver a vivir en esa ciudad donde me esperan los recuerdos de todas las caras, aquellas caras desfiguradas –se quedó callada, y dijo con voz ronca–: Discúlpeme.

–No, soy yo quien debe disculparse por las cosas tan crueles que le he dicho. Mi única excusa es que no sabía que su familia entera había muerto en la inundación.

La disculpa la tomó por sorpresa. Alzó la mirada hacia él antes de añadir:

–Mi tío estaba en cama por problemas de espalda cuando sucedió todo. Yo llevaba un par de semanas en Victoria con él, cuidándole y encargándome de la casa, y tenía planeado regresar a Galveston el lunes siguiente. Me sentí muy culpable por no estar junto a mis padres y mis hermanos cuando murieron.

–Fue Dios quien tomó esa decisión.

–¿Qué quiere decir?, ¿que me salvó la vida por alguna razón en concreto? –al verle asentir, le dio vueltas a aquella posibilidad. Sus recuerdos habían estado teñidos de dolor hasta el momento, pero Jared estaba obligándola a enfrentarse a ellos y a tener en cuenta la voluntad divina–. Gracias por escucharme, a la mayoría de la gente no le gusta oír hablar de algo tan terrible –logró esbozar una débil sonrisa, y añadió–: Además, los hombres de ciudad no suelen tener agallas para enfrentarse a cosas desagradables –lo miró ceñuda, y preguntó con timidez–: No le he perturbado demasiado, ¿verdad?

Jared tuvo que contener una carcajada antes de contestar:

–No.

–Me alegro. Gracias por escucharme –no supo cómo interpretar el brillo que vio en sus ojos.

–La vida sigue, y cada uno hace lo que debe.

–¿Ha perdido a algún ser querido?

–Sí, como casi todo el mundo.

A Noelle no le extrañó que se mostrara tan reacio a hablar de sí mismo. Parecía muy reservado y además era abogado, por lo que debía de ser un hombre inteligente. Se sonó la nariz con el pañuelo, y se sintió agotada tras la llorera.

–Ha sido muy amable conmigo. Perdóneme por haberle tratado con tanta hostilidad, es que cuando me ha dicho que vivo de la caridad...

–Demonios, no lo he dicho en serio.

–No está bien maldecir.

–Estoy en mi casa, puedo hacer lo que quiera –le dijo él, con una carcajada; al ver que ella hacía ademán de contestar pero optaba por cerrar la boca de nuevo, añadió–: Mi abuela me ha dicho que trabaja más que de sobra para ganarse el sustento, quédese aquí todo el tiempo que quiera. Le confieso que a mí tampoco me gustaría ir a vivir a Galveston, a pesar de que no perdí a nadie en la inundación.

–Andrew temía que usted no me quisiera aquí, me dijo que seguramente me echaría. Supongo que eso era lo que me esperaba, y por eso reaccioné con hostilidad al verle llegar.

–Mi hermanastro apenas me conoce. Era muy joven cuando me fui, y mis visitas han sido muy esporádicas.

–Andrew se ha portado muy bien conmigo, aunque soy consciente de que me trajo a esta casa sin pedirle permiso a usted; en cuanto se enteró de mi situación, insistió en que viniera –la mirada de sus ojos verdes se suavizó de forma visible–. Es muy gallardo y valiente, dejó muy impresionado a mi tío. Me dijo que podía ganarme el sustento siendo la acompañante de su abuela; además, también he estado ayudándole a él por las tardes con el papeleo y la correspondencia, me ha enseñado a escribir a máquina y a usar el dictáfono.

Aquellas palabras arrojaban una luz de lo más interesante y nada favorecedora sobre la aparente generosidad de su hermanastro. Estaba claro que, al margen de las tareas que realizaba para su abuela, Noelle estaba trabajando como secretaria sin sueldo para Andrew. La joven estaba ganándose con creces su sustento, pero no era Andrew quien pagaba las facturas, sino él.

Frunció el ceño cuando la pierna empezó a resentírsele por culpa de la humedad, y aferró con más fuerza el bastón.

–Lamento los comentarios que hice sobre su problema físico –comentó ella de improviso.

–No se preocupe, no soy susceptible.

–¿Cómo sucedió?

–¿Me creería si le digo que me tiró un caballo? –era reacio a revelar lo que había pasado en realidad.

–Claro que sí. El bastón hace que parezca de lo más distinguido.

–¿Distinguido, o como una antigualla?

–Los trastos viejos son antiguallas, no las personas.

–Qué reconfortante, señorita Brown. Reconfortante de verdad –Jared esbozó una pequeña sonrisa.

Tras un incómodo silencio acentuado por el repiqueteo de la lluvia, cada vez más intensa, sobre el tejado, Noelle comentó:

–Voy a ver si la señora Dunn necesita algo... gracias por todo –añadió, con sinceridad.

–No pensaba echarla de casa sin conocerla siquiera, Andrew se equivocó conmigo. Haría casi cualquier cosa por asegurar el bienestar de mi abuela, así que toda ayuda que usted pueda brindarle me complace.

–Gracias –le dijo, sonriente. Entró en la casa con las emociones a flor de piel, pero sintiéndose más relajada con él.

Más tarde, cuando le contó a la señora Dunn la inesperada compasión que había mostrado su nieto, la anciana se sorprendió y comentó:

–Jared es un hombre duro que no ha tenido una vida fácil, y se rodea con una coraza que nadie ha podido franquear en los últimos años. Me quiere a su manera, pero no le cae bien casi nadie. Puede llegar a ser peligroso y es un adversario temible, sobre todo en la sala de un juzgado.

–Espero no tenerlo nunca en mi contra –dijo Noelle.

La señora Dunn sonrió antes de contestar:

–No te preocupes, querida, seguro que os lleváis bien.

Andrew regresó a casa aquella tarde, y el cochero del carruaje de alquiler se encargó de entrar sus dos bolsas de viaje y su baúl. El rostro de Noelle se iluminó como una vela de Navidad al verle entrar en la sala de estar y estuvo a punto de levantarse de la silla de un salto, pero no pudo ocultar su decepción cuando él se acercó a saludar a su abuela antes que a ella.

Por alguna razón que no alcanzó a entender, a Jared le resultó extrañamente irritante aquella obvia adoración por su hermanastro.

–¡Cuánto me alegra volver a verte, abuela! –exclamó Andrew, antes de abrazar a la anciana–. He estado en Galveston, Victoria y Houston. Te he traído un sombrero parisino que te encantará... es verde, y está decorado con plumas y forrado en piel. Noelle, a ti te he traído un broche de perlas –se calló de golpe al ver a Jared, y añadió–: ¡Jared! Caramba, qué... qué agradable volver a verte.

–Lo mismo digo, Andrew. Tienes buen aspecto –contestó, con una sonrisa gélida.

El buen aspecto de su hermanastro era innegable. En ese momento vestía un traje a la última moda, corbata, zapatos hechos a mano, y bombín. Era tan alto como él, aunque un poco más estilizado, era rubio y con bigote, y tenía unas facciones harmoniosas y oscuros ojos chispeantes. Era la viva estampa de un gallardo ex combatiente, las mujeres le adoraban... y Noelle no era una excepción. Estaba sonrojada, y los ojos le brillaban de entusiasmo cuando le dio la bienvenida.

–Es maravilloso tenerte de vuelta, Andrew.

–Me alegro de estar de nuevo en casa –contestó, sonriente. La besó en la mano con galantería, y se sintió de lo más satisfecho al verla ruborizarse aún más.

Jared supuso que, a ojos de la joven, él no podía ni compararse con su hermanastro, pero a pesar de la pierna herida y el rostro curtido por el paso de los años, no estaba celoso de Andrew, que tenía el carácter de un afable cachorrillo aunado a la astucia taimada de un coyote. Sabía que jamás debía darle la espalda ni confiar demasiado en él, pero era obvio que Noelle aún no había aprendido esa lección. Ella era como un melocotón maduro que pendía sobre la cabeza de un niñito hambriento, y el beso en la mano la había dejado visiblemente nerviosa.

–¿Cuánto tiempo vas a quedarte, Jared? –dijo Andrew, mientras se apartaba de la joven.

–Mucho. He dejado mi trabajo de Nueva York, y voy a abrir un bufete aquí –sonrió al ver que se quedaba boquiabierto, y añadió en un tono que no admitía protesta alguna–: Ésta es mi casa.

–Sí, por supuesto, y siempre serás bienvenido aquí –lo dijo con voz atropellada, y soltó una risita nerviosa y estridente–. ¡Voy a tener que espabilarme, si no quiero que un abogado tan famoso como tú acapare toda la atención de las damas!

–No tengo interés alguno por ese tipo de atención, te lo aseguro –comentó, con voz gélida, mientras se apoyaba un poco más en el bastón–. Mi interés se centra en ejercer la abogacía –se acercó a un sillón que había junto a la chimenea, que estaba vacía, y se sentó con pesadez.

–¿Qué te ha pasado en la pierna?

–Tuve un accidente.

–Lo lamento, ¿se te va a curar del todo?

Antes de que pudiera contestar, su abuela exclamó:

–¡Qué pregunta tan desconsiderada, Andrew! Siéntate, querido, y cuéntanos cómo te ha ido el viaje.

–¡Sí, por favor! –apostilló Noelle, con entusiasmo.

El joven se sentó con elegancia en el sofá, junto a la anciana, y le dio una palmadita afectuosa en la mano antes de decir:

–Ha sido un viaje muy fructífero. Me he reunido con algunos de los representantes de nuestra empresa afiliada en Houston, y he vendido toneladas de ladrillos a varias empresas de Victoria. Dentro de poco podría haber buenas oportunidades en Galveston, porque la construcción del dique está avanzando con bastante rapidez; en cuanto esté acabado, evitará que haya futuras invasiones del mar... discúlpame, Noelle.

–No te preocupes –le contestó, con una pequeña sonrisa y voz suave. Contárselo todo a Jared había sido una verdadera válvula de escape, y por fin se sentía capaz de lidiar con su dolor.

Andrew sonrió aliviado, y se explayó contándoles cómo iban las obras de reconstrucción. Las dos mujeres le prestaron toda su atención, pero Jared se limitó a escuchar a medias; aun así, el hecho de que a Noelle no parecieran importarle ni la petulancia ni la arrogancia de su hermanastro fue irritándole cada vez más, y al cabo de unos minutos, se excusó y se fue a dormir.

–¿Cuándo llegó? –le preguntó Andrew a la anciana, en cuanto su hermanastro subió a su dormitorio.

–Hace dos días. Se cansó de vivir en la gran ciudad, y decidió regresar a casa. Supongo que empieza a sentir el peso de los años.

–Pobrecillo –apostilló Noelle, con sincera compasión–. Debía de resultarle muy difícil manejarse en una ciudad tan grande como Nueva York, teniendo en cuenta su edad y sus limitaciones físicas. Espero que aquí pueda disfrutar de una vida más sosegada.

–Y yo espero que no interfiera demasiado en las nuestras –murmuró Andrew.

La señora Dunn le miró con desaprobación, y le dijo:

–No seas desagradecido, ha sido él quien ha pagado por esta casa y por todo lo que contiene.

–Le agradezco sus regalos, pero hay que admitir que su incorporación a esta casa no es demasiado prometedora. Me acuerdo de sus visitas anteriores, se pasaba el día ceñudo y sombrío. Es una presencia fría e intimidante.

–Es abogado, querido. No le favorecería en nada ser un hombre frívolo –la voz de la anciana era firme.

–En fin, puede que no pase demasiado tiempo en casa cuando abra el bufete; con un poco de suerte, las cosas seguirán como hasta ahora –miró sonriente a Noelle, y añadió–: Hasta el momento apenas he tenido tiempo de llegar a conocer a mi prima, pero podremos pasar algo de tiempo juntos ahora que voy a pasar una temporada sin tener que salir de viaje.

Noelle sintió que le daba un brinco el corazón, y le miró radiante.

–Me encantaría, Andrew.

Él se reclinó en el sofá y cruzó las piernas mientras contemplaba con disimulo su curvilínea figura y sus hermosas facciones; jamás podría plantearse siquiera la idea de casarse con ella, porque era demasiado rústica y simple para su gusto y carecía de pedigrí, pero sería una amante perfecta. Su hermanastro no era más que una pequeña complicación que podría sortear sin problema. Estaba convencido de que iba a lograr seducir a Noelle con facilidad, y después... bueno, ya se preocuparía de eso cuando llegara el momento.

Varios días después, mientras limpiaba la despensa, Noelle alcanzó a oír un suave maullido a pesar del sonido de los truenos y la fuerte lluvia. Se limpió las manos en el delantal blanco con volantes que llevaba puesto, aunque se arrepintió de inmediato al ver los manchones que acababa de dejar en la tela, y enfiló por el largo y amplio pasillo hacia la puerta trasera.

En cuanto abrió vio un gatito anaranjado de ojazos azules al que se apresuró a tomar en brazos, y se echó a reír cuando el animal se acurrucó bajo su barbilla y se puso a ronronear. Mientras regresaba por el pasillo se cruzó con Andrew, que iba camino de su despacho y se detuvo ceñudo al verla.

–Saca ese bicho inmundo de aquí, Noelle. No podemos tener un gato en casa, son repugnantes.

–Pero... es muy pequeño, y está diluviando –protestó, atónita.

–Me da igual, no quiero gatos en esta casa. Los odio, no puedo ni verlos.

–No tienes por qué mirarlo –masculló, en voz baja, mientras lo fulminaba con la mirada.

Después de secar al animalito con un paño suave, lo apretó contra su pecho y se asomó por la puerta; cuando comprobó que Andrew no estaba a la vista, echó a correr hacia la cocina, pero su apresurado intento de pasar inadvertida terminó de golpe cuando chocó de lleno contra Jared y estuvo a punto de tirarle al suelo.

Él soltó una imprecación, y se apoyó en el bastón mientras se aferraba a la puerta para mantener el equilibrio. Noelle se quedó inmóvil y con el aliento contenido ante la fuerza de su mirada. Era la primera vez que veía en el rostro de un hombre aquella expresión que, por alguna razón, le hizo pensar en pistolas... la expresión en cuestión se esfumó al cabo de un instante, y se preguntó si habían sido imaginaciones suyas.

–¿Qué es eso, señorita Brown? –le preguntó, impertérrito, después de cerrar la puerta.

–Un gatito –lo sujetó con actitud protectora mientras se recobraba de aquella furia gélida e inclemente que le había parecido vislumbrar en su mirada, aunque aquellos ojos azules seguían resultándole amedrentadores–. Andrew me ha dicho que lo eche a la calle, pero no pienso hacerlo. Está lloviendo, y este pobre animalito sin hogar está delgado y hambriento. ¡Si se va, yo me voy con él!

Jared se enderezó con ayuda del bastón, y su mirada se desvió del gatito y fue a parar a su generoso y firme busto. Se recordó a sí mismo que era una muchacha joven, que él tenía cierta experiencia a la hora de estar en el lecho con una mujer, pero al mirarla sentía un placer desconcertante.

Alzó la mirada, y cuando sus ojos se encontraron, le dijo con firmeza:

–Va a tener que vivir en la cocina, la señora Pate se encargará de vigilarlo.

–¿Puedo quedármelo? –su alivio era evidente.

–Sí.

–Pero Andrew...

–Por el amor de Dios... ésta es mi casa, así que si digo que el gato puede quedarse, es que puede quedarse.

–No hace falta que sea tan brusco. Es por la pierna, ¿verdad? Supongo que le duele más por la lluvia, debería sentarse y descansar. Andar de un lado a otro no le hace ningún bien.

–No soy un impedido.

–Disculpe, no quería ofenderle.

–¡Deje de hablarme como si fuera un anciano!

–Está de muy mal humor, ¿verdad?

–¡Señorita Brown!

–No hay que reaccionar con antipatía ante la antipatía. Voy a llevarle el gatito a la señora Pate. Si Andrew me pregunta por qué no le he echado, ¿puedo decirle que usted me ha dado permiso para quedármelo? –no quería ofender a Andrew, pero estaba resuelta a quedarse con el animalito.

–¡Dígale lo que le dé la gana!

–¡Señor mío! –sintió que se ruborizaba ante semejante actitud, y al ver que él no se disculpaba, añadió–: No quiero que Andrew se enfade, pero es que es un gatito muy pequeño –alzó la mirada, y sintió que el mundo entero se tambaleaba al ver el brillo de sus ojos. Era la primera vez en su joven vida que alguien la miraba así.

No era la única desconcertada. Jared también estaba sintiendo algo profundo y avasallador, pero su reacción fue la típica de un hombre que no quería compromisos.

–Supongo que usted no tiene nada mejor que hacer que

perder el tiempo y charlar, señorita Brown, pero yo tengo trabajo pendiente.

–En ese caso, discúlpeme –se apartó para dejarle pasar, y al notar la tensión de su rostro, empezó a decir en tono compasivo–: Si quiere, puedo prepararle una taza de té...

Se calló de golpe cuando él la fulminó con la mirada, y fue a la cocina a toda prisa; al parecer, era cierto eso de que la gente se volvía cascarrabias al hacerse mayor, pero por lo menos le había dado permiso para que se quedara con el gatito.

A Andrew no le hizo ninguna gracia enterarse de la noticia. La miró ceñudo, y le dijo con desaprobación:

–Te dije que echaras a ese bicho, y tú acudiste a mi hermanastro. Ha sido una bajeza de tu parte, Noelle.

–Un gato mantendrá a raya a los ratones.

–¿Qué ratones?, no sabía que... ¡de acuerdo, quédate con el gato, detesto aún más a los ratones!

–Gracias, Andrew.

Al ver su mirada de adoración, la irritación que sentía por la intervención de Jared fue perdiendo intensidad. Se acercó un poco más a ella con una mirada llena de ternura, y comentó:

–Eres muy guapa, primita. Una verdadera preciosidad.

Ella se sintió en el séptimo cielo al oír sus cumplidos, y le devolvió la sonrisa con afecto.

–Y tú eres muy apuesto.

–Apenas has salido desde que llegaste, ¿te apetecería acompañarme a un baile este viernes por la noche? Es un evento benéfico, y muy elegante.

–¡Me encantaría!

–En ese caso, está decidido –le apartó un mechón de pelo que le caía sobre la mejilla, y soltó una pequeña carcajada al verla estremecerse. Bajó la mano antes de decir–: Quiero que sólo bailes conmigo.

–Te lo prometo –le aseguró, con aire ensoñador.

–Por cierto, he dejado unos pedidos manuscritos sobre la mesa del despacho. No te importa pasarlos a máquina por mí, ¿verdad? Esta noche tengo que ir a una cena.

–Claro que no me importa –lo dijo con fervor, como si estuviera dispuesta a andar sobre brasas encendidas si él se lo pidiera.

–Gracias, Noelle –le guiñó el ojo, henchido de engreimiento ante tanta devoción, y añadió–: Eres una verdadera dulzura.

Noelle salió exultante de la sala, y se tocó con la punta de los dedos la mejilla que él le había rozado. Sabía que debía de estar ruborizada, ¡Andrew iba a llevarla a un baile!

Cuando llegó al pasillo, se dio cuenta de que no tenía ropa adecuada para un evento elegante. Casi todas sus cosas estaban en Galveston cuando había ocurrido lo de la inundación, y en cualquier caso, nunca había tenido gran cosa. Después no había tenido dinero suficiente para comprarse tela con la que confeccionar nuevas prendas, y las faldas y las blusas que tenía eran muy sencillas e inadecuadas para un baile así. Andrew siempre llevaba atuendos impecables, y esperaba que los que le rodeaban fueran igual de elegantes; de hecho, se había mostrado muy crítico al verla con sus escasos vestidos, y era mejor dejar a un lado lo que había dicho al verla vestida con su mono de trabajo. Por eso siempre procuraba trabajar en el jardín cuando él estaba fuera de la ciudad.

Pero ése no era su único problema. Andrew la vigilaba a la hora de comer, y no disimulaba su desaprobación cuando la veía sujetar mal el tenedor o se le olvidaba ponerse la servilleta sobre el regazo; de hecho, a veces le veía hacer un gesto de desaprobación y no sabía por qué. Le encantaría saber cómo debía comportarse una dama en la mesa, pero no tenía ni idea y se contentaba con intentar emular a los demás;

en cualquier caso, saber comportarse en la mesa no resolvería el problema del vestido, y como no tenía ninguno adecuado, no iba a poder asistir al baile con Andrew.

Sintió como si el corazón estuviera a punto de partírsele en mil pedazos.

CAPÍTULO 3

Noelle estaba sentada ante la máquina de escribir Remington que había sobre el enorme escritorio de roble del despacho, intentando descifrar los garabatos de las hojas de pedidos, pero Andrew tenía una caligrafía atroz. Aún mecanografiaba con lentitud, pero el resultado era el de una profesional; de hecho, hacía menos faltas ortográficas que él.

Estaba tan absorta mirando una hoja, que no se dio cuenta de la llegada de Jared hasta que éste dio unos golpecitos en la puerta con el bastón. Alzó la mirada, y le saludó con timidez.

–Hola.

Él entró en el despacho sin cerrar la puerta, y le preguntó:

–¿Qué está haciendo?

–Andrew tenía que salir esta noche, y había que mecanografiar estos pedidos –respondió, con una pequeña sonrisa.

–Creía que la esclavitud se había abolido –comentó, muy serio.

Ella se tensó tanto, que dio la impresión de que estaba tan rígida como el cuello almidonado de su blusa.

–No soy una esclava, sólo estoy haciéndole un favor a Andrew.

–¿Con cuánta frecuencia le hace este tipo de favores?

Casi cada noche, pero no estaba dispuesta a decírselo.

–Es una minucia, sobre todo teniendo en cuenta que no pago ni por la comida ni por el alojamiento.

–Supongo que no es tan ingenua como para creer que mi hermanastro paga las facturas, ¿verdad?

Noelle se puso roja como un tomate, porque la mortificaba estar viviendo de la caridad de Jared. Ni siquiera tenía el consuelo de poder ayudarle en algo, porque no era a él al que le mecanografiaba documentos.

Jared se sintió culpable al ver que se ruborizaba, y apretó con fuerza el bastón.

–Estoy siendo injusto, ¿verdad? Al fin y al cabo, está ganándose el sustento.

–Gracias, señor Dunn; si quiere, cuando abra su bufete podría encargarme de mecanografiarle lo que le haga falta –le dijo, más animada.

Él la miró con asombro, porque el proyecto del nuevo bufete aún estaba en una fase inicial. Iba a necesitar un despacho, por supuesto, pero en Nueva York había tenido el mismo secretario que Alistair. No sabía si sería respetable ofrecerle el empleo a Noelle, ni si quería tenerla tan cerca.

–Ya hablaremos de eso en otra ocasión –se acercó al escritorio para ver lo que había escrito a máquina, y se sacó del bolsillo el estuche de las gafas para leer; después de ponérselas, se inclinó un poco hacia delante, y observó con atención el papel antes de admitir–: Es muy precisa.

Era la primera vez que le veía con gafas, y le pareció que le daban cierto aire de vulnerabilidad. Su actitud hacia él se ablandó aún más, y comentó con una sonrisa traviesa:

–Parece que le sorprende que sea capaz de escribir sin faltas de ortografía.

Jared le rozó el brazo al alargar la mano para agarrar uno de los formularios, y no le hizo ninguna gracia ver que se tensaba. La miró a los ojos con una sonrisita burlona, y le preguntó:

–¿Tiene miedo de que la contamine si la toco? No me gustan las jovencitas, sino las mujeres hechas y derechas.

–¡Eso ni siquiera se me había pasado por la mente! –exclamó, sonrojada de vergüenza.

–¿Ni siquiera con Andrew?

–Él es diferente –el señor Dunn la desconcertaba. Entrelazó las manos con fuerza en el regazo, y añadió–: Es joven, y... y valiente, y amable. Sí, es muy amable.

–Claro, es todo lo contrario a mí –dijo con sequedad, antes de quitarse las gafas con un movimiento rápido y eficiente.

–No he dicho eso –fue incapaz de sostenerle la mirada.

–Pero estaba implícito en sus palabras –se apoyó en el bastón mientras fijaba la mirada en su rostro.

Le molestaba que no le considerara en la misma categoría que a Andrew. Durante su vida había habido mujeres que le habían mirado con fascinación, asombro e incluso miedo, pero Noelle era la primera que le miraba con lástima, y esa actitud se había intensificado al verle ponerse las gafas. Era obvio que tenía una imagen distorsionada de él, y se preguntó si sentiría la misma lástima por el hombre que era en realidad.

Ella se apartó con sutileza para evitar que sus piernas se rozaran, y comentó:

–Usted es mucho mayor que yo.

–Ya veo. Soy un viejo decrépito y lisiado al que hay que ofrecerle un vasito de leche tibia para que se duerma, ¿no? –su voz rezumaba ironía.

–¡Señor Dunn!

Él se echó a reír.

–Cuando pienso en los viejos tiempos, y en cómo me miraban las mujeres por aquel entonces... ¡puede que sea viejo y esté volviéndome maniático, porque no recuerdo haber necesitado jamás la admiración de una gatita arisca!

Ella se puso de pie de golpe; estaba tan furiosa, que ni siquiera se dio cuenta de lo cerca que estaban el uno del otro.

–¡No soy una gatita!

Él se acercó más de forma deliberada y amenazante, y por alguna extraña razón, le pareció más alto y fornido que al principio; estaban tan cerca, que se cernía sobre ella, y se quedó sorprendida al darse cuenta de que su cercanía no le resultaba intolerable a pesar de que era demasiado mayor, y estaba lisiado, y era un finolis de ciudad...

Alzó la mirada, y sintió que se hundía en la inmensidad de aquellos ojos azules. Jamás había imaginado que una mirada pudiera dejarla inmovilizada, pero se sentía tan indefensa como si la hubiera atrapado con una soga; mientras permanecía cautiva de aquellos ojos, el corazón empezó a martillearle en el pecho y sintió que le flaqueaban las piernas.

–Tiene la cara enrojecida, señorita Brown –comentó, sin inflexión alguna en la voz. Alzó la mano, le apartó sin prisa un mechón de pelo de la cara, y se lo colocó detrás de la oreja.

El contacto fue electrizante. El gesto similar de Andrew la había hecho sonreír, pero los dedos de Jared consiguieron que la sangre le corriera como un torrente por las venas, que se le hincharan los labios y se le dilataran los ojos. El contacto la recorrió como un relámpago.

Jared conocía a las mujeres, y presenció aquella reacción inesperada con actitud casi cínica mientras sonreía para sus adentros. Aquella muchacha creía que le había entregado su corazón a Andrew, ¿no? Al parecer, era una inocente que jamás había tenido contacto carnal... la idea lo dejó sin aliento. Tensó la mandíbula, y en sus ojos se reflejó por un instante una intensidad casi brutal.

Noelle retrocedió a toda prisa, y se sentó en la silla. Aquellos ojos azules eran hipnóticos, amenazadores, y sólo alcanzó a susurrar:

–No...

–¿Que no qué? –le preguntó él, en un tono extraño, mientras permanecía inmóvil.

–No... no lo sé. Ha dado la impresión de que... quería golpearme.

Él contempló por un instante el pulso frenético y rítmico que le latía bajo el encaje del cuello de la blusa, y le dijo con firmeza:

–Jamás le he levantado la mano a una mujer –puso un ligero énfasis en la última palabra.

–Y tampoco a un hombre, ¿no?

Ante aquel comentario que daba por hecho que no era un luchador, Jared se cerró en banda y la miró con expresión impasible.

–He notado que observa a mi abuela a la hora de comer, señorita Brown. No sabe cómo comportarse en la mesa, ¿verdad?

–¿Cómo se atreve a decir tal cosa? –lo miró furibunda, y colocó la mano sobre el pesado pisapapeles que había encima de la mesa–. ¡No se burle de mí!

–¿Qué piensa hacer? –le preguntó, con una sonrisa desafiante–. ¿Va a lanzarme eso? Adelante, hágalo –el brillo de sus ojos le daba un aspecto completamente diferente.

Noelle vaciló por un instante. Había algo, algo intangible que la advertía de que no debía subestimarlo.

–¿Qué pasa, señorita Brown? ¿No tiene agallas?

–No le tengo miedo –al ver que daba un paso hacia ella, echó la silla hacia atrás.

Él se echó a reír y se detuvo en seco. Se apoyó en el bastón, y admitió en voz baja:

–La verdad es que me tiene intrigado. Nunca he conocido a nadie como usted.

–No me lo creo, en Nueva York debe de haber multitud de mujeres –se relajó un poco al ver que no seguía acercándose.

–Sí, por supuesto, mujeres elegantes y sofisticadas con ropa hermosa, modales impecables y conversación amena.

–Todo lo contrario a mí –dijo, con voz queda, haciéndose eco del comentario que él había hecho antes.

–Usted carece de las ventajas que da el dinero, pero tiene potencial; de hecho, tiene una elegancia innata y sólo le falta adquirir buenos modales, pero eso no es culpa suya.

–Qué alivio –le espetó con sarcasmo. Le dolió saber que la consideraba inadecuada, sobre todo porque ya estaba triste por no poder asistir al baile con Andrew.

–No me malinterprete, aún es joven y puede aprender.

–Sí, claro, ¿quién podría enseñarme? –le contestó, enfurruñada.

–Andrew, por ejemplo.

–No puedo pedirle algo así. Sería humillante tener que admitir ante él que soy una inepta en el plano social, aunque la verdad es que ya se ha dado cuenta.

–Le importa mucho la opinión que mi hermanastro pueda tener de usted, ¿verdad?

–Sí, la verdad es que sí. Fue él quien me trajo a Fort Worth y me ofreció un hogar.

–¿Es ésa la única razón?

–Andrew es un hombre ejemplar –admitió al fin, mientras retorcía con nerviosismo una hoja de papel–. Lamento que usted no apruebe la admiración que siento por él, soy consciente de que mi ascendencia no tiene nada de especial.

–Su ascendencia me trae sin cuidado, lo que me importa es cómo es como persona –le dijo, con tono cortante.

–Me considera una oportunista. Cree que estoy interesada en Andrew por su dinero, ¿verdad?

–Admito que eso fue lo que pensé en un principio, pero mi opinión ha mejorado al conocerla. No creo que sea una estafadora ni una interesada, no es de esa clase de mujeres.

–Supongo que está familiarizado con personas así, ¿no? –le preguntó con curiosidad.

–¿Qué quiere decir?

–Es abogado, seguro que ha defendido a muchos hombres que eran culpables de lo que se les acusaba.

–No de forma consciente, respeto demasiado la ley como para ensuciarme las manos ayudando a criminales. Aunque la verdad es que muchas personas se consideran cualificadas para ser juez y jurado.

–Se refiere a los linchamientos, ¿verdad? Hay muchos últimamente –dejó sobre la mesa el papel retorcido, y añadió–: Es una pena que muchos acusados no tengan la oportunidad de defenderse en un juicio.

–Eso cambiará algún día.

–Eso espero. ¿Por qué decidió regresar a casa después de vivir tanto tiempo en Nueva York?, ¿pensó que yo estaba intentando apoderarme de la herencia de Andrew?

A Jared le hizo gracia su franqueza. Sonrió con indulgencia y se apoyó en la esquina del escritorio, con lo que quedaron muy cerca el uno del otro.

–Sí, creo que fue por eso, pero también porque estaba cansado de practicar la abogacía por puro interés económico. El último caso del que me ocupé fue una disputa por unas tierras, pero no me enteré de que mi cliente no tenía razón hasta que el juez dio su veredicto y tuve ciertas... complicaciones.

–¿Alguien intentó atacarle?

Jared se sorprendió al darse cuenta de que quería contárselo. Estuvo a punto de hacerlo, pero se lo pensó mejor y se limitó a decir:

–Algo así.

–No le gusta estar equivocado, ¿verdad?

Aquellas palabras le irritaron un poco. Soltó una carcajada seca y contestó:

–Casi nunca lo estoy.

–Es muy engreído –Noelle lo dijo sin malicia, y suavizó el impacto del comentario con una sonrisa.

–Conozco muy bien la ley, llevo diez años practicando la abogacía.

–Sí, Andrew me lo comentó.

Jared se preguntó qué más le había dicho su hermanastro sobre él, y supuso que nada bueno. Andrew no le apreciaba y parecía estar interesado en la joven, así que seguro que no le hacía ninguna gracia tener un rival.

–Andrew y yo somos muy diferentes.

–Sí, ya lo sé. Es mucho más joven que usted, ¿verdad?

–No tanto –le contestó, irritado por el comentario.

–Qué raro, parece mucho mayor que él. Debería ser al contrario, ¿no? Al fin y al cabo, Andrew estuvo en la guerra, y usted ha pasado años en la sala de un juzgado. Cabría pensar que un soldado, un hombre que se ha enfrentado a la muerte, debería estar más envejecido que un elegante abogado que como mucho ha tenido que enfrentarse a alguna que otra amenaza verbal.

Jared fijó la mirada en aquellas manos elegantes y femeninas que estaban entrelazadas sobre la mesa. Noelle no tenía ni idea de cómo había sido su vida; tenía razón hasta cierto punto, pero no estaba enterada de la verdad. Andrew jamás llegaría a pasar por todo lo que él había vivido.

–No le he ofendido, ¿verdad? A veces hablo sin pensar –admitió, contrita.

Él alzó la mirada, y sonrió cuando sus ojos se encontraron.

–Me alegra ver que no me tiene miedo, señorita Brown. No me ando con contemplaciones, y no espero que usted lo haga; teniendo en cuenta lo sinceros que somos los dos, seguro que nuestra relación resulta ser de lo más interesante –se apartó del escritorio, y al enderezarse hizo una pequeña mueca de dolor.

–Es una herida de hace tiempo, ¿verdad? –le preguntó, al levantarse de la silla; antes de que pudiera contestar, añadió–:

Debía de resultarle muy duro desenvolverse en una ciudad grande como Nueva York, aquí hay menos gente –fue a abrirle la puerta, y se quedó desconcertada al ver que la miraba furioso.

Él agarró el borde de la puerta y la cerró con una brusquedad que la sobresaltó, aunque su expresión era incluso más amenazante que el portazo.

–¡No necesito que me abran las puertas, ni una mecedora, ni un vaso de leche tibia para dormir, ni las atenciones exageradas de una mujer que me considera un lisiado!

–¡No es eso, le habría abierto la puerta a cualquiera que... que...! –no supo cómo terminar la frase, y se puso roja como un tomate.

–Cualquiera que esté lisiado, ¿no? Venga, dígalo sin rodeos.

–¡De acuerdo, le abriría la puerta a cualquiera que estuviera lisiado! ¡Ya está!, ¿se siente satisfecho por hacer que me sienta mal? ¿Preferiría que me comportara como si no pasara nada, aunque está claro que le duele incluso estar de pie?

Jared la contempló furioso, y dejó caer más peso en el bastón. Al tenerla tan cerca fue más consciente que nunca de lo delicada que era, de que parecía cernerse sobre ella gracias a la diferencia de altura que había entre los dos. La herida era temporal, y aquella jovencita se desmayaría si se enterara de cómo se la había hecho. Le relampaguearon los ojos mientras se planteaba contarle al detalle lo del enfrentamiento con el vaquero.

–Seguro que su pierna no supone ningún impedimento a la hora de practicar la abogacía; según su abuela, es el mejor abogado que hay. Lamento haber herido sus sentimientos, pero me gusta ayudarle –no pudo evitar ruborizarse al admitirlo.

Jared no supo cómo reaccionar, porque aquellas palabras le llegaron muy hondo; de hecho, hacía muchos años que nada le conmovía tanto. Le costó un esfuerzo enorme apartar la mirada de aquellos ojazos verdes, y supo que a ella se le había acelerado el corazón al ver el revelador movimiento bajo el cuello de encaje de su blusa.

–Lo que quiero decir es que... me gusta ser servicial –se apresuró a añadir.

La corrección no había sido lo bastante rápida, y Jared se dio el lujo de saborear sus palabras antes de obligarse a desechar aquellas ideas absurdas; a juzgar por la opinión que tenía de él, era obvio que no le interesaba desde un punto de vista romántico.

–Aun así, puedo abrir yo solo las puertas.

–Como quiera, señor Dunn.

Suspiró irritado, y después de lanzarle una última mirada, abrió la puerta por sí solo y se fue.

Andrew llegó tiempo después, y se asomó por la puerta del despacho justo cuando ella acababa de mecanografiar el último pedido. Se llevó la mano a su dolorida espalda, pero sonrió al verle entrar y le dijo:

–Acabo de terminar.

–Eres una dulzura, Noelle –le echó una ojeada a los pedidos, y comentó con naturalidad–: Te has desviado un poco de las líneas, pero están aceptables.

Había pasado horas mecanografiando aquellos documentos, y le molestó que se mostrara tan desconsiderado.

–Me he pasado toda la velada aquí metida –protestó, ceñuda.

–Lo sé, y no creas que no te lo agradezco; en cuanto al baile de mañana...

–No puedo ir contigo, pero gracias por pedírmelo.

–Vaya, lo lamento. ¿En otra ocasión, quizá?

–Quizá.

Él soltó una carcajada, y la besó en la mejilla antes de decir con suavidad:

–Eres una tontita, no te habría pedido nada que no estuvieras dispuesta a darme.

–No es eso –la horrorizó que tuviera una idea tan equivocada del porqué de su negativa a acompañarle.

–Da igual, no te preocupes. Volveré a invitarte a salir en otra ocasión. Que duermas bien, Noelle –soltó un sonoro bostezo, y salió del despacho sin más.

A ella le dolió que no mostrara ni el más mínimo interés en saber por qué no podía acompañarle al baile, seguro que su hermanastro la habría presionado hasta que le contara la verdad. Se preguntó por qué le molestaba tanto la desconsideración de Andrew, y se sintió molesta consigo misma por haberse parado a pensar en lo que Jared habría hecho. Tapó la máquina de escribir, y subió descorazonada a su dormitorio.

CAPÍTULO 4

Noelle se sentía aliviada por haberse negado a ir al baile con Andrew, porque además de no tener un vestido adecuado para la ocasión, no sabía bailar. Su padre había sido carpintero, al igual que su tío, pero también había sido un predicador que no aprobaba ni el baile ni otros «placeres pecaminosos de la carne», y no había permitido que asistiera a fiestas.

Sabía que era muy inexperimentada. Tanto la casa en la que se había criado como la de su tío eran poco más que chozas, así que hasta que se había ido a vivir a Fort Worth jamás había disfrutado de grifos de agua corriente, lavadoras, neveras modernas con cubiteras extraíbles, estufas a gas, luces eléctricas y teléfono. Era más que consciente de sus limitaciones, y seguro que Andrew también.

Lo cierto era que a él no le había sorprendido que rechazara su invitación al baile, y no se había preguntado a qué se debía su negativa; de hecho, se había arrepentido de la impulsiva invitación en cuanto había salido de sus labios. Noelle era muy atractiva, pero no era la acompañante adecuada para una velada en un acto público; a pesar de que tenía una dicción pasable, seguía sin tener buenos modales en la mesa, y no sabía desenvolverse entre gente educada y sofisticada.

De modo que, en cuanto ella le dijo que no podía acompañarlo, invitó en su lugar a Jennifer Beale, una debutante que vivía con su padre en las afueras de la ciudad, en una casa victoriana incluso más elegante que la que Jared había mandado construir para su abuela dos años atrás.

Jennifer era una joven hermosa, adinerada y culta (todo lo contrario que la pobre Noelle), y su timidez y su belleza le habían parecido cautivadoras cuando la había conocido por casualidad en una tienda; a raíz de ese momento, se había esforzado por averiguar su rutina diaria, y procuraba hacerse el encontradizo cuando ella salía.

Parecía interesada en él, y el sentimiento era mutuo. El padre de Jennifer había empezado siendo un don nadie y había logrado amasar una gran fortuna, así que no le menospreciaría por carecer de dinero; a pesar de que su propia familia había pertenecido a la alta sociedad, su padre había perdido la fortuna familiar y él no había tenido más remedio que depender económicamente de su desagradable hermanastro. Se había negado a buscar un empleo, porque ningún miembro de su familia había tenido que ganarse la vida trabajando, pero el año anterior, Jared le había exigido de forma tajante que empezara a aportar algo de dinero para pagar por su manutención.

El propietario de la fábrica de ladrillos había sido el mejor amigo de su padre, así que había obtenido el empleo sin problemas, pero no esperaba que fuera un trabajo tan estimulante, ni que se le diera tan bien; al parecer, era un vendedor nato. No sabía si a su padre le habría gustado que su único hijo se convirtiera en un asalariado, pero le daba igual. Lo único que no le gustaba de su trabajo era tener que lidiar con el papeleo, pero como Noelle se ocupaba de eso, podía dedicarse a la parte entretenida: conseguir que la gente le comprara ladrillos.

Estaba ganándose un buen salario, y a menudo lograba

buenas ventas gracias al peso de su apellido... un apellido que conservaba parte de su antigua gloria, y que sin duda había atraído el interés de Jennifer. El hecho de que los Paige hubieran tenido vínculos con la realeza europea era toda una baza desde un punto de vida social. La abuela de Jared era muy respetada, pero los Dunn no procedían de Texas, así que no se sabía nada sobre ellos; de hecho, era curioso lo poco que él mismo sabía sobre su madrastra, Jared o la abuela de éste.

A Terrance Beale no le impresionaba lo más mínimo la ascendencia de Andrew, pero su hija Jennifer estaba fascinada con él, sobre todo por las historias de su heroísmo en la guerra. Andrew se había dado cuenta de que ésa era la clave para ganarse su corazón y la aprovechaba al máximo, pero la inocente joven siempre había estado muy protegida y le irritaba que ni siquiera le permitieran tomarla de la mano. Era un hombre acostumbrado a pasar alguna noche ocasional en brazos de una mujer, y estaba costándole mucho permanecer célibe.

El señor Beale conocía a gente en todas partes, así que se enteraría si iba a algún burdel de la zona, pero Noelle era una mujer deseable, vivía bajo su mismo techo y estaba fascinada con él. El único problema era Jared, que en vez de mantenerse indiferente, mostraba un inesperado interés personal en la joven... pero su hermanastro no era omnipresente, y con su aprobación o sin ella, él estaba decidido a acostarse con Noelle; eso, sumado al afecto que le profesaba la señorita Beale (que era hija única, y por lo tanto acabaría heredando la fortuna de su padre tarde o temprano), contribuía a que fuera muy optimista en cuanto a sus perspectivas de futuro.

La familia tenía un carruaje y un caballo en un establo de la zona, para ocasiones especiales, pero como su hermanastro estaba en casa, Andrew no tuvo más remedio que tragarse su orgullo y pedirle permiso para usarlos.

Jared accedió, porque él no tenía que salir a ninguna parte, y le preguntó con sequedad:

–¿Vas a ir con la señorita Brown?

Al ver su expresión ceñuda, Andrew se alegró de poder darle una respuesta negativa.

–Carece de modales, y viste como una criada. Su única virtud es ese cuerpo tan fantástico que tiene. Está muy bien formada, ¿verdad?

–No le he prestado tanta atención como tú a su cuerpo, y te recuerdo que es nuestra invitada. Espero que la trates con cortesía y respeto.

A Andrew le sorprendió su severidad y su actitud protectora, pero intentó disimular su desconcierto.

–Sí, por supuesto, pero debes admitir que no es la clase de mujer con la que uno quiere que le vean en público –se echó a reír, y añadió–: Es muy inculta, ni siquiera sabe sujetar como se debe un tenedor –se calló de golpe al ver la mirada asesina de su hermanastro, y se marchó sin apenas despedirse.

Jared se debatió entre un sinfín de emociones encontradas mientras le veía salir. Era la primera vez en muchísimo tiempo que le importaba el honor de una mujer, y recordó con gélido cinismo la única aventura amorosa que había tenido en toda su vida; a aquellas alturas, ya tendría que haber aprendido lo traicioneras que podían llegar a ser las mujeres, pero por si no bastara con la indignación que sentía al imaginarse a Noelle ridiculizada, encima tenía la preocupación añadida de si Andrew pretendía seducirla y abandonarla. La mera idea le enfurecía.

Daba la impresión de que su hermanastro tenía una seducción en mente, porque los comentarios que había hecho sobre ella habían sido de lo más personales, y era obvio que Noelle estaba fascinada con él. Estaba deslumbrada y carecía de experiencia, y esa combinación podía beneficiar a Andrew... pero si el peligro se debía a la falta de preparación de la joven, era hora de ir pensando en corregir el problema, y era él quien iba a tener que encargarse de ello. No le hacía ninguna gracia tener que interferir, pero tenía el deber de protegerla.

Estaba harto de que Andrew le complicara la vida, de que no dejara de ponerle trabas en el camino. Había pensado que su regreso a Fort Worth sería tranquilo, pero tendría que haberse dado cuenta de que no iba a ser así. En su vida no había habido nada sin complicaciones, y mucho menos en lo referente a las mujeres.

La noche del baile, Andrew se marchó antes de que la familia bajara a cenar. Quería evitar a Jared, que cada vez estaba poniéndole más nervioso con las miradas furibundas que le lanzaba; aun así, recibió una mirada tan hostil como la de su hermanastro cuando pasó a recoger a la señorita Beale y le hicieron entrar en la casa.

Beale era un viudo que había amasado su fortuna invirtiendo sus escasos ahorros iniciales en negocios que habían resultado ser muy provechosos. Se había arriesgado con un prospector que estaba convencido de poder encontrar petróleo en Texas, y su pequeña inversión le había convertido en un hombre rico cuando el prospector había encontrado en Spindletop uno de los pozos petrolíferos más grandes de la zona.

Pero a pesar de tener dinero para dar y tirar, Terrance Beale consideraba a su elegante hija de pelo rubio y ojos azules su tesoro más preciado. No quería que la atrapara un cazafortunas, entre los que incluía a Andrew, y se limitó a mirarle ceñudo sin molestarse en disimular su desaprobación.

El joven se puso cada vez más nervioso ante aquella animadversión tan patente, y le dijo con cortesía:

–Le aseguro que la traeré de vuelta a una hora razonable, señor.

–Más te vale.

Al ver aquella mirada gélida y acerada, Andrew se dio cuenta de que no sería nada agradable tenerlo como enemigo.

Jennifer llegó en ese momento, deslumbrante con un vestido negro de encaje y fular a juego, y dijo con voz suave:

–No te preocupes, papá, Andrew va a estar muy pendiente de mí.

Beale se relajó un poco al ver a su hija. La besó sonriente en la mejilla y le dijo:

–Disfruta de la velada.

–Lo haré. Hasta luego –agarró a Andrew del brazo, y le dio un pequeño apretón tranquilizador–. Estaba deseando que llegara este momento, ¡seguro que lo pasamos muy bien en el baile!

–Sí, por supuesto que sí –con ella se sentía como todo un caballero. Lo miraba con tanta adoración como Noelle, y su rostro debería estar enmarcado en una galería de arte.

Terrance Beale vio cómo se iban con expresión adusta. Sabía que no podía tener a su hija aislada en una burbuja de cristal, pero se merecía algo mucho mejor que un petimetre de ciudad. Se metió las manos en los bolsillos, y fue al establo a ver cómo estaba un potro enfermo que le tenía preocupado.

Brian Clark, un hombre de mediana edad con una mano tullida, sonrió al verle llegar. Había aparecido de la nada una mañana de noviembre, con una silla de montar sobre el hombro, y cuando le había pedido trabajo, Beale se lo había dado sin dudar. Jamás le había preguntado de dónde procedía, ni por qué iba a pie; a pesar de su mano, a Clark se le daban bien los caballos, y era capaz de amansar hasta al más arisco. Beale le había pedido que se encargara de desbravarlos y de acostumbrarlos a la silla de montar, y no se había arrepentido de su decisión; además, Clark era muy amable con Jennifer y se aseguraba de que sus caballos fueran los mejor cuidados del establo.

–Hola, Clark. ¿Cómo está el potro?

El hombre se pasó una mano por el pelo. Los cortos rizos castaños estaban salpicados de canas, pero su oscuro rostro marcado por las cicatrices no era tan viejo como sus ojos, y carecía de la actitud servil que algunos de los de su raza llevaban a cuestas como una segunda piel. Era sorprendentemente culto y educado, y tenía el porte de alguien que había ostentado poder. Era un hombre de lo más peculiar, pero Beale siempre le había respetado.

–Ha empeorado, señor Beale. Mis escasos conocimientos de medicina no bastan, creo que debería hacer llamar al veterinario.

–De acuerdo, haré que Ben Tatum venga mañana a primera hora. ¿Crees que el potro aguantará hasta entonces?

–Sí, me quedaré con él toda la noche.

–Sabes mucho de caballos, Clark –acarició el suave pelaje del animal, que estaba respirando con dificultad.

–Sí, señor –sus labios se curvaron en una pequeña sonrisa.

Beale se incorporó antes de preguntarle con voz afable:

–Supongo que no vas a decirme cómo aprendiste tanto sobre ellos, ¿verdad?

Clark soltó una carcajada antes de contestar:

–Sabe que no voy a hacerlo, señor Beale.

–Sí, supongo que me ha quedado claro después de seis años. Mantenlo vigilado, y avísame si empeora.

–De acuerdo, señor Beale.

Beale asintió, y sonrió al salir del establo. Jamás había oído a Clark tratar de «señor» a otro hombre, y a pesar de los insultos que a veces le proferían los vaqueros temporales que se contrataban en la época de recogida del ganado, tenía una dignidad innata que le impedía meterse en peleas; de hecho, era capaz de mantener la calma cuando él mismo perdía los estribos.

En una ocasión, cuando Clark le había arrebatado una fusta de las manos a un vaquero malgeniado y éste había empezado a insultarle, él había intervenido y había noqueado al tipo, pero Clark le había reprendido por su falta de control y se había echado a reír al ver su expresión de indignación. Se llevaban bien a pesar de las diferencias que había entre ellos, y si su capataz decidiera marcharse y dejara el puesto vacante, probablemente se lo daría a él.

Aquel hombre tenía madera de líder, ni siquiera los vaqueros cuestionaban sus órdenes a la hora de lidiar con los caballos... bueno, la verdad era que había unos cuantos que sentían antipatía hacia él, sobre todo uno de mediana edad llamado Garmon que procedía de Misisipi y odiaba a los negros. A veces le daban ganas de darle un puñetazo al oír los comentarios que hacía aquel tipo, pero Clark se limitaba a hacer caso omiso.

Quizás era la mejor manera de lidiar con el asunto, él solía tener un genio demasiado vivo. Había llevado una vida temeraria y violenta en su juventud, hasta que una preciosa muchacha del Este le había robado el corazón y le había convertido en un ser humano.

Sonrió al recordar a Allison, la madre de Jennifer, y regresó a la elegante mansión silbando por lo bajo mientras pensaba en lo lejos que había llegado. Tenía cincuenta y cinco años, había nacido en una casucha de adobe, y había tenido una vida dura, pero había superado obstáculos que habían detenido a otros hombres. Estaba orgulloso de todo lo que había conseguido, pero Jennifer era su mayor orgullo.

Era una tragedia que Allison hubiera muerto años atrás, que no pudiera ver lo elegante y bella que era su hija... alzó la mirada hacia la pequeña loma donde estaba su tumba, rodeada de una valla de hierro forjado. Llevaba flores dos veces por semana, y a veces iba a sentarse junto a ella y hablaba con Allison como si aún estuviera viva. Era algo que le ayudaba a superar los tiempos difíciles.

Decidió que iría al día siguiente, para contarle lo del tal Andrew. Estaba seguro de que a su difunta esposa le disgustaría tanto como a él el pretendiente que su hija había elegido.

Andrew no se relajó hasta que estuvo en el carruaje junto a Jennifer. Iban rumbo a un restaurante, y después de la cena irían al baile.

–Soy muy afortunado por poder pasar la velada con una acompañante tan encantadora, gracias por acceder a venir conmigo.

–El placer es mío –le dijo ella con timidez, antes de soltar una suave carcajada–. No sé si lo has notado, pero mi padre es muy protector conmigo. Es que es bastante tradicional y se preocupa por mí, sobre todo desde que murió mamá.

–Es normal que un hombre que tiene una hija tan bella se preocupe –la contempló con una mirada penetrante, y añadió–: Jamás había conocido a nadie como tú.

–Lo mismo digo. Cuando coincidimos en aquella tienda, sentí como si te conociera de toda la vida.

–Habría sido así, si no hubieras pasado los últimos años en Europa. Mi familia lleva dos generaciones aquí, el primer Paige procedía de Inglaterra. Era el segundo hijo de un duque, pero no heredó nada y viajó hasta aquí en busca de fortuna. Es increíble que haya tardado tanto en conocerte.

Jennifer sabía que su padre, que había sentido hacia el adinerado padre de Andrew la misma animadversión que sentía en ese momento hacia él, jamás habría permitido que se hubieran frecuentado, porque no le gustaban los hombres que habían nacido con todas las ventajas del mundo y se dedicaban a llevar una vida ociosa. Andrew había haraganeado y había entrado y salido de tres universidades antes de buscar por fin un empleo (de hecho, se rumoreaba que había sido su hermanastro quien le había obligado a ponerse a trabajar).

Su padre pensaba que Andrew era una sanguijuela inútil que se dedicaba a sacarle dinero a su hermanastro, pero ella le consideraba un hombre con visión de futuro que tenía un gran potencial. Sólo le hacía falta una mujer que le respaldara y le animara a conseguir grandes logros, se dijo, llena de romántico idealismo, mientras lo miraba con una sonrisa soñadora.

Andrew le devolvió la sonrisa. Con ella se sentía capaz de conseguir cualquier cosa, aún le costaba creer que hubiera tenido la fortuna de que aceptara acompañarlo a cenar y al baile; con un poco de suerte, aquélla sería la primera de muchas otras veladas juntos.

A diferencia de Andrew, Noelle no disfrutó en absoluto de la velada. Estuvo muy callada durante la cena, esquivó en todo momento la mirada inquisitiva de Jared, y en cuanto terminaron de cenar, se disculpó y subió a encerrarse en su dormitorio.

A la mañana siguiente, su inusual actitud retraída durante el desayuno hizo reaccionar a quien menos esperaba. Cuando se puso a ayudar a la señora Pate a recoger la mesa, después de que la señora Dunn se fuera a leer al saloncito, Jared la detuvo para hablar con ella.

–Está tan decaída esta mañana como anoche en la cena, ¿a qué se debe su actitud? –se lo preguntó sin más, aunque sabía de antemano la respuesta.

A ella le sorprendieron tanto la pregunta como lo perceptivo que era, pero contestó con sinceridad.

–Andrew me invitó a ir al baile de anoche, pero tuve que decirle que no.

–¿Por qué?

–Porque no tengo ningún vestido adecuado, y aunque lo tuviera... –carraspeó un poco antes de admitir–: No sé bailar.

–¿Por qué?

–Porque a mi padre le parecía algo pecaminoso.

Él esbozó una pequeña sonrisa al oír aquello, y comentó:

–Es probable que lo sea, pero ni un verdadero santo podría encontrar algo que objetar al hecho de que un hombre pose su mano enguantada sobre la cintura de una mujer a través de varias capas de ropa.

–Aun así...

–Andrew llevó a la señorita Beale al baile.

–¡Ya lo sé!

–Su genio está saliendo a relucir, señorita Brown –comentó, socarrón.

–¡Es que usted me saca de mis casillas, señor Dunn!

–Carece de tacto, su vestimenta es deplorable, no tiene ni idea de cómo comportarse ni en la mesa ni en el más elemental evento social, y es demasiado franca, malhumorada e impaciente –al ver que abría la boca para protestar enfurecida, alzó una mano para indicarle que no dijera ni una palabra–. A pesar de todo, cuenta con cierto potencial. Tiene una elegancia innata, un corazón sensible y una buena dicción. A lo mejor es posible... reformarla.

–*¿Qué?*

–Que voy a reformarla, señorita Brown –se acercó a ella poco a poco, apoyándose mucho en el bastón–. Con algunas lecciones de buenos modales y la ropa adecuada, debería bastar para que se maneje bien en sociedad.

–No tengo dinero para pagar ropa fina, y no tengo ni idea de buenos mo...

–El dinero no es problema, me gustan los desafíos.

–¿Por qué quiere ayudarme?

–Aún no he decidido en qué zona de la ciudad quiero abrir el bufete y estoy tomándome unas vacaciones, pero estoy aburrido. Usted será una distracción temporal en la que ocupar mi mente y mi tiempo libre.

–Andrew se daría cuenta...

–En absoluto, a menos que usted se lo diga; de hecho, a mi hermanastro le vendrá muy bien darse cuenta de lo ciego que está en ciertos aspectos, y de que no tiene en cuenta el potencial de algunas cosas.

–Puede que Andrew llegue a encontrarme atractiva si me parezco más a las damas con las que está acostumbrado a tratar –dijo, cada vez más entusiasmada.

A Jared no le gustó nada aquella posibilidad, pero se calló su opinión. Su intención era bajarle los humos a Andrew, pero no quería herir a Noelle en el proceso; por otro lado, quizás estaba salvándola de sufrir un gran daño. Andrew no vacilaría en seducir a una mujer a la que considerara inferior en el escalafón social, pero se lo pensaría dos veces antes de ofender a una mujer distinguida y culta.

No le unía ningún vínculo a Noelle, pero no quería que la hirieran... a pesar de la mala opinión que tenía de él como hombre (opinión que a él le resultaba bastante graciosa). Se preguntó lo que habría pensado de él si le hubiera conocido antes de que decidiera dedicarse a la abogacía. Andrew se sentía intimidado por él a pesar de que lo disimulaba bien, y eso que no estaba enterado de su pasado.

Noelle iba a necesitar un vestuario nuevo, y aprender las normas básicas del comportamiento refinado. Podía llevarla de compras, pero eso daría pie a murmuraciones, así que tenía que ser muy cauto. Su abuela estaba demasiado chapada a la antigua como para comprar la ropa que la joven necesitaba, pero en la casa había otra mujer, una que tenía buen gusto a la hora de vestir y que compraría lo que él le ordenara.

–Vaya a por la señora Pate –le dijo, con voz firme.

Noelle supuso por qué quería hablar con el ama de llaves, así que sonrió entusiasmada y se apresuró a ir a buscarla; cuando regresó con ella, Jared empezó a dar instrucciones.

–Llévela a la tienda de ropa de la señorita Henderson, que le tomen las medidas y le confeccionen ropa a la última moda, nada de estilos anticuados. Después vayan a la sombrerería y a la zapatería, quiero que tenga como mínimo dos vestidos de noche y una prenda de abrigo –al ver que el ama de llaves le miraba boquiabierta, soltó un suspiro de impaciencia y señaló a Noelle con la mano–. Forma parte de la familia, ¿no? ¡Es inapropiado que vaya por ahí vestida así!

Noelle se puso rígida de indignación, porque la bonita falda negra y la blusa de un blanco inmaculado que llevaba puestas no eran harapos ni mucho menos, y le espetó con tono beligerante:

–¿Vestida así?, ¿qué significa eso?

Jared contempló aquellos relampagueantes ojos verdes, aquella melena caoba sujeta apenas con un elevado moño flojo, y comentó:

–Qué altivez, se comporta con la arrogancia de la realeza a pesar de estar vestida con ropa anticuada.

Ella inhaló de golpe mientras intentaba mantener la calma. Aquel hombre se había ofrecido a ayudarla a atraer a Andrew, así que debía mantener la cabeza fría y no indignarse por cada uno de sus comentarios.

–Soy consciente de que mi ropa es sencilla, no quiero parecer desagradecida.

–En ese caso, manténgase callada y limítese a obedecer. Llévesela ya, señora Pate, antes de que se le ocurra alguna excusa para quedarse en casa.

–De inmediato, señor –era obvio que el ama de llaves empezaba a disfrutar de la situación; como estaba lloviendo de nuevo, se apresuró a ir a por un abrigo ligero y un sombrero.

Cuando se quedó a solas con Jared, Noelle le preguntó:

–¿Está seguro?

–Del todo. ¿Qué es lo que siente por Andrew?

–Señor Dunn...

–Podemos ser sinceros el uno con el otro, no pienso mentirle y espero la misma cortesía de usted. Tenemos más en común de lo que cree, a pesar de la diferencia de edad.

A Noelle le sorprendía su franqueza. Se sentía segura y a gusto con él, a pesar de que despertaba extrañas e inesperadas emociones en su interior.

–Andrew me gusta, es interesante y gallardo... pero la verdad es que jamás había conocido a nadie como usted –admitió, confundida.

–Ya lo sé.

Alzó la mirada hacia él, y sus ojos verdes trazaron como si fueran dedos aquella tez morena, las cejas, los ojos azules y la nariz recta, los pómulos elevados, los labios firmes, la mandíbula cincelada y la fuerte barbilla. Era muy apuesto, y a diferencia de Andrew, no seguía la moda de llevar bigote. Sus ojos azules reflejaban una aguda inteligencia mezclada con algo más, algo acerado y salvaje que daba un poco de miedo y que no encajaba con la imagen de un estoico abogado, y cuando la miraba y sonreía su rostro adquiría una expresión de sensualidad velada que la dejaba sin aliento.

Después de que sus ojos se encontraran por un momento, Jared fue deslizando la mirada por su rostro y por su pelo caoba, por aquellos preciosos ojos verdes, por las pecas que le salpicaban la nariz, por aquellos sensuales labios rosados. Le encantaba la forma de su boca, que le recordaba al arco de Cupido, y los dientes blancos y parejos que se ocultaban detrás. Tenía un cuerpo atractivo que no era ni voluptuoso ni demasiado delgado, y le llegaba a la altura de la barbilla;

de repente, lo recorrió el extraño deseo de abrazarla con fuerza y ver lo que se sentía al besarla.

Noelle no sabía interpretar las expresiones de un hombre, pero la tensión palpable que crepitaba entre los dos hizo que le flaquearan las rodillas.

–Eh... será mejor que... que vaya a por mi abrigo –le dijo, con voz trémula.

Él se limitó a asentir sin pronunciar palabra, pero su mirada fija la atrapó durante un momento tan largo, que se puso roja como un tomate.

–¿Cuántos años tienes, Noelle?

Ella se desconcertó aún más al ver que la tuteaba, pero alcanzó a contestar:

–Diecinueve.

Jared tenía una mano sobre el bastón, y con la otra le apartó un mechón de pelo que se le había escapado del moño y descansaba sobre su acalorada mejilla. Se lo colocó detrás de la oreja con un cuidado tan exquisito, que el gesto fue como una caricia llena de sensualidad; al ver que ella entreabría los labios y soltaba el aliento contenido, que alzaba los ojos hacia los suyos antes de bajarlos a toda prisa, que su pulso latía acelerado bajo el encaje del cuello de su blusa, supo sin lugar a dudas que se sentía atraída por él.

Trazó con la punta del dedo el contorno de su oreja, de fuera a dentro, y bajó por el lóbulo antes de decir con voz profunda y seductora:

–Cómprate algo en seda azul, un azul zafiro con encaje blanco.

–No sé... tengo los ojos verdes –apenas era consciente de lo que estaba diciendo.

–Ya lo sé, pero el azul te quedará de maravilla –posó el pulgar sobre su cuello, justo sobre una arteria, y notó cómo latía bajo su piel; al darse cuenta de que él también tenía el corazón acelerado, supuso que llevaba demasiado tiempo alejado de las mujeres, porque aquella jovencita estaba afectándole de forma brutal.

Ella estaba tan turbada, que tenía las manos heladas y aferradas a la falda; cuando alzó la mirada hacia sus ojos, se quedó aturdida al ver la intensidad firme y aterradora que relucía en ellos.

Justo cuando la tensión estaba a punto de alcanzar un punto álgido y estallar, se oyó un portazo y retrocedieron a la vez, como si quisieran romper el hilo invisible que los había unido durante aquel tenso momento.

–Le agradezco su generosidad –le dijo, con voz quebrada.

–Es lo menos que puedo hacer por un miembro de mi familia –le dijo con firmeza, enfatizando la última palabra.

Ella no se atrevió a alzar la mirada. Lo que estaba sintiendo no le resultaba nada familiar, pero no sabía nada sobre los hombres, sobre sus apetitos, así que quizá le había malinterpretado y se había imaginado que él sentía un interés inexistente; al fin y al cabo, era mucho mayor que ella.

–¿Cuántos años tiene?

Él se tensó, y le contestó con voz suave:

–Soy demasiado mayor para ti, Noelle –dio media vuelta con brusquedad, y aferró el bastón con tanta fuerza mientras salía de la sala, que los nudillos se le pusieron blancos.

La salida de compras fue todo un éxito, Noelle jamás había tenido tantas cosas bonitas. Hizo caso a Jared y se compró un elegante vestido de seda color azul zafiro ribeteado de encaje blanco y cuentas plateadas, y encontró otro color zafiro ribeteado de armiño blanco. Se horrorizó al ver el precio de la prenda, que le pareció elevadísimo a pesar de estar rebajado, pero la señora Pate ni se inmutó y le dijo que le quedaba muy bien, y que le iría de maravilla para el otoño y el invierno próximos.

Al igual que tantas otras mujeres, Noelle siempre se había confeccionado su propia ropa, así que comprar prendas en tiendas le resultaba nuevo y emocionante, y le hacía sentir como una dama de la alta sociedad.

Después de encargarse de las faldas y los vestidos, la señora Pate la llevó a seleccionar la ropa interior. Compraron camisolas de seda, calzones y medias, y sólo con tener en las manos aquellas delicadas prendas se sintió de lo más atrevida.

Ir a la sombrerería fue igual de emocionante. Allí encontró un sombrero de terciopelo color zafiro que le iba de maravilla al vestido ribeteado de armiño, y dos más que podía combinar con otros dos vestidos que había adquirido... uno verde ribeteado de negro, y otro azul marino y blanco. La señorita Alpine, la menuda sombrerera, le aseguró que los colores que había elegido iban a quedar de maravilla con su pelo caoba; al parecer, confeccionaba los sombreros ella misma, y no había duda de que sus diseños podrían rivalizar con los de París.

Después fueron a la zapatería, donde sólo quiso comprar unos zapatos negros sencillos y sin adornos. Jared ya se había gastado más que suficiente en ella, y no quería acabar de arruinarlo comprando zapatos que sólo se le verían al bajar de algún vehículo.

–Me siento como una princesa –le dijo a la señora Pate, mientras regresaban a casa en un carruaje de alquiler. Las tiendas iban a mandarle todos los encargos aquella misma tarde.

Hicieron una última y breve parada en el mercado, donde la señora Pate le dejó la lista de la compra al señor Haynes y le pidió que se lo mandara todo a casa en cuanto pudiera, y llegaron a casa justo a tiempo para que se pusiera a hacer la comida.

Noelle entró en la casa exultante de felicidad, y al ver a la señora Dunn en el saloncito junto a Jared y a Andrew, se imaginó cómo reaccionaría éste último al verla con su preciosa ropa nueva. ¡Seguro que pensaba que estaba muy guapa!

Él alzó la mirada del periódico que estaba leyendo, y esbozó una vaga sonrisa antes de decir:

–¡Ah, por fin llegas! ¿Dónde has estado?

–He ido al centro con la señora Pate.

–Qué aburrimiento. Puedes acompañarme a la oficina central de mi empresa si quieres, tengo que ir a mi despacho a por unos documentos. Disponemos del tiempo justo antes de que se sirva la comida.

–¿Lo dices en serio? –se le olvidó que, al ver la facilidad con la que había encontrado otra pareja para el baile, había decidido tratarle de forma fría y distante durante unos días.

–Claro que sí –Andrew dobló el periódico, y se puso de pie antes de volverse hacia su hermanastro y su abuela–. No tardaremos demasiado. Voy a subir a por un sombrero y un abrigo, Noelle, parece que va a seguir lloviendo. Nos vemos en la puerta principal dentro de cinco minutos.

–De acuerdo –cuando Andrew salió del saloncito, miró a Jared y no supo qué pensar al ver el velado brillo de diversión en su mirada–. Van a traerme las compras a casa esta misma tarde –le dijo, vacilante.

–Perfecto, espero que encontraras algo que te gustara.

–Sí, he comprado dos vestidos de verano, y uno de invierno color zafiro...

Él se puso de pie con ayuda del bastón, y comentó con indiferencia:

–Seguro que mi abuela estará encantada de que se lo cuentes todo cuando regreses, pero yo tengo que salir –pasó junto a ella sin decirle ni una sola palabra más, y salió del saloncito.

Noelle se quedó desconcertada y perdida ante aquel desaire; al fin y al cabo, había sido él quien la había instado a que saliera de compras.

–¿Le he ofendido? –le preguntó a la señora Dunn.

–No, querida, claro que no –le aseguró la anciana, sonriente–. Jared es bastante taciturno y a veces puede parecer muy distante, pero es su forma de ser. No es un hombre sociable ni dado a estar en familia, ha sido muy reservado desde joven. No te ofendas por su actitud.

–No me ofende en absoluto, pero es que quería darle las gracias por todo lo que he comprado.

–Él sabe que se lo agradeces. Anda, vete con Andrew y pásatelo bien.

–Gracias, señora Dunn. Gracias por todo.

La anciana respondió con una sonrisa, pero en el fondo estaba preocupada. Noelle era muy inocente, y Andrew podía hacerle mucho daño. La obvia fascinación que sentía por él empeoraba más las cosas, porque era un hombre al que le encantaba que las mujeres le admiraran. Habría que esperar y rezar para que aquel interés creciente no causara complicaciones.

Andrew era un acompañante ameno, agradable y atento, y Noelle estaba encantada ante tanta galantería. La tomó de la mano en el carruaje, mientras le hablaba de su trabajo en la fábrica de ladrillos; según él, ya había superado el récord de ventas, y esperaba alcanzar algún día un puesto de gerencia.

–Fui oficial en el ejército, así que sé tomar el mando.

–Por supuesto.

Él deslizó los dedos por su mano enguantada y la miró a los ojos, pero a pesar de que lo adoraba y sus atenciones la halagaban, aquel contacto la dejó indiferente. No entendía por qué, ya que le habían flaqueado las piernas cuando Jared le había acariciado la oreja... quizás era porque él era mayor, y más experimentado. Se ruborizó al imaginárselo con una mujer, y no pudo evitar que la imagen se le formara con claridad diáfana en la mente... aquellos ojos azules relampagueando como una tormenta de verano mientras apretaba a la mujer con fuerza contra su cuerpo, mientras la besaba hasta dejarla sin aliento...

–¿Te encuentras bien?, pareces muy acalorada.

–Es que... hace mucho calor aquí dentro –improvisó, mientras se abanicaba con la mano.

Andrew se limitó a sonreír, y se sintió de lo más ufano al dar por hecho que estaba así por tenerlo tan cerca. No podía tocar a Jennifer si quería llegar a casarse con ella, pero con Noelle no había ningún impedimento; bueno, sí que había uno: Jared. Lo único que tenía que hacer era conseguir que él no se enterara de nada.

–Ya casi hemos llegado –le dijo, en voz baja e insinuante.

–¿Desde cuándo trabajas aquí? –le preguntó, en un intento de desviar su atención, al ver por la ventanilla la hilera de empresas que había a lo largo de la ancha calle.

–Desde el año pasado –no especificó que Jared le había exigido que buscara un empleo–. Esperaba ascender mucho más rápido, pero la verdad es que no puedo quejarme. La venta se me da de maravilla, y nuestro producto es de calidad.

–¿Hay distintas clases de ladrillos?

–¡Claro que sí, querida mía! Puede ser muy peligroso usar los de baja calidad en proyectos de construcción; de hecho, un edificio entero se desplomó en California hace unas semanas porque sus ladrillos no se habían cocido como es debido.

–No tenía ni idea, qué interesante.

–Voy a tener que explicarte cómo funciona este negocio –sonrió al ver lo interesada que estaba en sus explicaciones.

Cuando el carruaje se detuvo poco después, la ayudó a bajar y pagó al cochero. La condujo al edificio donde estaba la oficina central de James Collier e Hijo y entraron en la sala de trabajo externa, donde había dos empleadas que se encargaban de pasar a limpio las facturas y recibir pedidos por teléfono.

–Es como el despacho de casa, ¿verdad? ¡Qué moderno!

Aún estaba habituándose al equipamiento moderno, aunque ya estaba más familiarizada con él. Había pasado gran parte de su vida en zonas rurales, y tanto el teléfono como el resto de aparatos que había en la mayoría de casas de Fort Worth la fascinaban. Para ella era un orgullo haber aprendido a usar la máquina de escribir y el dictáfono.

–Si, supongo que es moderno en comparación con otros sitios. Aún no tenemos tranvías, pero seguro que no tardan en llegar a la ciudad.

La tomó del codo y la condujo a su pequeño despacho, donde tenía un escritorio, algunos recuerdos de la guerra, y un retrato enmarcado donde aparecía él mismo vestido de uniforme.

–¡Qué apuesto estás! –exclamó ella al verlo.

–Gracias, la verdad es que a veces echo de menos el uniforme.

Noelle recorrió con la mirada el escritorio de tapa corrediza con su correspondiente silla giratoria y las dos butacas que debían de ser para los clientes, y comentó:

–Tienes un despacho muy bonito.

–Es pequeñísimo, pero espero llegar a tener algún día uno que se ajuste a mis necesidades.

Se metió las manos en los bolsillos, se detuvo junto a las ventanas, y la observó en silencio aprovechando que estaba distraída con el despacho. Iba vestida con una falda negra y blanca y una blusa de cuello alto, y no se había quitado el viejo abrigo marrón que se había puesto para resguardarse de la lluvia. Era una mujer carente de gracia y estilo, pero al menos era guapa; si tuviera buenos modales y ropa adecuada, sería despampanante.

Ella se volvió a mirarlo en ese momento, y se ruborizó al darse cuenta de que estaba observándola.

–Es un abrigo viejo. Me he comprado uno nuevo, pero no he tenido tiempo de ponérmelo. Tengo un montón de ropa nueva.

–¿Ah, sí?

–Tu abuela insistió.

Jared le había pedido que no le dijera a su hermanastro quién le había comprado la ropa, pero se sintió un poco culpable por no contarle la verdad. Le parecía injusto no admitir lo generoso y amable que había sido Jared, pero era reacia a contarle a Andrew de dónde había salido su nuevo vestuario.

–Me parece muy bien; al fin y al cabo, formas parte de la familia. ¿Qué dijo Jared?

–Que necesitaba ropa.

La respuesta no le extrañó, ya que dio por hecho que había sido su abuela la artífice de las compras, así que se limitó a decir:

–Eso es cierto. Me encantará verte con tus prendas nuevas.

Noelle estuvo a punto de decirle que iba a aprender buenos modales y a hablar como una dama, pero él ya había retomado su tema preferido: su propia persona.

–Tal y como puedes ver, tengo mi propio teléfono, y un dictáfono como el que hay en el despacho de casa.

–Sí, ya lo he visto –su rostro se iluminó, y le preguntó esperanzada–: ¿Sabes si hace falta otra secretaria?

Andrew vaciló por un instante. No quería que ella estuviera allí, porque tenía la esperanza de que la señorita Beale fuera a verle al trabajo de vez en cuando para salir a comer juntos.

–Pues... comparto secretaria con el señor Blair, el vicepresidente. Ven, te lo presentaré –sacó unos documentos del archivo de madera, comprobó que eran los que quería, y abrió la puerta sin darle la más mínima importancia al hecho de que estaba ruborizada.

El señor Blair era un hombre mayor, formal y parco en palabras, que se limitó a saludarla con una inclinación de cabeza antes de continuar con lo que estaba haciendo. Ni el dueño de la empresa ni el resto de ejecutivos estaban en el edificio, así que Andrew la condujo de nuevo a la sala externa y le presentó a Jessica y a Trudy, las secretarias. Ellas sí que se mostraron cordiales, aunque la trataron con cierta frialdad hasta que él la presentó como su prima. Las dos eran jóvenes y atractivas, y ninguna de ellas llevaba anillo de casada.

Noelle se sintió fuera de lugar al ver que Andrew flirteaba un poco con ellas, y se sintió como una necia por haberle pedido trabajo.

–Son muy agradables, estarían dispuestas a hacer lo que fuera por mí –le dijo él, cuando salieron del edificio después de despedirse.

–Sí, me han parecido encantadoras.

Después de ayudarla a entrar en otro carruaje de alquiler, subió tras ella con la carpeta que contenía los documentos en una mano.

–Tengo que llevarme trabajo a casa para poder dejarlo listo. Tengo un puesto de mucha responsabilidad, los demás dependen de mí.

–Seguro que se te da muy bien tu trabajo.

Él asintió, y reclinó la cabeza en el respaldo del asiento. Sofocó un bostezo antes de comentar:

–No debería haberme acostado tan tarde, pero la señorita Beale es una compañía encantadora –antes de que ella pudiera mostrarse ofendida, la miró y añadió–: A lo mejor accedes a venir conmigo la próxima vez que te invite a un baile.

–Es que no tenía nada que ponerme –admitió con timidez.

–¿Por qué no me lo dijiste?

–Porque me daba vergüenza.

–En ese caso, es una suerte que mi abuela se ofreciera a adecentarte –comentó, sonriente.

Noelle se limitó a asentir, aunque las cosas no se habían desarrollado así; a diferencia de él, Jared se había dado cuenta de que estaba triste y había decidido ayudarla, pero a pesar de todo, Andrew seguía siendo el hombre más gallardo e interesante que había conocido en toda su vida. Jared ya tenía una edad avanzada, y el pobre distaba mucho de ser un hombre de acción... aunque el efecto que tenía en ella, en sus emociones, era de lo más extraño.

Se dijo que eso eran imaginaciones suyas, que lo que había sentido al tenerlo tan cerca, cuando la había tocado, no había sido más que lástima. Era imposible que se sintiera atraída por él, porque estaba enamorada de Andrew.

Fue éste último quien la arrancó de su ensimismamiento en ese momento, porque la tomó de la mano y soltó un suspiro antes de decir:

–Me alegro mucho de que te vinieras a vivir a casa.

–Yo también.

–No te preocupes por Jared, es introvertido y taciturno por naturaleza; de hecho, yo apenas le conozco.

–Pero si sois hermanos...

–Hermanastros, su madre se casó con mi padre. Para entonces él ya era adulto, y yo un crío –se estiró con pereza antes de añadir–: Nunca tuvimos ocasión de llegar a conocernos, porque él se fue a estudiar Derecho al norte y yo me alisté en el ejército al terminar mis estudios. No nos parecemos en nada. Es muy reservado, yo diría que hasta frío. ¿Te resulta intimidante?

–Un poco –admitió, con una pequeña sonrisa.

–A mí no, por supuesto, pero tiene una forma de mirar a la gente cuando está enfadado que... no sé, es como si estuviera atravesándote de lado a lado –soltó una pequeña carcajada para restarle hierro al asunto–. Es extraño, ¿verdad? Un abogado que tiene una mirada asesina. A lo mejor mira así a los testigos, y por eso gana tantos casos. Tengo entendido que tiene muy buena reputación en el campo del derecho penal, por eso me extraña tanto que decidiera dejar un bufete de éxito en Nueva York para venir a practicar aquí la abogacía.

–Es viejo, ¿verdad?

–¿Viejo? Bueno, supongo que a ti sí que puede parecértelo. Tiene treinta y seis años.

–Ah –bajó la mirada, y se quitó una diminuta pelusa que tenía en la falda. Treinta y seis años, comparados con sus diecinueve... iba a cumplir veinte en diciembre, pero aun así, tenía dieciséis años más que ella. Era una diferencia de edad considerable.

–Yo voy a cumplir veintiocho en mi próximo cumpleaños –le dijo Andrew.

–¿Cuándo es?

–En noviembre, ¿y el tuyo?

–En diciembre. Me llamo Noelle porque nací en navidades.

Él se echó a reír, y comentó sonriente:

–Envolveré tu regalo en acebo –su mirada se encendió con un brillo travieso–. Pensándolo bien, creo que usaré muérdago... así podrás darme las gracias con un beso.

–¡Andrew!

–Pero debemos asegurarnos de que Jared no se entere –lo dijo en tono de broma, pero en el fondo estaba hablando en serio–. No debemos arriesgarnos a que decida echarte de casa, y puede que no le parezca bien que haya... demasiado afecto entre tú y yo.

–No diré ni una palabra –le aseguró, antes de ruborizarse al pensar en las posibilidades.

Él se echó a reír al ver la mezcla de desconcierto e interés en su expresión, y se dijo con petulancia que ya la tenía en el bote. Las mujeres siempre reaccionaban así cuando flirteaba con ellas, caían rendidas a sus pies porque era un buen partido, atractivo, y estaba bien situado en el escalafón social. No era de extrañar que a Noelle le pareciera fascinante, aunque él sólo la quería como entretenimiento; de hecho, en ese momento ya estaba pensando en la noche anterior y en la señorita Beale, que era la heredera de una inmensa fortuna.

CAPÍTULO 5

Los paquetes llegaron a última hora de la tarde, y Noelle subió a su cuarto como una exhalación para probarse su nuevo vestuario. Lo que más le gustaba era el vestido azul, una prenda de invierno que no se había vendido a su precio inicial y se había rebajado al inicio de la temporada de primavera. Le encantaba, y como no era consciente de que la mayoría de la ropa que se compraba en tiendas sólo estaba de moda durante una temporada, creía que podría ponérselo durante el otoño y el invierno siguientes sin parecer desfasada.

Había visto imágenes del vestido en el periódico tiempo atrás y se había quedado prendada de él, pero en aquel entonces no tenía dinero suficiente para comprarlo. Las imágenes no mostraban su impactante color, y a pesar de sus dudas iniciales, la verdad era que aquel tono no sólo le combinaba a la perfección con el pelo, sino también con los ojos. Jared había acertado de pleno, era un color ideal para ella.

Después de ponerse el sombrero que iba a juego y los zapatos, se miró con coquetería en el espejo. Se atusó el pelo, se pellizcó las mejillas para que se sonrojaran, y contempló sonriente su reflejo. Se dijo para sus adentros que, aunque no era una belleza, sus facciones tampoco eran feas.

Como estaba deseando ver la reacción de Andrew ante su nueva imagen, bajó a toda prisa a la sala de estar, que era donde se había quedado el resto de la familia, pero al entrar descubrió que Jared era el único que quedaba.

Él alzó la mirada al oírla llegar, y se quedó sin habla al verla parada en la puerta. Estaba deslumbrante con aquel vestido, y el color le quedaba tal y como había imaginado. El vívido tono azul aportaba luz y vida a su rostro. Contuvo el aliento casi sin darse cuenta.

–¿Dónde está Andrew? –le preguntó, desconcertada ante su intensa mirada.

Él recobró la compostura, y la miró inexpresivo.

–Mi abuela tenía que salir a comprar hilo, y se ha ofrecido a acompañarla. Ella tenía pensado pedirle a la señora Pate que pasara a buscarlo esta mañana, cuando saliera a encargarse de la compra semanal, pero como no esperaba que se fuera de compras contigo ni que os marcharais tan temprano, no le dio tiempo de daros una muestra.

–Ah.

Al verla tan alicaída y decepcionada, con la sombrillita que iba con el atuendo vuelta hacia abajo y con la punta apoyada en el suelo, se puso de pie con lentitud y se acercó a ella con ayuda del bastón.

–Estás preciosa, el mismo Andrew te lo diría si estuviera aquí –le aseguró, con voz suave.

–Gracias, usted tenía razón en cuanto al color.

–Una mujer de complexión pálida necesita colores vivos.

–No estoy tan pálida –le dijo a la defensiva, mientras se tocaba la mejilla con una mano enguantada.

–No, no lo estás cuando te pellizcas las mejillas para darles algo de color –le dijo, en tono de broma.

Ella se echó a reír, y comentó sonriente:

–¡Se supone que no debería saber que he hecho algo así!

–Tienes un acento bastante pronunciado.

–Tengo que aprender a vocalizar mejor –admitió con seriedad.

–De eso nada. Tu acento forma parte de ti, de tus raíces, y tiene un encanto propio.

–¡Pero si según usted, tengo acento de pueblerina!

–Para alguien recién llegado de Nueva York, cualquier texano tiene acento de pueblerino –le aclaró, sonriente.

–¿Usted no es de Texas?

La sonrisa de Jared se desvaneció.

–No, no lo soy. Tu vestido es precioso, pero muy poco práctico en época de calor. ¿Has comprado ropa para primavera y verano?

–Claro que sí, pero nada tan bonito como esto... es bonito, ¿verdad?

Él se echó a reír, y le dijo con cierto tono burlón:

–No es el vestido lo que quieres que admire.

–A pesar de su generosidad, es muy poco caballeroso –le espetó, indignada.

–Conozco demasiado bien a las mujeres –por un momento escalofriante, de sus ojos se borró cualquier atisbo de sentimiento.

–No debería hablar de tales cosas.

–Te daría la razón en circunstancias normales, pero acordamos ser sinceros el uno con el otro.

–No lo entiendo... –admitió, perpleja.

–¿El qué?

Ella vaciló por un instante antes de contestar:

–Por qué me... me afecta tanto, pero a la vez siento como si le conociera de toda la vida. Me siento segura con usted.

Vio cómo desaparecía la frialdad de sus ojos azules, y a pesar de que él no dio ni un solo paso hacia ella, sintió que su presencia la envolvía por completo. La contempló en silencio, con los ojos entrecerrados y sin parpadear, de aquella forma tan intensa y peculiar típica en él.

–¿Estás convencida de que te sientes... segura? –le preguntó, con voz profunda.

Noelle alzó la mano en un gesto curioso, como si quisiera mantener a raya a un intruso imaginario, y cuando él se la agarró con suavidad, sintió el contacto en todas y cada una de las células de su cuerpo. Lo que había sentido cuando Andrew la había tomado de la mano en el carruaje no tenía ni comparación con aquello, estaba abrumada por un sinfín de sensaciones que nunca antes había experimentado.

Jared era mayor y más experimentado, así que a diferencia de ella, supo entender a la perfección las emociones que la embargaban. Esbozó una sonrisa, y la soltó antes de dar media vuelta y decir:

–Es un vestido muy bonito –no tuvo corazón para decirle que, para la siguiente temporada invernal, ya estaría pasado de moda. Que disfrutara de la prenda todo lo que pudiera–. Vas a dejar deslumbrado a Andrew –se detuvo de golpe, y la miró por encima del hombro–. Ten cuidado con él, no es de los que se casan.

–¡Señor Dunn!

–Te dije que sería sincero contigo, Noelle –se detuvo al llegar a la puerta que daba al pasillo, y la sorprendió al decir–: He encargado un gramófono, y te enseñaré a bailar en cuanto llegue.

–¿En serio?, pero si...

Al ver que fijaba la mirada en su pierna herida, Jared soltó una carcajada.

–Supongo que estás preguntándote cómo va a enseñarte a bailar un abogado de ciudad viejo y lisiado, ¿verdad? –sus sospechas se confirmaron al ver que se ruborizaba, y asintió antes de decir sin rencor–: Es una suerte que sepas tan poco de mí, ya tengo bastantes cosas de las que arrepentirme sin añadirte a ti a la lista.

Y después de aquel enigmático comentario, se fue y la dejó allí sola, ataviada con su mejor vestido.

Durante las tres semanas siguientes, Jared encontró un céntrico local en alquiler que le gustó, y decidió abrir allí su bufete. Contrató a carpinteros para que lo renovaran según sus especificaciones, hizo instalar alfombras, cortinas y mobiliario, y también adquirió el equipamiento de oficina más innovador del mercado.

El hecho de que contratara a un secretario para que se encargara del despacho cuando él tuviera que salir molestó a Noelle, que había albergado la secreta esperanza de que le ofreciera el puesto a ella, pero Jared ni siquiera le planteó aquella posibilidad a pesar de que ella seguía pasando de dos a cuatro veladas por semana trabajando duro en el despacho de la casa, mecanografiando cartas y ocupándose de todo tipo de papeleo para Andrew.

Jared puso el toque final en su nuevo bufete al colgar en la puerta una placa en la que decía: *Jared Dunn, abogado.*

Una mañana, cuando estaba listo para marcharse al bufete, Noelle hizo acopio de valor y le preguntó:

–¿Por qué ha contratado a un hombre como secretario?, ¿no confiaría en una empleada?

Él vaciló en la puerta con el sombrero en la mano, y la miró con una sonrisa carente de calidez antes de contestar con firmeza:

–No –sin más, se puso el sombrero y se marchó.

Noelle comentó el tema más tarde con la señora Dunn, que entendió por completo a su nieto.

–Jared no confía ni lo más mínimo en las mujeres, Noelle.

–Pero tiene que ser por alguna razón en concreto.

–Sí, una inescrupulosa lo involucró en una situación violenta y trágica cuando era joven, antes de que se marchara a estudiar Derecho al norte. La mujer robó dinero, pero mintió y aseguró que un joven vaquero la había golpeado y la había obligado a ayudarle a perpetrar el robo. Por su culpa murió un hombre inocente.

La señora Dunn no añadió que había sido Jared quien había matado al hombre en cuestión en un duelo, ni que la mujer había confesado más tarde que no la había golpeado. La habían arrestado por su crimen, pero a pesar de que el vaquero iba armado y había sido un duelo justo, Jared seguía culpándose a sí mismo.

Había empezado a beber demasiado al enterarse de la verdad, y se había convertido en pistolero durante unos meses marcados por la violencia, pero no había tardado en marcharse de Kansas y había puesto rumbo a la frontera, donde su temeridad había ido en aumento. El caprichoso destino había hecho que acabara trabajando del lado de la ley, pero había tenido que regresar a Fort Worth a causa de la súbita enfermedad de su madre, y se había quedado a vivir allí hasta que ella había fallecido.

Andrew estaba en un internado por aquel entonces, así que no había visto al pistolero de ojos acerados que había llegado a Fort Worth en el último tren de la tarde. Él no habría reconocido a aquel Jared, pero ella lo recordaba a la perfección, y le agradecía a la providencia que su nieto no hubiera sufrido una muerte violenta.

–Y ahora su nieto piensa que todas las mujeres carecemos de escrúpulos.

La voz de Noelle la devolvió al presente.

–A lo mejor ha aprendido con el paso de los años que existen mujeres honestas, pero no es un mujeriego... aunque es muy atractivo, por supuesto –se apresuró a añadir–. Aunque a tu edad, supongo que no le ves bajo la misma perspectiva que tendría una mujer madura.

De hecho, Noelle no podía evitar sentirse atraída por él, y cuanto más tiempo pasaba a su lado, más cuenta se daba de que era un hombre complejo y misterioso. Tenía curiosidad por averiguar quién era tras aquella sempiterna expresión solemne y estoica, porque a veces le parecía vislumbrar en sus ojos, lo único que parecía tener vida de su rostro, un dolor terrible que no tenía un origen físico.

También se había dado cuenta de que su cojera era mucho menos pronunciada. Por un momento, se había preguntado si estaba disimulándola por miedo a que influenciara negativamente a la posible clientela del bufete, pero había desechado de inmediato una posibilidad tan frívola y había supuesto que la pierna le dolía menos gracias al tiempo soleado.

Cuando llegó el gramófono, Noelle tuvo que esperar a que Jared volviera a ofrecerse a darle clases de baile. No fue de inmediato, porque estaba inmerso en un intrincado caso de disputa de tierras y tuvo que trabajar hasta en sábado. Ella se preguntó si se le había olvidado que se había comprometido a enseñarle a desenvolverse en eventos sociales, y aunque le habría gustado tener las agallas necesarias para hablarle del tema, le veía tan ocupado últimamente, que no quería preocuparle con sus problemas. Le habría encantado que fuera Andrew quien la enseñara, pero sería muy poco honorable pedírselo cuando Jared ya se había ofrecido a hacerlo.

El distanciamiento de Jared contrastaba con las atenciones que le dedicaba Andrew. La halagaba cada vez que la veía con un nuevo atuendo, aunque por alguna extraña razón, parecía reacio a mencionar el vestido azul que había comprado rebajado. Empezó a buscarla con frecuencia creciente para charlar, pero siempre dentro de la casa. No la invitó a salir ninguna noche, y no ocultaba en ningún momento que llevaba a la señorita Beale al teatro o a cenar una vez a la semana como mínimo.

Jared estaba demasiado atareado en su bufete como para darse cuenta del súbito interés de Andrew por complacer a Noelle, y cuando llegó el gramófono, lo dejó apartado a un lado e intentó ignorarlo; aun así, cuando el bufete estuvo listo por fin a su gusto y empezó a atraer a los primeros clientes, se enteró de que se avecinaba un baile del club social.

Andrew lo había mencionado y Noelle había suspirado con resignación, como si supiera que su hermanastro no iba a invitarla a ir por mucha ropa nueva que tuviera; faltaban unos días para el baile, y se había dado cuenta de las miradas esperanzadas que le lanzaba la joven. Estaba claro que no iba a poder seguir aplazando lo de las clases, y no habría sabido decir si lo lamentaba o no.

Un viernes por la tarde, cuando Andrew estaba fuera de la ciudad porque había tenido que ir a ver a un constructor de Houston por asuntos de negocios y la señora Dunn ya se había retirado a leer a su dormitorio, Jared fue al saloncito a por Noelle y le pidió que le acompañara a la sala de estar.

Llevaba un impecable traje azul oscuro con el que era la viva estampa de un hombre rico y elegante, y casualmente, su atuendo combinaba a la perfección con la blusa blanca ribeteada de encaje y la falda azul oscuro de Noelle.

–¿Va a enseñarme a bailar? –le preguntó, entusiasmada.

Él cerró las puertas correderas de la sala de estar antes de contestar:

–Eso espero. Mi abuela opina que algunos de los bailes más recientes son pecaminosos.

–Y supongo que usted los conoce todos, ¿verdad? –lo dijo en tono de broma, pero al ver que él la miraba ceñudo antes de dejar el bastón apoyado contra la pared y de preparar el gramófono, fingió estar de lo más contrita–. Perdón –la disculpa no sonó nada sincera.

–Empezaremos por los pasos más simples –se volvió hacia ella mientras del altavoz con forma de trompeta del instrumento empezaba a brotar una melodía suave y dulce, y la esperó inmóvil–. Ven aquí.

Ella sintió un escalofrío ante el profundo sonido de su voz, y obedeció sin dudar.

–¿Está seguro de que bailar no va a hacer que se le resienta la pierna?

–¿Me habría prestado voluntario si fuera así?

Ella soltó un bufido de exasperación, y exclamó:

–¡Apuesto a que sí! Los dos sabemos que no se retractaría de su palabra ni aunque supiera que se le iba a romper la pierna en cuanto empezara a bailar.

–Me conoces muy bien, ¿verdad? Al menos, eso es lo que crees.

Su mirada era tan intensa, que fue incapaz de sostenérsela y bajó la cabeza antes de decir:

–Nunca se llega a conocer del todo a alguien.

–Eso parece.

Noelle no se dio cuenta de que él no llevaba guantes hasta que sintió la fuerza y la calidez de su mano en la cintura; el contacto la puso nerviosa a pesar del emballenado y la gruesa tela del corsé, de la suave camisola de muselina y de la blusa de algodón; para ser tan esbelto, era increíblemente fuerte, y de hecho, de cerca resultaba ser mucho más musculoso que a primera vista.

–No te mires los pies –le dijo, con voz cortante, al verla mirar hacia abajo.

–¿Cómo quiere que vea lo que estoy haciendo?

–Bailar es algo muy instintivo, escucha la música y muévete al compás.

Ella lo intentó, pero no tardó en pisarle.

–Perdón.

Jared suspiró con irritación, se detuvo en seco, y le dijo con firmeza:

–Deja que yo te guíe.

–Es lo que estaba haciendo, pero no esperaba que se parara tan de repente.

–Estaba haciendo un giro, Noelle.

–Ah –se obligó a mover los pies siguiendo el ritmo de la música, pero se aturulló al verle dar un paso hacia ella y tropezó con su propia falda.

Él se apresuró a sujetarla para evitar que cayera, y le espetó:

–¡Por el amor de Dios, controla dónde pones los dichosos pies!

–¡Es un malhablado y un malhumorado! –le reprendió, mientras se aferraba a sus brazos para mantener el equilibrio–. Esto fue idea suya, fue usted quien se ofreció a enseñarme a bailar; que yo recuerde, no le rogué que lo hiciera.

Él soltó una carcajada carente de humor, y sus ojos se encendieron con extrañas llamas ardientes.

–Tu lengua tiene el mismo fuego que tu pelo bajo la luz de las lámparas –susurró, mientras contemplaba cautivado los lustrosos mechones–. Es como un atardecer... finas hebras ondulantes, encendidas con una luz que deslumbra.

Noelle se quedó sin aliento, y sintió que se perdía en aquellos ojos azules.

–¿Te sorprenden mis palabras?, ¿crees que un abogado serio y formal es incapaz de decir cosas bonitas?

–No parece un hombre dado a andarse con rodeos, ni a deshacerse en halagos.

–¿Y si te digo que no son simples halagos? –le preguntó, con la mirada fija en sus labios.

–Está tomándome el pelo –contestó, con una carcajada ronca.

Él contrajo el brazo de improviso hasta que sus cuerpos se apretaron el uno contra el otro, y la miró a los ojos. Lo tenía tan cerca, que alcanzaba a ver los círculos azul oscuro que rodeaban el tono azul más claro del iris. Su cuerpo era duro como el acero pero cálido, y el brazo que la rodeaba parecía inflexible. Tendría que haberse sentido inquieta al ver la intensidad con la que seguía contemplando su boca, pero la tensión que la atenazaba no se debía a miedo alguno.

Sentir aquella fuerza musculosa contra su cuerpo era electrizante, y cuando empezó a bajar la cabeza hacia ella, sintió que el corazón se le detenía por un instante antes de retomar un ritmo frenético.

Permaneció a la espera, sin aliento, mientras él empezaba a moverse al ritmo de la música con sus bocas a escasa distancia la una de la otra. Mientras dejaba que la guiara en cada uno de los pasos y la suave melodía los envolvía por completo, sintió en el rostro la caricia de su aliento, que conservaba el cálido aroma del té a la menta que había tomado antes, y notó el sutil aroma de su colonia. Contempló aquellos labios firmes que tenía tan cerca, y un sinfín de sensaciones la embargaron. Se sentía lánguida, como en una nube, y logró mantenerse en pie gracias a que él la sujetaba con firmeza mientras la guiaba al compás de la lenta música.

Cuando la canción terminó, él se giró de improviso y la echó hacia atrás contra su costado, de modo que quedara apretada en diagonal contra su musculoso cuerpo. Mientras se aferraba a él para evitar caer de espaldas, sus bocas quedaron a un suspiro de distancia por un largo, dulce y emocionante momento. Si él se inclinara un poco más, sólo un poquito... le clavó las uñas en el hombro sin darse cuenta y entreabrió los labios, pero él sólo vaciló por un instante antes de incorporarla de nuevo y de retroceder un paso, y la mantuvo sujeta de la cintura durante un par de segundos más antes de soltarla del todo.

La observó sin sonreír, con una mirada penetrante, como si estuviera buscando en sus ojos algún secreto oculto, y ella luchó por recobrar el aliento. Estaba ruborizada, impactada por la excitación de haber tenido tan cerca sus labios, y lo miró desorientada y confundida mientras el encaje que le cubría los senos se movía de forma visible con el latido desenfrenado de su corazón.

Se miraron en silencio, inmóviles, ajenos al sonido rítmico de la aguja del gramófono rascando el plato giratorio. El tictac de las agujas del reloj de pie pareció resonar como los latidos de un corazón en el tenso silencio.

Los ojos de Jared la recorrieron poco a poco... fueron deslizándose desde sus mejillas sonrosadas hasta su boca, descendieron por sus senos trémulos hasta sus manos, que tenía entrelazadas en la cintura, y entonces recorrieron sus caderas y bajaron por la falda hasta llegar a las puntas de sus zapatos.

Al cabo de unos segundos que parecieron una eternidad, aquellos audaces ojos azules ascendieron de nuevo. Ella había permanecido inmóvil, pero tenía los labios entreabiertos y su respiración jadeante se oía con claridad.

–¿Te han besado alguna vez, Noelle?

Ella se limitó a negar con la cabeza, y le vio exhalar de golpe. Parecía preocupado, desconcertado, confundido, vacilante... tenía una mano cerrada en un puño, y la respiración acelerada.

–No puedo darme el lujo de olvidar que eres una invitada que vive bajo mi techo, ni permitir que mi hermanastro cometa tal bajeza.

–No... no he dado pie a...

–No, claro que no. Eres joven y muy inocente, y uno de los dos debe comportarse con responsabilidad –fue a apagar el gramófono, y posó la mano sobre la trompeta–. Continuaremos con esto cuando no estemos a solas.

Ella contempló sonrojada su espalda. Daba la sensación de que estaba acusándola de tentarle, pero cuando se volvió a mirarla de nuevo se dio cuenta de que estaba equivocada. Su expresión era penetrante, pero no acusadora.

Mientras lo contemplaba en silencio, se dio cuenta de lo atractivo que era. Tenía un porte elegante, una arrogancia tan diferente de la fanfarronería de Andrew como el día y la noche. Era un hombre que exudaba autoridad, y que no necesitaba llevar medallas en el pecho para demostrarlo.

–Estás muy callada –le dijo, con voz suave.

–Perdone, es que... me gusta mirarle –al ver que entrecerraba los ojos, añadió a la defensiva–: Usted mismo ha dicho que quiere que seamos sinceros el uno con el otro.

–Sí, es verdad –admitió, con un suspiro, antes de esbozar una pequeña sonrisa.

–¿Le duele la pierna?

–No, no te preocupes. He sufrido heridas peores, no es la primera vez que me... hieren –había estado a punto de decir «que me disparan», pero logró rectificar a tiempo.

–¿Cómo era de joven?

–Como cualquier otro. Me metía en problemas siempre que podía –respondió con rigidez, antes de echarle un vistazo a su reloj de bolsillo–. Discúlpame, pero tengo que buscar un precedente legal en los libros de Derecho que tengo en el despacho.

Noelle le tocó el brazo cuando pasó junto a ella, y lo miró a los ojos antes de recordarle con voz suave:

–Acordamos ser honestos el uno con el otro, Jared.

Oírla pronunciar por primera vez su nombre le llegó al alma; estaban tan cerca, que alcanzaba a notar el tentador calor de su cuerpo, y luchó por controlar el atormentador deseo que sentía por ella. Alzó la mano hacia su cuello sin darse apenas cuenta de lo que estaba haciendo, y le rozó los labios con la punta de los dedos antes de susurrar con voz ronca:

–Vuelve a decir mi nombre.

–Jared...

Él le tomó la barbilla entre el pulgar y el índice, y fijó la mirada en su boca mientras la instaba a que la alzara. Era obvio que estaba dispuesta a dejar que la besara; de hecho, el deseo que la recorría era visible, porque era demasiado joven y vulnerable para ocultarlo. Se sintió tentado, más que tentado. Había sido un tormento tenerla en sus brazos mientras bailaban, pero su sentido del honor era más fuerte que el deseo que los atenazaba. Era una invitada que vivía bajo su techo, y se merecía su protección. No tenía derecho a hacer que se sintiera insegura o incómoda, aunque ella misma creyera que deseaba tener un acercamiento íntimo con él.

Se dijo que a veces era muy duro comportarse de forma honorable, y exhaló con fuerza antes de obligarse a soltarla.

–Es bastante tarde –lo dijo con una voz tan ronca, que ni él mismo la reconoció como suya.

Noelle lo miró a los ojos, desconcertada por el deseo avasallador que sentía por él. Tenerlo tan cerca la había dejado temblorosa, pero él tenía una expresión pétrea y le dio la espalda antes de decirle con aparente indiferencia:

–Buenas noches.

–Jared... –no supo cómo preguntarle por qué era tan reacio a acercarse a ella.

Él agarró el bastón, y la miró a los ojos en silencio durante un largo momento; cabría pensar que le había leído el pensamiento, porque dijo de repente:

–En mi alma hay rincones muy oscuros, Noelle. Sólo sabes de mí lo que yo permito que veas, pero hay cosas que jamás podría contarte. No esperes nada más que amistad de mi parte. Tu boca es dulce y me tienta más de lo que alcanzas a imaginar, pero no tengo nada que darte... y lo que tú puedes ofrecerme, ya lo he tenido antes.

Ella se ruborizó, y le espetó con indignación:

–No hace falta que te comportes como si estuviera poniéndome a tus pies. Eres un hombre maduro, y es la primera vez que conozco a alguien como tú –lo dijo con la cabeza bien alta, para explicar la indefensión que sentía ante las sensaciones que la embargaban.

–Sí, ya lo sé. No entiendes por qué te sientes vulnerable ante mí, porque crees que Andrew te atrae, pero estoy convencido de que en realidad no sientes nada por él; si ése es el caso, te ahorrarás mucho sufrimiento.

–¿Por qué?

–Porque Andrew te desea.

–¡Sólo somos amigos!

–Te desea, Noelle. Procura pasar el mínimo tiempo posible a solas con él, porque sólo es un caballero hasta cierto punto; en realidad, es bastante mujeriego, y no quiero que te hagan daño.

–Me parece un consejo curioso, viniendo de un hombre que ha estado a punto de besarme –le dijo, ceñuda.

–Ha sido un encuentro de lo más casto para un hombre como yo. Te arriesgas a que el fuego se desate cada vez que me permites que te toque, así que será mejor que tengas cuidado. Los escrúpulos son algo nuevo para mí, en los viejos tiempos vivía de maravilla sin tenerlos y Fort Worth me trae recuerdos muy duros.

–Me exiges honestidad, pero no me cuentas nada de tu pasado.

–La honestidad completa está reservada para los amantes, y eso es algo que tú y yo no llegaremos a ser jamás.

Ella se llevó una mano al cuello, y exclamó escandalizada:

–¡Eso espero!

–Estás sintiendo deseo físico por primera vez conmigo y me siento halagado, pero no quiero que esta locura continúe.

–¿Tan convencido estás de que es una locura?

–Por supuesto –abrió la puerta, y salió de la sala sin mirar atrás ni una sola vez.

Noelle había notado que tenía ese hábito, junto con varios más: Jared siempre procuraba ocupar los asientos que le permitieran quedar con la espalda contra la pared, y cuando alguien llamaba a la puerta, siempre preguntaba quién era antes de abrir. Le habría gustado saber qué le había sucedido en el pasado para convertirlo en un hombre tan cauto, pero era consciente de que él jamás se lo contaría. Era un hombre con secretos, y parecía todo un experto a la hora de guardarlos.

CAPÍTULO 6

Como se había mostrado tan cortante e incluso insultante con ella durante la clase de baile, Noelle pensaba que Jared iba a ignorarla en lo sucesivo por completo, pero no fue así; aunque siguió taciturno y reservado a lo largo de los días siguientes, pasó una gran cantidad de tiempo con ella, enseñándole el comportamiento adecuado que había que mantener en la mesa y en situaciones sociales. Fue la única que se dio cuenta de que él se aseguraba de que su abuela siempre estuviera presente durante las clases, que parecían divertir de lo lindo a la anciana.

Por suerte, Andrew estaba fuera de la ciudad por cuestiones de negocios, así que por esa parte no hubo ningún comentario incómodo sobre la cantidad de tiempo que su hermanastro pasaba con ella. Jared le había explicado a su abuela por qué había decidido ayudarla, aunque sin entrar en demasiados detalles, y como a la anciana también le preocupaba que Noelle estuviera encandilada del irresponsable Andrew, se había apresurado a darle su aprobación.

El hecho de que el propio Andrew hubiera estado mostrándose más atento de lo normal con la joven resultaba intranquilizador, sobre todo teniendo en cuenta que parecía igual de decidido a seguir cortejando a la señorita Beale.

A pesar de que la señora Dunn siempre estaba presente durante las clases, en una ocasión tuvo que ausentarse y Jared y Noelle se quedaron solos.

–¡No, no y no! –masculló él, con las manos en los bolsillos, al verla sentarse sin miramientos en una silla–. Siéntate como una dama, Noelle, con delicadeza y sin prisa. No te dejes caer como un vaquero exhausto.

–¿Qué vas a saber tú de cómo se comporta un vaquero?, ¡eres un abogado de ciudad! –estaba exasperada, porque daba la impresión de que nada le salía bien.

Él soltó una carcajada, y le contestó con sequedad:

–Te sorprendería todo lo que sé, y cómo lo aprendí.

Se quedó mirándola ceñudo. Iba ataviada con un vestido azul claro que parecía tener montones de encaje, y de repente se preguntó cómo se las ingeniaría una mujer vestida así para evitar que el encaje se le desgarrara al dejarse arrastrar por la pasión en brazos de un hombre.

–¿En qué estás pensando?

–Eh... en nada importante. Venga, vuelve a intentarlo.

Ella hizo una mueca de impaciencia, pero le obedeció hasta que él le dio el visto bueno; después de tomar un poco de té con delicadeza, dejó la taza en el platito y confesó:

–Es una taza tan fina y delicada, que me da miedo que se me caiga.

–No es más que una taza; si se rompe, compraremos otra.

–Es muy cara, Jared. En mi casa bebíamos en unas viejas jarras blancas, y los platos eran de otra clase y estaban descascarillados y agrietados –lo miró a los ojos antes de añadir–: Mis vestidos estaban hechos con sacos de harina, y un par de zapatos tenían que durarme uno o dos años.

–Ya no.

–¿No ves lo fuera de lugar que estoy aquí? No soy más que una rústica que no tiene ni idea de cómo hablar con la gente de ciudad, seguro que la señora Dunn se avergüenza de mí –sus ojos verdes reflejaban una tremenda inseguridad.

–Mi abuela está encantada de tenerte aquí... y Andrew también.

–Pero eres tú el que paga las facturas y me vine a vivir aquí sin tu permiso, sin que lo supieras siquiera; para cuando te mandaron una carta avisándote de mi presencia, yo ya llevaba semanas aquí.

–¿Crees que me molesta tu presencia?

–Sé que te irrito, no lo niegues.

Sí, era cierto que le irritaba, pero no porque le molestara albergarla en su casa. Contempló aquel cuerpo grácil, aquella cara hermosa y pálida, y fue poniéndose cada vez más tenso.

–Podría irme a vivir de nuevo con mi tío.

–Mi abuela se sentiría perdida sin ti –lo dijo con fingida naturalidad, pero apartó la mirada para que no se diera cuenta de lo mucho que le había afectado su ofrecimiento. Era consciente de lo que la aterraba la idea de regresar a Galveston.

Noelle intentó ocultar el enorme alivio que sintió. Se levantó de nuevo, se sentó tal y como él le había enseñado, alzó la taza con total corrección, se la llevó a los labios, tomó un sorbito de té, y volvió a dejarla sin que ocurriera ningún desastre.

Jared estuvo a punto de echarse a reír al ver su expresión triunfal, y mientras observaba su rostro animado y el brillo de sus ojos verdes, no pudo evitar pensar en lo guapa que era. Tenía pecas y una tez suave, y se preguntó de repente si era igual de pálida por todas partes, si su cuerpo entero era igual de terso y blanquecino...

Apretó los puños con fuerza en el interior de los bolsillos, y respiró hondo antes de decir:

–Lo has hecho muy bien, tanto tus modales como tu conversación en la mesa han mejorado mucho.

–Gracias por enseñarme, te estoy muy agradecida...

–No te preocupes, ya te dije que tenía tiempo.

–Sé que has tenido que trabajar algunas horas de noche

para recuperar el tiempo que has invertido en mí; a pesar del poco tiempo que lleva abierto, tu bufete ya va viento en popa.

Él soltó una carcajada carente de humor, y admitió:

–Sí, la verdad es que no esperaba tener tantos casos, pero puedo aceptar los que me interesan y posponer el resto. Me resultaba tedioso vivir en Nueva York, y los casos que me llegaban tenían más que ver con el dinero y el prestigio que con la justicia.

Se sintió sorprendida y complacida al ver que le contaba aquello, porque era un hombre muy reservado que jamás hablaba de su pasado, ni siquiera de Nueva York; de hecho, solía limitarse a escuchar cuando estaba con más gente.

–¿Por qué decidiste estudiar Derecho? –al verle vacilar, supo que estaba debatiéndose entre contestar o no. Se puso de pie, y se colocó delante de él–. Fuiste tú quien dijiste que siempre debíamos ser sinceros el uno con el otro.

–En ese caso, sé sincera y dime por qué quieres saberlo.

–Crees que tengo algún motivo oculto, ¿verdad? Por eso apenas hablas de ti mismo, porque desconfías de todo el mundo... sobre todo de las mujeres.

Él permaneció inmóvil, con una expresión tan rígida como el resto de su cuerpo.

–¿Crees que sería capaz de hacerte algún daño después de todo lo que has hecho por mí? Te debo mucho, Jared.

–No me debes nada. Hago lo que me viene en gana, y punto. Tu... educación me sirve para entretenerme, y la ayuda que prestas en la casa lo compensa con creces. No espero nada a cambio, y mucho menos que finjas estar interesada en mi vida.

–¡No estoy fingiendo! –exclamó, indignada.

–¿En serio? –la miró con una sonrisa burlona, y dijo con tono hiriente–: ¿No crees que es el pasado de Andrew el que debería interesarte?

Ella se llevó las manos a las caderas en un gesto muy impropio de una dama, y lo fulminó con la mirada.

–¡Seguro que Andrew se desmayaría aterrado si le preguntara sobre su pasado, que seguro que está plagado de campos de batalla sembrados de cadáveres y montones de mujeres atractivas en su cama! –no se dio cuenta del disparate que acababa de decir hasta que le vio enarcar las cejas y echarse a reír a mandíbula batiente. Se cubrió la boca con la mano y lo miró horrorizada.

Jared no se había escandalizado al oírla hablar así; de hecho, estaba riendo porque aquella respuesta tan poco convencional le había encantado. Dio un paso hacia ella, y le preguntó con descaro:

–¿Qué sabes tú de lo que un hombre hace en la cama con una mujer atractiva, Noelle?

Estaba tan avergonzada, que soltó un gritito y se puso roja como un tomate. Intentó dar media vuelta, pero él la agarró del brazo con una mano férrea y tiró con suavidad para volver a acercarla.

–¡Eso ha sido imperdonable! –exclamó, hecha una furia. Tenía los ojos tan lívidos como las mejillas.

–Sí, pero tú siempre me perdonas, ¿verdad? –le dijo con indolencia, antes de soltarla.

–¡Sólo Dios sabe por qué!

Él asintió complaciente, y le echó un vistazo a su reloj de bolsillo.

–Queda menos de media hora para que sirvan la cena, ¿quieres que te enseñe a bailar el vals?

–¿En media hora? –le dijo, un poco más calmada.

–Puedo enseñarte los pasos, y después sólo te hará falta practicar –su sonrisa se desvaneció de golpe–. Pero no puedo ofrecerme a practicar contigo.

–Te duele la pierna cuando te apoyas demasiado tiempo en ella, me he fijado.

–¿Que te has fijado?, ¿por qué?

Ella fue incapaz de contestar. Le observaba a todas horas, y su propia fascinación la desconcertaba. Seguro que se debía a que era su tutor, su mentor, la persona que la ayudaba y la trataba con amabilidad a pesar de la imagen huraña que mostraba de cara al resto del mundo; de hecho, su propio hermanastro solía hablar con mordacidad sobre él y sobre algunos de los casos que había ganado... a juzgar por algunos de los comentarios de Andrew, cabría pensar que Jared no tenía ni corazón ni conciencia, pero eso no era cierto.

Él se acercó visiblemente tenso al gramófono, y comentó:

–El vals es un baile elegante, pero requiere aguante y concentración.

–Tú pareces capaz de concentrarte en cualquier situación, incluso cuando hay mucho ruido.

–Es un reflejo adquirido a base de práctica, en el mundo moderno cuesta encontrar la paz y la tranquilidad necesarias para reflexionar sobre un caso –se volvió hacia ella cuando puso en marcha el instrumento y la música empezó a sonar, y fue entonces cuando se dio cuenta de que le había seguido y la tenía justo detrás. Le puso la mano izquierda en la cintura y comentó–: En condiciones normales, tu pareja llevaría guantes.

–Y yo también.

Él respondió con una sonrisa, y asintió antes de indicarle el primer paso.

–Deja que te guíe. Se parece al baile que te enseñé el primer día, pero es un poco más complejo... ¡Noelle, no intentes girar hasta que yo lo haga! –hizo una pequeña mueca de dolor mientras se enderezaba. Ella acababa de dar un pequeño traspiés, y había estado a punto de hacerle perder el equilibrio.

–¡Perdona, qué torpe soy! ¿Te he hecho dado en la pierna? –le preguntó, contrita.

–No –mascullló entre dientes, antes de añadir–: Inténtalo de nuevo.

Noelle sabía que la pierna le dolía, pero optó por no hacer ningún comentario. Él siguió bastante rígido mientras la guiaba y la hacía girar lentamente al ritmo de la música, pero menos de cinco minutos después, al ver que cada vez tenía peor cara, ella se detuvo en seco y le dijo:

–Te has hecho daño en la pierna, no lo niegues. No sabes cuánto lo siento, debes de sentirte como si estuvieras enseñando a bailar a una vaca.

–No soy un inválido –refunfuñó, mientras se frotaba la pierna.

–Siéntate, por favor.

Estaba empeñado en no dejar que le cuidaran, pero al verla tan preocupada, su obstinación se desvaneció y dejó que le condujera al sofá. Suspiró aliviado al sentarse, y extendió la dichosa pierna para intentar calmar un poco el dolor.

–¿Quieres que te traiga algo?, ¿tienes alguna medicina para el dolor?

–Ni hablar. A los médicos les encanta administrar mejunjes, quisieron darme opiáceos para aliviar el dolor, pero esas sustancias crean adicción. ¿De verdad crees que eso es lo que necesito?

–No, claro que no, pero entonces... ¿qué quieres que haga?

Jared respiró hondo y cerró los ojos antes de contestar:

–¿Sabrías servirme un whisky?

–Por supuesto que sí, mi tío era propenso a resfriarse y lo usaba a modo de medicina.

En otras circunstancias, habría hecho algún comentario sarcástico al oír aquello, pero la pierna le dolía demasiado y se limitó a decir:

–En el despacho, en la vitrina.

Ella fue a buscarlo de inmediato, le daba igual si alguien la veía andar por la casa con una bebida alcohólica. Pobre Jared, debía de dolerle mucho, pero a pesar de todo, jamás se rendía. Se preguntó cuánto tiempo llevaba sufriendo, y si había resultado herido mientras ejercía su trabajo; según la señora Dunn, había viajado mucho antes de regresar a Fort Worth.

No se cruzó con nadie al regresar con un vasito lleno de whisky, y al entrar en la sala de estar cerró la puerta por si a la señora Dunn se le ocurría bajar de su dormitorio. Fue a toda prisa hacia Jared, que seguía espatarrado en la silla y con el rostro rígido por el dolor, se sentó en el suelo junto a él, y le dio el vaso.

–Gracias –se limitó a decir él, antes de tomárselo de un solo trago.

Noelle se preguntó cómo podía beberse algo que olía incluso peor que el linimento, y cuando él le devolvió el vaso, humedeció un dedo con la gota que había quedado en el fondo y se lo llevó a los labios con curiosidad.

–¡Qué asco! –exclamó, con una mueca de repugnancia.

Jared bajó la mirada hacia ella mientras la calidez del alcohol le recorría el cuerpo, sonrió al ver su expresión, y le dijo en tono de broma:

–¡Eres una borrachina!

–¡Eso no es verdad! –exclamó, indignada.

–Anda, dame eso.

–El de mi tío no estaba tan malo. Una vez me dejó probarlo, y la miel y el limón que le había echado lo suavizaban un poco.

–Eso era un ponche –hizo una mueca al incorporarse en la silla, pero el dolor empezaba a calmarse. Noelle estaba sentada a sus pies en la prístina alfombra, rodeada de su falda.

–Lo siento, seguro que te ha dolido muchísimo cuando he tropezado.

–El dolor forma parte de la vida, y llevo mucho tiempo soportándolo.

Ella no se dio cuenta de que estaba hablando en sentido figurado, y dedujo que la herida era bastante antigua.

–¿Quieres que te traiga algo más?

–No, ya estoy mejor –sintió el súbito impulso de alzarla entre sus propias piernas y apretarla contra su cuerpo, y dijo con irritación–: Por el amor de Dios, levántate del suelo.

–Claro –se apoyó en el brazo de la silla, pero tropezó con la falda al levantarse y soltó una palabrota que le había oído decir a su tío.

Jared se apresuró a sujetarla para evitar que cayera, y se echó a reír mientras se ponía de pie junto con ella; cuando Noelle se dio cuenta de la palabrota que acababa de decir y lo miró horrorizada, fue incapaz de controlarse: la abrazó con fuerza, y se meció con ella en una tosca demostración de afecto a pesar del dolor de la pierna.

–Eres una fierecilla, voy a tener que echar mano de toda mi paciencia para lograr convertirte en una dama.

Noelle notó el latido de su corazón bajo el oído, y se dio cuenta de que su cuerpo era duro como el acero y tenía una fuerza que a distancia no se apreciaba del todo. Era cálido, duro, y olía bien; al sentir la caricia de su aliento en la mejilla, se apretó un poco más contra él, y su propio cuerpo se tensó cuando la sensación de aquel pecho firme bajo las palmas de las manos hizo que anhelara acariciarle por debajo de la ropa. Se quedó de piedra, ya que no entendía cómo había podido ocurrírsele algo tan escandaloso.

Él alzó la cabeza al notar su reacción, y se tensó al ver el desconcierto y la curiosidad que se reflejaban en su mirada. Mantuvo el rostro tan rígido como siempre, pero en sus ojos relucían emociones que llevaba reprimiendo durante demasiado tiempo.

Noelle empezó a respirar jadeante cuando, a pesar del emballenado, sintió que sus manos cálidas empezaban a acariciarle la espalda. Ella seguía teniendo las suyas contra su ancho pecho, sobre el sedoso chaleco que cubría la camisa de algodón, y notó bajo las palmas que a él se le aceleraban tanto el corazón como la respiración.

Él bajó las manos hasta su cintura, y le sostuvo la mirada mientras iba alzándolas por sus costados y su tórax hasta llegar a las axilas. Le rozó los senos con los pulgares en una caricia que la encendió de deseo, y antes de que pudiera recobrar el aliento, la instó a que alzara los brazos y se abrazara a su cuello.

Al verla abrir la boca para decir algo, le hizo un gesto negativo con la cabeza para indicarle que permaneciera callada, y volvió a rodearla con los brazos antes de atraerla hacia sí con suavidad; cuando la tuvo amoldada contra su cuerpo, fue apretando los brazos muy poco a poco, hasta que al fin estuvo abrazándola abiertamente.

Noelle entreabrió los labios mientras su cuerpo ardía y palpitaba. Nunca antes había sentido algo tan avasallador, tan dulce.

Él contempló con un deseo descarnado sus labios entreabiertos, pero se tensó cuando las súbitas campanadas del reloj que había en el pasillo indicaron que ya era la hora de la cena.

–Esto es imperdonable –dijo, mientras iba soltándola milímetro a milímetro–. Un trago de whisky no me afectaba tanto en los viejos tiempos... o a lo mejor estoy tan aturdido por culpa de mi edad avanzada.

Noelle no se sentía avergonzada de lo que acababa de pasar; lo que sentía era desconcierto, porque su propio deseo le resultaba inexplicable. Le miró a los ojos, y le preguntó con voz suave:

–¿No ha significado nada para ti?

Él inhaló de forma audible por la nariz, y le dijo con rigidez:

–Eres una huésped en mi casa.

–Te aseguro que te lo diría si me sintiera ofendida, pero jamás me has ofendido en modo alguno.

–Eres muy joven, una muchachita inexperta que sabe tanto de hombres como yo de sombreros parisinos.

–Bueno, pues si necesito que alguien me enseñe... –se dio cuenta de que estaba a punto de decir algo imperdonable y logró detenerse a tiempo, pero se puso roja como un tomate.

A él no le costó adivinar cómo habría terminado aquella frase, y le espetó con tono cortante:

–Ni hablar, en esto no pienso ser tu tutor. Si necesitas clases de esta materia, que te las dé Andrew; al fin y al cabo, él es el objetivo de este ejercicio, ¿verdad?

Su sarcasmo la enfureció. Primero la provocaba hasta lograr que actuara como una idiota, y después se comportaba como si ella se hubiera lanzado a sus brazos.

–Haga lo que haga, nada te parece bien, ¿verdad? ¡Hay que ser muy engreído para pensar que le pediría a un viejo decrépito e insulso como tú que me diera lecciones en cuestiones amorosas! –lo fulminó con la mirada, y se apartó el pelo de la cara con una mano temblorosa.

–Vaya, por fin sale a relucir la verdad –le dijo, con una sonrisita cínica.

–¡Eres un abogaducho estirado y aburrido, un pusilánime sin agallas!

–Qué carácter –comentó, más divertido que insultado.

–¡Te odio! –al ver que se limitaba a mirarla en silencio, con un brillo de diversión... y de algo mucho más profundo en la mirada, se enfureció aún más–. ¡Si fuera un hombre, te pegaría un buen puñetazo!

–¿Todo esto se debe a que no te he besado?

–¡Si crees que permitiría que...! ¿Acaso piensas que se me...? ¡Ni se me había pasado por la cabeza...! –enmudeció al ver que se acercaba a ella.

Se quedó quieta, con las mejillas encendidas y casi al

borde de las lágrimas por la intensidad de las emociones que la atenazaban, pero a pesar de lo furiosa que estaba, no pudo contener el placer que sentía cada vez que lo tenía cerca.

Jared se detuvo delante de ella, enmarcó su rostro entre las manos y la instó a que alzara la cabeza. Contempló sus ojos húmedos durante un largo momento y al final dijo con voz ronca:

–A lo mejor he sido demasiado protector porque consideraba que nos unían ciertos lazos familiares, pero pensándolo bien, supongo que no tiene nada de malo darme un casto beso con una prima lejana de mi hermanastro.

Noelle se estremeció al oír la sensualidad que reflejaba su voz, y se aferró a las solapas de su chaqueta. Vio cómo aquella boca firme se acercaba a la suya y se entreabría, cómo vacilaba y se detenía tan cerca, que pudo saborear el cálido aliento a café que desprendía.

Jared no estaba seguro de si debía dar aquel último e irrevocable paso, pero se decidió al ver la mezcla de fascinación y deseo descarnado que se reflejaba en su rostro.

–No, Jared, no pares. No vuelvas a provocarme, por favor. Creo que... que me moriría si te pararas ahora –susurró, con voz trémula.

–Creo que yo también moriría, Noelle –admitió, con voz ronca. Contrajo las manos con tanta fuerza, que le resultó casi doloroso, y la instó con suavidad a que alzara la barbilla antes de apoderarse de su boca con pasión desatada.

Era la primera vez que un hombre la besaba. Las ensoñaciones en las que había intentado imaginarse aquel momento habían sido vagas y llenas de ternura, pero la realidad era violenta e incluso daba un poco de miedo. La boca de Jared era dura, sabía a whisky, y era de lo más íntimo sentirla prácticamente dentro de la suya. Las sensaciones que la recorrían mientras él parecía querer devorarla eran tan potentes, tan avasalladoras, que gimió y se estremeció de pies a cabeza.

Él se detuvo de inmediato al notar su reacción, y se apartó

un poco para poder mirarla a la cara; al ver sus labios hinchados y la mezcla de deseo y miedo que se reflejaba en sus ojos, le preguntó con ternura:

–¿Te he asustado? Perdóname, es que hace muchísimo tiempo que no...

Enmarcó su rostro entre las manos, pero en esa ocasión lo hizo con delicadeza, acariciando en vez de aprisionando. Se inclinó hacia ella y la besó con sensualidad, sin prisa, deslizando la boca sobre sus cálidos labios y dándole pequeños mordisquitos.

Noelle contuvo el aliento. Aquello se asemejaba mucho más a sus ensoñaciones, aunque el rostro que había imaginado en ellas no era el de aquel hombre estoico y maduro, sino el de su hermanastro... aun así, no sentía placer ni deseo cuando Andrew la tomaba de la mano o la tocaba de forma fortuita, y eso la desconcertaba.

Era incapaz de resistirse a Jared, y se rindió por completo. Fue relajándose cada vez más mientras él seguía besándola con sensualidad, se apretó contra su cuerpo firme en un gesto de entrega absoluta, y fue entonces, y sólo entonces, cuando él abrió la boca y la instó a hacer lo mismo para poder adueñarse de ella con labios, dientes y lengua.

Noelle soltó un pequeño gemido. Sabía que debería sentirse escandalizada, ofendida, indignada, que tendría que propinarle una bofetada... pero su cuerpo entero se estremeció de deleite cuando él presionó las caderas contra las suyas y notó algo duro que la tomó por sorpresa. Era inocente, pero ni siquiera una joven inexperimentada podía malinterpretar lo que le había pasado al cuerpo de Jared; al fin y al cabo, tenía amigas casadas, y le habían contado algunos detalles que la habían dejado atónita.

Se puso rígida, consciente de que sería impensable permitirle que se tomara tales libertades, y empujó contra su pecho con las manos abiertas.

–Shhh... tranquila –susurró él, con voz ronca. Deslizó las manos desde las caderas hasta su cintura y dejó que retrocediera, pero sólo un poco–. Mírame, Noelle.

–¡No... no puedo! –gimió, abochornada; aun así, no tuvo más remedio que obedecer cuando él le hizo alzar la barbilla con una mano, y se quedó sin aliento al ver el brillo de sus ojos.

–Ahora ya sabes lo que puede pasar entre un hombre y una mujer, y con cuánta rapidez.

–¿Po... por eso lo has hecho? –alcanzó a decir, después de tragar con dificultad.

Él fijó la mirada en su hinchado labio inferior y lo frotó con el pulgar poco a poco, durante varios segundos, antes de contestar:

–Los dos queríamos saber lo que sentiríamos al besarnos y ya tenemos la respuesta, pero es mejor no repetir esta clase de experimentos. Ya te dije que no tengo nada que ofrecer, dentro de mí no queda nada de amor.

Ella alzó, vacilante, una mano hacia su rostro; al ver que no se apartaba, trazó con la punta de los dedos aquella nariz recta, las cejas, los pómulos, la boca dura y la barbilla firme. Tenía una barba incipiente, aunque estaba segura de que se había afeitado por la mañana. Tocarle era muy excitante... hundió la mano en la espesa mata de pelo negro y ondulado, y dijo con voz ronca:

–En diciembre cumpliré veinte años, y Andrew me dijo que tú tienes treinta y seis.

Él le agarró la muñeca con brusquedad, y sus ojos adquirieron un gélido brillo acerado.

–Mi edad no te concierne, y será mejor que olvidemos lo que acaba de pasar.

–Ha sido mi primera experiencia con un hombre, así que dudo que pueda olvidarla.

Él se mantuvo impasible, y la soltó antes de decir con una sonrisa cruel:

–Como para mí no ha sido la primera, dudo que la recuerde.

Noelle alzó la mano para abofetearle sin darse apenas cuenta de lo que estaba haciendo, pero él consiguió agarrarla justo antes de que impactara contra su mejilla. Se quedó horrorizada por su propio comportamiento, y bajó la mano a toda prisa.

–Lo... lo siento.

Él no dijo ni una palabra, pero la sorpresa que sentía relampagueó por un instante en sus ojos azules. Se miraron en silencio mientras ella retrocedía poco a poco, con todas las inseguridades que la atenazaban reflejadas en el rostro. Ninguno era consciente del sonido seco de la aguja del gramófono, que seguía en marcha, ni de las voces que se oían desde un extremo del pasillo.

Él no le preguntó por qué parecía ofenderle tanto no ser la primera mujer a la que había besado, porque los dos sabían la respuesta a eso.

–Nos conocimos en el momento equivocado, Noelle –le dijo, con voz profunda y contenida.

–No te he pedido nada.

–Eso es todo lo que voy a darte: nada –se rio con frialdad antes de añadir–: Ve a vestirte para la cena, mañana ninguno de los dos se acordará siquiera de lo que acaba de pasar.

Ella le dio la espalda, y fue temblorosa hacia la puerta. Su vida entera acababa de cambiar, pero él se comportaba como si lo que acababa de suceder fuera algo inconsecuente. Se detuvo al llegar a la puerta, y cuando se volvió a mirarle y lo vio allí plantado, vestido con su traje gris y ligeramente despeinado, le pareció el hombre más sensual y masculino que había visto en toda su vida; de hecho, parecía incluso peligroso, y se preguntó cómo podía haber pensado que era soso o pusilánime. Era imposible que un hombre tuviera esa fuerza y ese físico si se pasara todo el día sentado tras la mesa de un despacho; además, la herida de la pierna no le hacía aflojar el paso en ningún sentido.

La recorrió un estremecimiento de placer cuando sus miradas se encontraron, y se apresuró a abrir la puerta y a salir al pasillo. Se sintió aliviada cuando subió a su habitación sin cruzarse con nadie, porque el corazón le martilleaba en el pecho, tenía los labios hinchados y su mirada reflejaba la maraña de sentimientos que se agolpaban en su interior.

No sabía cómo iba a ingeniárselas para sentarse frente a Jared en la mesa y fingir que nada había cambiado entre los dos.

CAPÍTULO 7

Cuando Andrew regresó de su viaje de negocios, no tardó en invitar a Noelle al baile. Ella no se sentía demasiado segura de sí misma, porque sólo había dado unas cuantas clases de baile, pero por lo menos tenía un vestido adecuado y había aprendido cómo había que comportarse en sociedad.

De modo que aceptó la invitación, aunque no sintió el entusiasmo que esperaba. Andrew le caía muy bien, pero no despertaba en ella respuesta alguna desde el punto de vista físico. Estaba encaprichada con él, pero era algo puramente emocional, y no entendía cómo era posible que la dejara indiferente mientras que un hombre como Jared, que era el polo opuesto a él, la enloquecía de deseo con sólo rozarla.

Aunque la verdad era que Jared no parecía interesado en rozarla siquiera. Ella llevaba días sin dormir, pasaba las noches en vela pensando en la cálida pasión de aquellos labios firmes, recordando la necesidad avasalladora de descubrir el sabor y la textura de aquella boca. Su propia reacción la había asustado y él parecía decidido a mantener las distancias, porque no había hablado directamente con ella ni una sola vez desde el día de aquel fatídico vals.

Se repetía una y otra vez a sí misma que era demasiado viejo y estirado para ella, que no quería recibir las atenciones de un hombre así, pero cuando le hormigueaban los labios y recordaba lo que había sentido cuando él había hundido la lengua en su boca, la recorría una oleada de calor.

Se avergonzaba de tener una reacción física tan abrumadora ante Jared Dunn, que le había dejado muy claro que no estaba interesado en ella desde un punto de vista sentimental; después de aquel último encuentro, él sólo le hablaba cuando era estrictamente necesario y de forma muy impersonal. Se mostraba cortés, pero distante.

Andrew no había notado jamás ninguna familiaridad entre ellos, y aunque le había extrañado que Jared interviniera en lo del gato semanas atrás, había pensado que eran figuraciones suyas y que su hermanastro había permitido que el gato se quedara para que lidiara con los ratones... aunque él aún no había visto ni un solo roedor.

El gato estaba fantástico. Noelle le había bañado y acicalado, y se había convertido en una mascota limpia, inofensiva y bien alimentada. Le hacía compañía a la señora Pate en la cocina, que era donde le habían puesto un cómodo cajoncito de madera para dormir, y le abrían la puerta trasera cuando tenía ganas de salir.

Al igual que el gato, Noelle había ganado algo de peso y se había aclimatado a la casa; además de hacer pequeñas tareas para la señora Dunn y de leerle en voz alta, colaboraba en lo que hiciera falta, y a menudo ayudaba a Andrew con el papeleo. La familia entera no tardó en darse cuenta de que estaba tanto habituada como dispuesta a trabajar duro.

Andrew se sentía cada vez más atraído por Jennifer Beale, pero se dio cuenta de que Noelle había encajado a la perfección en la casa; aun así, el hecho de que siguiera empeñada en ponerse aquel dichoso mono de trabajo cuando estaba ocupándose del huerto y el jardín, a pesar de las advertencias de su abuela, no le hacía ninguna gracia, porque le preocupaba lo que pudieran pensar los vecinos; de hecho, después de verla vestida con ropa de hombre, manchada de tierra y con una azada en la mano, alguna que otra vecina había visitado a su abuela y había hecho velados comentarios maliciosos al respecto, y a él se le caía la cara de vergüenza.

–Ese mono de trabajo le queda demasiado ajustado, y por si fuera poco, se remanga las perneras del pantalón hasta las rodillas –le dijo a su abuela, ceñudo–. ¡Una dama no puede comportarse así, debes hablar con ella!

–Lo he intentado, Andrew. Sonríe y asiente, pero vuelve a salir con la azada en cuanto Henry se despista y deja que crezcan demasiado las malas hierbas.

–A lo mejor se despistaría menos si no bebiera tanto whisky.

–Sí, ya lo sé. He pensado en pedirle a Jared que hable con él.

–Ya me encargo yo; al fin y al cabo, he sido el hombre de la casa durante mucho tiempo, mientras mi hermanastro se dedicaba a darse aires en Nueva York.

La señora Dunn se volvió hacia él, y le advirtió con delicadeza:

–Yo en tu lugar no emplearía ese tono arrogante con Jared, hay muchas cosas que no sabes de él.

–No es más que un abogado de ciudad, un dandi –contestó, con actitud despectiva–. Seguro que se hirió la pierna cayéndose de un caballo... yo monto desde niño, jamás me pasaría algo así.

La señora Dunn se mordió la lengua, porque no quería contarle nada sobre el pasado de Jared; si sus pecados del pasado llegaban a salir a la luz en Fort Worth, las cosas se le podían complicar bastante.

–Noelle va a acompañarme este viernes al baile de la Sociedad Benevolente, ¿te apetece venir con nosotros?

–Sí, ya tenía pensado asistir. ¿Podrías convencer a Jared de que venga también? No ha tenido nada de tiempo libre desde que abrió su nuevo bufete, y trabaja demasiado. Ya no le vemos ni a la hora de comer.

Andrew estuvo a punto de decir con sequedad que, por su parte, le parecía fantástico no tener que aguantar aquella presencia estoica y coercitiva usurpando su lugar en la cabecera de la mesa, pero se limitó a sonreír y comentó:

–Seguro que está trabajando duro para ponerse al día, y tardará un tiempo en conseguir que el bufete funcione. Está acostumbrado a tener mucha más clientela.

–Tengo entendido que sus servicios ya están muy solicitados, Andrew. Está claro que su reputación como abogado le ha precedido.

–Seguro que son meras exageraciones –le echó un vistazo a su reloj de bolsillo, y lo cerró con un movimiento seco–. Debo irme, tengo un compromiso. ¿Necesitas que te traiga algo?

–No, querido. Gracias, eres muy considerado conmigo –le dijo, sonriente–. Lamento que Jared y tú seáis tan diferentes, habría sido mejor que tuvierais algunas cosas en común.

–Yo fui un soldado con experiencia de combate, y él un civilizado abogado de Nueva York. No tiene nada que ver –soltó una carcajada, y añadió–: No te preocupes, nos llevamos bastante bien.

–Aun así...

–Tengo que irme, hasta luego –la besó en la mejilla, pero cuando miró hacia el jardín y vio a Noelle con el mono de trabajo y la azada, a la vista de todo el vecindario, hizo una mueca de exasperación–. ¿Podrías hablar con Noelle?

–Por supuesto.

–Gracias –salió del saloncito y se dirigió al vestíbulo, pero estuvo a punto de chocar con Jared al salir por la puerta principal. Le miró sorprendido, y comentó–: Vaya, qué pronto llegas hoy.

–Y tú tienes mucha prisa, ¿no? –le contestó Jared, ceñudo.

Andrew lanzó una mirada furtiva a su alrededor antes de admitir:

–La señorita Beale me pidió que la llevara a un compromiso social que tiene. Su padre está fuera de la ciudad, y detesta ir en vehículos de alquiler.

–Creía que nuestra Noelle te parecía más interesante –comentó, muy serio, mientras lo observaba con una mirada penetrante e inescrutable.

–Eh... y así es, pero para serte franco, su falta de sofisticación me resulta abochornante. No está a la altura de... –la mirada que relampagueó en los ojos de su hermanastro le puso muy nervioso, y se apresuró a decir–: Disculpa, debo apresurarme si no quiero llegar tarde.

Jared vaciló por un instante, pero al final se apartó a un lado para dejar que se fuera; aun así, se aseguró de fulminarlo con la mirada, porque sus palabras le habían indignado. Noelle era una mujer maravillosa que había sufrido una gran tragedia, y parecía injusto que el único hombre que le interesaba tuviera tan mala opinión de ella.

Fue a la sala de estar, y se dio cuenta de que su abuela estaba igual de sombría que él.

–Andrew me ha pedido que vuelva a hablar con Noelle sobre lo de la jardinería, pero a lo mejor te hace más caso a ti. La verdad es que él tiene razón, podría ser más circunspecta.

Él colgó el sombrero en la percha antes de contestar con calma:

–No le veo nada de malo a que le guste cuidar plantas y cavar.

–¿Vestida con ropa de hombre? Tú también eres demasiado poco convencional, querido, pero a diferencia de ti, yo conozco de primera mano el daño que se le puede hacer a una mujer. Una indiscreción puede dar pie a otra, y no quiero que haya ni la más mínima duda sobre su buena reputación y su valía mientras esté bajo nuestra responsabilidad.

–De acuerdo –decidió hacerlo de inmediato, y se dirigió hacia el porche trasero de la casa.

Como la pierna estaba casi curada del todo (aunque aún la tenía un poco dolorida, y le quedaba una pequeña cojera que no tardaría en desaparecer), ya no necesitaba el bastón para andar, pero le gustaba sentir en la mano la fría empuñadura de oro con forma de cabeza de lobo; además, le aportaba seguridad. No llevaba encima la pistola, pero el bastón podía convertirse en un arma en caso de que fuera necesario.

Era muy cauto desde lo de Nuevo México, quizá demasiado... sobre todo en lo concerniente a Noelle, aunque por alguna extraña razón, cuanto más la rehuía, más atraído se sentía por ella.

La encontró inclinada sobre una tomatera, quitando con cuidado las malas hierbas. Estaba sudorosa, porque estaban a finales de primavera y hacía bastante calor, y se había remangado las perneras del mono de trabajo.

No pudo evitar recorrer con la mirada aquellas torneadas pantorrillas, y aunque era escandaloso que una mujer mostrara tanto las piernas, no tuvo más remedio que admitir que estaba disfrutando contemplándolas. Se había peinado con un moño alto del que se le habían escapado varios mechones, y tenía manchadas de tierra tanto las manos como la parte baja de los pantalones... pero a pesar de todo, a él le parecía preciosa.

Se apoyó en el bastón mientras la contemplaba a placer. Su intensa mirada no se perdió ni un detalle de sus gráciles movimientos, de la tentadora curva que formaba su cuerpo cuando se inclinaba sobre las plantas, de aquellas piernas pálidas y elegantes...

Noelle hizo una pausa en lo que estaba haciendo cuando

sintió el peso de una mirada y al girarse se sobresaltó al verle tan cerca. Se llevó una mano a la garganta de forma instintiva, y manchó de tierra el cuello alto de encaje de la blusa que llevaba bajo el mono.

–Perdona si te he sobresaltado –le dijo él, con voz suave.

–¿Has venido a regañarme? –bajó la mano, ajena a la mancha que acababa de dejar.

Él enarcó una ceja al oír su pregunta y esbozó una pequeña sonrisa antes de admitir:

–Todo el mundo parece creer que debería hacerlo.

–No soy nada fina. Me gusta trabajar con las manos, quitar las malas hierbas, plantar y recoger los frutos de mi trabajo, pero las faldas me estorban. Puede que sea poco convencional, pero no entiendo que pueda considerarse vergonzoso el hecho de trabajar la tierra que Dios nos ha dado.

Como él tampoco lo entendía, no pudo darle una respuesta. Se acercó a ella y comentó:

–Más que lo que haces, es lo que llevas puesto –tocó las perneras con el bastón, y añadió–: Tienes las perneras manchadas de tierra.

–Ya las lavaré –lo dijo un poco desafiante. Era más que consciente de que él estaba imponente ataviado con un traje azul marino, una camisa inmaculada y una impecable corbata.

–Eres una rebelde, una renegada. ¿Es que no te importa tu reputación?

–¡No he hecho nada malo! –exclamó, con voz lastimera. Cuando su mirada se encontró con aquellos ojos azul claro, quedó atrapada por una expresión tan intensa, tan acariciante, que se le encogieron los dedos de los pies y luchó por no recordar lo que había sentido cuando la había besado con tanto ardor.

–Las damas no muestran así las piernas –le dijo él, sin censura alguna en la voz.

–Y los caballeros no sueltan imprecaciones delante de las damas.

Él soltó una carcajada carente de humor antes de contestar:

–¿Acaso he afirmado alguna vez ser un caballero?

–No, y yo nunca he afirmado ser una gran dama –se limpió un poco de tierra que tenía en la cadera, y empezó a sacudir con irritación las perneras del pantalón–. Soy un caso perdido, Jared. No sé mantener conversaciones sofisticadas, me gusta hacer cosas impropias de una dama... –se mordió el labio antes de añadir–: Andrew te ha pedido que vengas a hablar conmigo, ¿verdad? Antes estaba mirándome ceñudo por la ventana, no estoy a su altura.

–Ha sido mi abuela la que me lo ha pedido –se odió a sí mismo por defender a su detestable hermanastro, pero siguió diciendo–: Está preocupada, porque parece ser que las vecinas están murmurando.

Ella dejó caer la azada, y se quedó mirándola durante un largo momento antes de comentar con cierta tristeza:

–¿Te has dado cuenta de lo fértil que es esta tierra? Es rica y franca, producirá unas verduras fantásticas –lo miró con expresión acusadora, y dijo sin más–: Henry bebe, no tiene tiempo de cuidar de estas plantas.

–También hablaré con él, y si no se compromete a beber con moderación a partir de ahora, contrataré a otro en su lugar.

–¿Lo dices en serio?, ¿de verdad que lo harías?

–Sí, si es lo que hace falta para poder tener un poco de paz. ¡Tú y tus dichosas verduras, Noelle!

–Te gustan las verduras –le dijo, sonriente–. Me he dado cuenta cuando comemos de que las prefieres a la carne... casi... casi siempre... –se calló al darse cuenta de lo que estaba admitiendo.

–Así que me observas, ¿no?

–¡Es que me intimidas! –al ver que negaba poco a poco con la cabeza, siguió a la defensiva–. Estás imaginándote cosas, no tengo ninguna necesidad de prestarte atención. Supongo que ya sabes que es Andrew quien me parece de lo más interesante, porque fue soldado y es un hombre joven, inteligente, responsable y gallardo.

Jared asintió, y se limitó a mirarla con expresión penetrante hasta que ella se ruborizó y sus ojos verdes empezaron a llenarse de temor.

–Andrew es mi completo opuesto, y aunque no me sorprende que eso te fascine, te aconsejo que te andes con cuidado. Un hombre que está empeñado en cambiar tu forma de ser no tiene nada que ofrecerte.

–No me importa cambiar a mejor, no quiero que él se avergüence de mí; en cualquier caso, no creo que seas la persona idónea para alentarme a que sea poco convencional.

Jared se echó a reír, porque estaba claro que tenía un concepto totalmente equivocado de él, pero no la rectificó.

–Puede que no, pero verte con esa azada me resulta... atractivo –le miró las piernas durante un momento tan largo, que ella se ruborizó de nuevo. Se enderezó antes de añadir–: Pero será mejor que vistas faldas y le dejes el cuidado de las plantas a los empleados, para que mi abuela se quede tranquila.

Ella soltó un sonoro suspiro, y dijo mohína:

–Haré un esfuerzo

–Andrew mencionó que va a llevarte al baile del viernes.

–Sí, pero seguro que hago ruido al beber el ponche, o se me cae alguna bebida sobre la espalda de alguna matrona, o tropiezo y tiro a alguno de los músicos.

Él no pudo evitar sonreír al oír aquello, y comentó con voz tranquilizadora:

–Andrew se asegurará de que no metas la pata.

–¿Tú vas a ir al baile? –al verle vacilar, una fuerza desconocida la impulsó a acercarse más a él. Alzó la mirada hacia aquellos ojos inescrutables, y le dijo con voz suplicante–: Por favor.

Él tensó la mandíbula, y en sus ojos relampagueó un extraño brillo que la hizo retroceder.

–No hace falta que seas tan arisco. Has estado trabajando muy duro últimamente y he pensado que te iría bien distraerte un poco.

–No me hacen falta esa clase de distracciones ni desfilar ante las matronas de la comunidad, que siempre están a la caza de yernos en esa clase de eventos.

–Pero tú eres viejo –se ruborizó al darse cuenta de lo que acababa de decir, y se apresuró a añadir–: Bueno, tampoco tanto... –al final, optó por callarse.

–Acabaré por hartarme de que me eches eso en cara; en según qué circunstancias, la edad puede ser una ventaja y no un inconveniente.

–¿Qué quieres decir?

Él no contestó, se limitó a mirarla con los ojos entrecerrados hasta que ella entendió lo que quería decir.

–¡Jared!

–Debería avergonzarme de mí mismo –lo dijo más para sí mismo que para ella–. Perdóname, Noelle.

–¡Eres un desvergonzado!

–Tal y como tú misma has dicho, soy viejo; como comprenderás, un hombre no puede llegar a mi avanzada edad sin aprender algo de... la vida.

–No es apropiado que me hables así.

–¡Qué convencional pareces, nadie diría que estás enseñando las piernas con descaro en el jardín!

–¡Jared!

Él alzó una mano a modo de rendición.

–Vale, ya me callo. Pero deja en paz la azada, por favor. Mi abuela me propinará una buena tunda si fallo por segunda vez en la misión que me ha encomendado.

–¡Eres incorregible!

–Qué adulta pareces, Noelle –le dijo, sonriente, con un brillo travieso en la mirada–. Pero aún estás verde, muy verde.

Sus ojos reflejaron secretos ocultos al mirarla, y ella sintió que la recorría una oleada de emoción que la estremeció de pies a cabeza. Cuando estaba con él se convertía en una imprudente. Albergaba en su interior sentimientos que se negaba a reconocer, y tenía que recordarse a sí misma que no estaba interesado en ella, y que era Andrew quien la tenía cautivada. ¿Por qué era incapaz de recordarlo en cuanto estaba cerca de Jared?, ¿por qué era el único capaz de afectarla?

–Cumpliré veinte años en diciembre.

–¿Tantos?, tendremos que organizar una cena de celebración –alzó la mirada hacia el cielo, que empezaba a oscurecerse–. Vamos dentro, creo que va a llover.

–La azada...

–Déjala –le espetó, irritado.

Ella se inclinó a recoger la herramienta en un gesto desafiante y fue a guardarla al pequeño cobertizo antes de regresar; al ver que él la miraba con dureza antes de echar a andar hacia la casa, entrelazó las manos a la altura de la cintura y le siguió muy rígida y silenciosa.

–Te encanta desafiarme, ¿verdad? –le dijo él de repente, con voz cortante.

–Perdona que te lo diga, pero a ti parece encantarte darme órdenes. ¿Seguro que nunca estuviste en el ejército?

–Hubo una época en que fui agente de los rangers de Texas, cerca de El Paso.

Ella se detuvo de golpe, atónita, y alcanzó a decir:

–Pero si... nunca lo habías mencionado.

Él se detuvo también, y se volvió a mirarla con ojos centelleantes.

–Mi abuela es la única que lo sabe, es la persona que mejor me conoce. Cuando se vino a vivir a Fort Worth con mi madre, yo me quedé... más al norte. Acabé en El Paso por casualidad y fue allí donde trabajé de ranger, aunque brevemente, porque al cabo de unos meses me avisaron de que mi madre estaba en su lecho de muerte. Vine de inmediato, y tras su muerte, fui a estudiar Derecho a Harvard. Ella había ahorrado algo de dinero para echarme una mano.

–¿El padre de Andrew no te ayudó también?

–No, murió antes que ella. Había sido soldado, y participó en la Guerra entre los Estados. Se retiró siendo coronel.

–Qué interesante, ¿y tu padre?

Su expresión se cerró en banda, y le dijo con firmeza:

–Nunca hablo del pasado. Andrew ni siquiera está enterado de todo lo que acabo de contarte, porque nos conocimos en el funeral de mi madre –se volvió hacia la puerta, pero cuando posó la mano en el pomo y ella la cubrió con la suya, se apartó como si se hubiera quemado y se giró hacia ella de golpe.

Noelle se quedó petrificada tanto por la brusquedad de su reacción como por la expresión rígida y aterradora de su rostro, y sólo alcanzó a decir:

–¡Lo... lo siento!

–¡No vuelvas a tocarme nunca más! –mascullò, en voz baja.

Ella lo miró con los ojos como platos, y se apresuró a retroceder un poco.

Jared respiró hondo, entró en la casa rezongando en voz baja y fue como una exhalación al despacho sin molestarse en comprobar si ella entraba o no. Sentir el contacto de aquella mano sobre la suya le había desquiciado. Su cuerpo estaba en completa sintonía con el de ella después de la pasión que se había desatado entre los dos el día del vals, y se ponía rígido de deseo en cuanto la tenía cerca. Sabía que jamás iba a poder satisfacer el deseo que sentía por ella, y se sentía frustrado y desconcertado por los pensamientos que se agolpaban en su mente.

No había podido admitir ante ella que, en cuanto había sentido el contacto de su mano, se había tensado de golpe por el deseo brutal que le había atenazado, pero permitir que se le acercara más podría haber tenido consecuencias desastrosas. Tenía que recordar que ella no era asunto suyo, sino de Andrew, pero por alguna extraña razón no podía quitársela de la cabeza.

Poco después de que Jared se encerrara en el despacho con un sonoro portazo, Noelle pasó junto a la puerta con sigilo mientras se dirigía a toda prisa hacia la escalera, pero la señora Dunn la vio a través de la puerta abierta de la sala de estar y la llamó.

–Qué te pasa, ¿querida? ¿Jared ha sido muy brusco contigo? –le preguntó, al ver que estaba ruborizada y tenía los ojos muy brillantes, como si estuviera conteniendo las lágrimas–. Perdóname, sólo quería ahorrarte más murmuraciones, pero tendría que haber hablado contigo yo misma. Si Jared ha hecho que te sientas mal, lo lamento.

–No, no ha pasado nada; de hecho, su nieto me ha dicho que va a asegurarse de que Henry cumpla con sus funciones como es debido. Lamento haberla preocupado, señora Dunn. No era mi intención ofenderla, es que aún me queda mucho por aprender.

–Espero ayudarte a que lo aprendas sin el sufrimiento que pasé yo. Sé de primera mano que las murmuraciones pueden resultar mortales, querida.

–En adelante seré más circunspecta. No quiero abusar de su hospitalidad, ni causarle problemas –vaciló por un instante antes de añadir–: Puedo regresar junto a mi tío, si usted quiere.

La anciana se acercó a ella y le dijo con afecto sincero:

–Me dolería mucho perderte. No quería lastimarte, pero tenemos vecinas con lenguas viperinas, y me afecta mucho... más que a la mayoría, quizá... ser el blanco de tanto interés indeseado.

–Y yo he puesto muy poco de mi parte –la miró contrita, pero de repente sonrió y la besó en la mejilla–. Perdóneme, por favor. De ahora en adelante voy a esforzarme más, y en cuanto a Jared... no ha sido brusco ni ha hecho que me sienta mal, lo que pasa es que discrepamos mucho. Es un hombre muy difícil.

–Sí, pero también es considerado y cariñoso con sus seres queridos.

Noelle sintió una oleada de tristeza al oír aquello; a juzgar por la falta de consideración con que solía tratarla, era obvio que ella no se encontraba dentro de ese grupo.

La noche del baile, Noelle se puso el precioso vestido de seda azul zafiro ribeteado de encaje blanco y cuentas plateadas. Su peinado consistía en una serie de tirabuzones alrededor de la cara y rizos más grandes recogidos atrás con un lazo color zafiro, ya que había decidido probar con un estilo diferente.

Se sintió satisfecha al mirarse al espejo, porque aunque no se consideraba una mujer hermosa, le pareció que al menos estaba bastante atractiva. El vestido le quedaba bien, pero sin ser nada provocativo, y para acabar de complementar el atuendo tenía una preciosa capa roja de terciopelo con capucha y los zapatos negros nuevos.

La señora Dunn estaba muy elegante con un vestido de terciopelo negro ribeteado de satén del mismo color, y en cuanto a Andrew, estaba increíblemente apuesto vestido de gala. La miró sonriente mientras le ofrecía el brazo a su abuela, y comentó:

–Qué afortunado soy, voy a tener a dos hermosas damas para mí solo. Jared está trabajando hasta tarde otra vez.

Noelle no habría admitido jamás, ni siquiera ante sí misma, la decepción que sintió al oír aquello, y contestó con aparente indiferencia:

–Dudo que le echemos de menos; de hecho, la velada acaba de mejorar.

–Tienes toda la razón, es un aguafiestas. Bueno, será mejor que nos vayamos ya.

Las ayudó a subir al carruaje, y durante todo el trayecto hasta la casa consistorial, que era donde se celebraba el baile, estuvo contándoles anécdotas de sus compañeros en las Filipinas.

El amplio salón estaba decorado con flores de papel y preciosos arreglos florales para dar un aire primaveral, y la orquesta tocaba valses mientras la flor y nata del escenario social de Fort Worth bebía ponche, mordisqueaba canapés y charlaba sobre los problemas del momento y lo que se podía hacer para solucionarlos.

–Creía que iba a haber cena antes del baile, estoy hambriento –le dijo Andrew a Noelle, que estaba radiante, mientras bailaban con gran corrección.

Ella también tenía hambre, pero no estaba dispuesta a admitirlo. En los últimos días apenas había tenido apetito por culpa de Jared, pero en ese momento, mientras bailaba con Andrew, se sentía mucho más animada. Estaba vestida a la última moda y la gente estaba tratándola con cordialidad, hasta el momento sólo había oído comentarios positivos sobre su presencia allí, y Andrew había tenido que evitar a varios jóvenes que la habían mirado con interés.

Irónicamente, él se mostraba más solícito y atento al ver el interés de los demás, y eso hizo que la señorita Beale, que había asistido al baile con un joven de buena posición social de Dallas, le lanzara miradas furibundas desde el otro extremo del salón.

Noelle notó con interés aquella animosidad. La señorita Beale era muy atractiva, mucho más que ella, pero a pesar de todo, Andrew estaba ignorándola de forma patente.

–La señorita Beale está molesta, Andrew –comentó, mientras bailaban al compás del vals.

–¿Ah, sí?

Lo dijo con aparente indiferencia, pero por dentro estaba de lo más satisfecho. Había sido él quien había mostrado casi todo el interés hasta ese momento, mientras la señorita Beale se limitaba a comportarse como una princesa que se sentía halagada por las atenciones de un plebeyo, así que había decidido no invitarla a aquel baile para ver cómo reaccionaba. El resultado superaba sus expectativas, porque era obvio que estaba celosa.

Le encantaba tener a dos mujeres a sus pies. La señorita Beale era muy bella, pero Noelle tenía una sensualidad innata. En ese momento estaba sujetándola de la cintura con total corrección mientras bailaban, pero tenía unas ganas locas de subir la mano hasta aquellos pechos firmes, de acariciarlos por encima de la seda que los cubría. Sólo con imaginárselo se quedaba sin aliento... Noelle le parecía una mujer muy excitante.

Por eso se mostró más atento que nunca. Fue a buscarle ponche y pastelillos, centró en ella toda su atención, y entre baile y baile se sentó con ella en las sillas que había a lo largo de la pared y le habló sin parar de sus aventuras, tanto en el extranjero como desde que había dejado el ejército.

Noelle se dio cuenta de que no mostraba ningún interés en ella... ni en su pasado, ni en su presente. Andrew no le hizo ni una sola pregunta sobre su vida, ni un solo comentario sobre su casa o su familia; al parecer, se conformaba con lo poco que sabía de ella.

No pudo evitar pensar en Jared, que tenía una actitud totalmente opuesta. Él parecía empeñado en escudriñar hasta el último rincón y recoveco de su vida, pero a pesar de que era quien mejor la conocía de toda la casa, no mostraba ningún interés personal en ella; de hecho, ni siquiera soportaba que le tocara la mano... sintió un profundo dolor al recordar su rechazo, que la había dejado destrozada. Daba la impresión de que, por razones que ella no alcanzaba a entender, Jared la consideraba repulsiva, así que no era de extrañar que hubiera decidido no asistir al baile.

–Estás muy pensativa, querida –le dijo Andrew.

–Lo siento –lo miró con una sonrisa forzada, y optó por mentir–. Estaba disfrutando de la música.

–La orquesta es bastante buena, ¿verdad? La banda militar de mi regimiento era fantástica, ojalá la hubieras oído tocar. Echo de menos el ejército, la vida civil no es lo mismo.

–¿Por qué lo dejaste?

–Porque un ejército no tiene con qué entretenerse en tiempos de paz, es una pena –comentó, pesaroso. Antes de que ella tuviera tiempo de contestar, miró hacia la puerta y soltó una pequeña carcajada–. ¡Caramba, mira quién acaba de llegar! Y acompañado de una dama encantadora.

Noelle se giró justo a tiempo de ver entrar a Jared. Estaba imponente vestido de gala, y llevaba del brazo a una rubia despampanante. Luchó por controlar los celos que empezaron a carcomerla, y se recordó que ella estaba con Andrew y no tenía derecho a enfadarse por el hecho de que él hubiera decidido asistir con una mujer; al fin y al cabo, estaba soltero, y podía hacer lo que le diera la gana.

Pero por mucho que luchaba contra sí misma, era consciente de lo posesiva que se sentía con él. Era un sentimiento intenso, muy atípico en ella, y del todo irracional.

–Es preciosa, ¿verdad? –siguió diciendo Andrew–. Es la señorita Amanda Doyle, un muy buen partido. Su padre es un magnate del ferrocarril, y tanto su esposa como él son muy protectores con sus tres hijas –no añadió que la señorita

Doyle le había rechazado como posible pretendiente de forma tajante–. Me cuesta imaginarme a Jared con una debutante joven y adinerada, debe de tener cualidades ocultas si ha logrado impresionarla.

CAPÍTULO 8

Noelle estuvo a punto de decirle a Andrew que ella sabía de primera mano que Jared era más de lo que aparentaba, pero logró callarse gracias a un gran esfuerzo de voluntad. Le dolía recordar la pasión que había sentido entre sus brazos, pero era incluso peor saber que Jared era consciente de que era incapaz de controlar el deseo que sentía por él. A lo mejor había decidido ir al baile acompañado de la señorita Doyle para dejar patente que no le interesaba lo más mínimo una joven e inocente pueblerina de Galveston. Era un hombre de ciudad culto, adinerado e inteligente, y jamás se casaría con alguien que no estuviera a su altura.

–Estás pálida –comentó Andrew, un poco preocupado–. ¿Quieres sentarte?

–No, gracias –tenía la voz un poco enronquecida. Se obligó a esbozar una sonrisa y le dijo con calma–: Me gustaría bailar de nuevo.

Él la sujetó con total corrección, y empezó a guiarla al son del vals por el abarrotado salón. Noelle sabía que algunas mujeres estaban mirándola con envidia al verla con él, que Andrew bailaba con maestría, era muy atractivo, y vestido de gala era la viva estampa de un elegante caballero, pero a pesar de que se sentía halagada de ser su acompañante, sentía un profundo dolor cada vez que miraba hacia Jared.

Andrew era atractivo, pero Jared la dejaba sin aliento vestido de gala, y le flaqueaban las piernas sólo con verle. Estaba mostrándose muy atento con la tal señorita Doyle, muy correcto, pero estaba sonriente e incluso un poco afectuoso. Al ver cómo le tomaba el brazo a aquella mujer en un gesto posesivo al presentársela a su abuela, al ver cómo la miraba, se sintió sola y helada.

–No sabía que bailabas tan bien, Noelle. Me has sorprendido –comentó Andrew, cuando el vals terminó.

Ella estaba igual de sorprendida, porque su experiencia se limitaba a las clases de baile de Jared. Decidió no decirle quién la había enseñado, porque era consciente de que, por razones que ella no alcanzaba a entender, Andrew sentía rencor hacia su hermanastro.

No pudo evitar que su mirada se desviara de nuevo hacia Jared y la señorita Doyle, y le pilló observándola desde el otro extremo del salón. Al ver que él esbozaba una sonrisita burlona, se apresuró a apartar la mirada, pero sus sospechas acababan de quedar confirmadas: estaba claro que él había asistido al baile con la hermosa debutante para dejar clara su postura, y que su actitud solícita formaba parte del plan.

Lo que ella no podía entender era por qué se sentía tan dolida.

–Vamos a saludar a la acompañante de Jared –le dijo Andrew, mientras la llevaba hacia allí–. Sólo he tenido el placer de hablar con ella en una ocasión. Su padre es muy conocido en esta zona, y aunque la principal fuente de su fortuna es el ferrocarril, también invierte en el negocio de la construcción. Sería un contacto muy útil para mí.

Aunque Andrew estaba esforzándose por aparentar normalidad, lo cierto era que estaba pasándolo muy mal viendo a su Jennifer con otro hombre, y eso le llevaba a ser mucho más atento con Noelle de lo que habría sido en circunstancias normales; por su parte, la señorita Beale le ignoró abiertamente cuando él condujo a Noelle hacia donde estaban su hermanastro, su abuela y la señorita Doyle.

Noelle fue a regañadientes. No quería conocer a la señorita Doyle, porque sabía que el dolor iba a intensificarse aún más, pero aun así, fijó en su rostro su mejor sonrisa cordial e intentó recordar que era Andrew quien la atraía, no Jared; además, entre este último y la señorita Doyle no parecía haber una diferencia de edad excesivamente grande, ya que ella debía de tener unos veintitantos años.

Se aferró con más firmeza al brazo de Andrew, y se abanicó con indolencia con el abanico de seda oriental en tonos azules, verdes y rojos que la señora Dunn le había prestado. Jared le había pagado el vestido, la había enseñado a bailar y a comportarse en sociedad... ella era el producto de sus enseñanzas, pero él estaba diciéndole sin necesidad de palabras que había perdido todo interés en ella.

Jared la vio acercarse acompañada de Andrew, y la expresión de su rostro le consternó. Había conocido a la señorita Doyle en una reunión donde se debatían asuntos de mejora cívica, y los padres de ella le habían echado el ojo de inmediato; al fin y al cabo, un abogado rico de Nueva York era un buen partido para una joven de buena familia. Sólo la había invitado a ese baile para demostrarle a Noelle que no tenía ningún interés en ella, pero el tiro estaba saliéndole por la culata. Era obvio que Noelle se sentía herida. Sólo era una cita, no era nada serio ni comprometedor, pero la mirada dolida que se reflejaba en aquellos ojos verdes le rompía el corazón.

Había recordado una y otra vez cómo la había tratado la última vez que habían estado juntos, cuando le había apartado la mano con brusquedad y le había hecho creer que le repugnaba que le tocara. En los últimos tiempos no se entendía a sí mismo. La deseaba con locura, pero era una joven inexperta; además, ella le había entregado su corazón a Andrew.

Al verlos llegar, la hermosa pero insolente señorita Doyle miró a Noelle con desdén, y se aferró con más fuerza al brazo de Jared. A Andrew apenas le miró, como si no le conociera de nada.

–Te presento a Noelle Brown –estaba diciendo la señora Dunn–. Noelle, te presento a la señorita Amanda Doyle. Su familia ha vivido aquí por varias generaciones.

–Es un placer conocerla, señorita Doyle –la saludó Noelle, en un alarde de buenos modales.

La señorita Doyle no le devolvió la sonrisa y se limitó a asentir antes de volverse hacia Andrew, para el que sí que tuvo una pequeña sonrisa.

–Hola, Andrew. Me alegra volver a verte.

–Lo mismo digo, señorita Doyle –agarró con firmeza la mano de Noelle, y añadió–: Noelle y yo vamos a sentarnos un rato, estamos exhaustos.

–No la lleves demasiado tarde a casa, Noelle no está acostumbrada a trasnochar –le espetó Jared, con voz cortante, al ver lo pálida que estaba.

La señorita Doyle empezó a abanicarse con frenesí, y enarcó una ceja antes de decir con una sonrisita condescendiente:

–Noelle, ¿dónde he oído antes ese nombre...? Ah, sí, creo que se encarga de la jardinería en casa de la señora Dunn vestida con pantalones, ¡qué atrevida! –su tono de voz era almibarado, pero destilaba veneno–. La señora Hardy es una vieja amiga de mi madre. Vive en la casa contigua a la de Andrew, la de la esquina.

Así que la señora Hardy había estado difundiendo rumores, ¿no? Noelle miró a la señorita Doyle a los ojos sin acobardarse. Esbozó una sonrisa gélida, y echó mano de un cotilleo que había oído sobre ella en una de las tiendas.

–Y yo creo que su padre es dueño de una empresa ferroviaria, y usted estuvo prometida hace poco a un joven que se hizo pasar por gerente de una empresa rival. Le llevaron a juicio, ¿verdad? ¿Ha salido ya la sentencia?

Era una metedura de pata descomunal. La señorita Doyle se quedó macilenta, y dio la impresión de que estaba a punto de desmayarse. Los murmullos no tardaron en ir alzándose a su alrededor.

–Vamos a bailar, Noelle –se apresuró a decir Andrew, antes de llevarla de nuevo a la pista de baile.

Noelle fue a regañadientes. ¡Qué mujer tan insufrible!, ¿cómo se atrevía a insinuar que ella era una fresca? Se había dado cuenta de que Jared había mantenido la mirada esquiva, seguro que estaba furioso por la contestación que había dado... ¡pues de ser así, a ella le daba igual!

–Querida, no es de buena educación mencionar tales cosas –Andrew aún no se había repuesto del susto.

–¡Se ha burlado de mí!, ¡ha pregonado a los cuatro vientos que soy vuestra jardinera!

–Si persistes en seguir trabajando en el jardín vestida como una... una... en fin, no deberían extrañarte tales murmuraciones –le contestó, con tono de irritación.

Noelle se alegró de que la fascinación ciega que había sentido por él se hubiera desvanecido. Ya se había dado cuenta de que, a pesar de su fanfarronería, era el miembro más convencional de la familia, incluso más que su abuela.

Era irónico que Jared, que tenía una apariencia y un comportamiento serios y conservadores, no se escandalizara tanto por su forma de ser; aun así, seguro que en casa le daba una sonora reprimenda sobre su inaceptable comportamiento, y la verdad era que se la merecía. Había quedado como una idiota por culpa de un arranque de genio, y había dejado en evidencia tanto a la señora Dunn como a Jared, que la habían tratado tan bien... aunque la insufrible señorita Doyle se merecía que la pusieran en su lugar por andar chismorreando.

La actitud de aquella mujer había sido maliciosa e injustificada, ¿por qué la había atacado sin más? Era la primera vez que se veían, y resultaba un poco raro que hubiera querido atacar a una desconocida; y por si fuera poco, Jared no la había defendido. Recordó de nuevo cómo le había apartado la mano en aquel último encuentro, y se sintió desolada.

Andrew la oyó soltar un suspiro pesaroso, y se sintió culpable por haber sido tan duro con ella.

–Estas situaciones son nuevas para ti, hace falta práctica para comportarse adecuadamente en este tipo de eventos sociales. En adelante te sacaré más a menudo, Noelle. Seguro que te va mejor si te enseño el comportamiento apropiado.

–Qué amable de tu parte, Andrew –no alzó la mirada, porque no quería que viera lo enfadada que estaba; al fin y al cabo, había sido la otra mujer la que la había atacado primero.

–Vaya, aquí viene Jared.

Ella siguió con la mirada gacha, y se limitó a fijar los ojos en la impecable camisa blanca que apareció junto a Andrew. Oyó la tensa disculpa de Jared, y su invitación a bailar.

–¿No puedes esperar un poco, muchachote? –le preguntó Andrew, con una sonrisa llena de arrogancia.

–No, no puedo, muchachito –la sonrisa de Jared fue gélida.

Andrew se acobardó ante aquella mirada acerada, y le dijo a Noelle:

–La edad tiene sus privilegios, querida –le lanzó una mirada maliciosa a su hermanastro, y la besó en la mano con galantería antes de entregársela.

Jared la tomó de la cintura, le sujetó la mano y empezó a guiarla con fluidez al ritmo de la música. Parecía decidido a ignorarla, porque mantuvo la mirada fija hacia delante y no dijo ni una palabra.

Ella lanzó una mirada ceñuda hacia la señorita Doyle, que estaba rodeada de amigas que chismorreaban tras sus abanicos de seda con expresión escandalizada y no dejaban de lanzar miradas hacia Jared y ella.

–Venga, échame un sermón. Andrew me ha dicho que no deberían extrañarme ese tipo de comentarios; al parecer, he dejado en evidencia a la familia.

–Sólo a una parte de ella.

–Esa mujer se ha burlado de mí por el simple hecho de que me gusta cultivar plantas –le dijo, con la mirada fija en su corbata negra.

Él tensó la mano, pero su rostro no mostró rastro alguno de compasión.

–Aun así, no ha estado bien que sacaras a relucir un tema tan doloroso para ella.

–¿Encarcelaron a su prometido?

–Sí, por hacerse pasar por gerente de una empresa ferroviaria y extorsionar a varias personas. El padre de la señorita Doyle estaba fuera de la ciudad en ese momento; de no ser así, lo habría descubierto antes. Pero es un tema que la abochorna.

–La señorita Doyle es una...

–¡Noelle!

Ella se tensó ante su tono de desaprobación, y le espetó:

–No me gusta tu mundo, está poblado de hipócritas –señaló con la cabeza hacia el grupo de amigas de la señorita Doyle, y añadió–: Míralas, chismorreando sobre mí. Seguro que la señora Hardy les dijo que mi familia era pobre, y que no estoy a su altura. ¿Cómo se atreve a insultarme así?

Jared estaba luchando por contener la risa. La hizo girar al ritmo del vals, y soltó un gemido al sentir una punzada de dolor en la pierna.

–¿Ves lo que has hecho? –el enfado de Noelle se desvaneció ante la preocupación que sintió por él–. Deberías estar sentado, no hace falta que intentes demostrar que estás en plena forma.

–No necesito tus consejos –le contestó, irritado.

–Claro que los necesitas, no escuchas a nadie más. La señora Dunn me dijo que esta semana has pasado dos días enteros de pie en el juzgado, y que no has dejado que ninguno de los otros abogados de la ciudad te eche una mano. ¡Por el amor de Dios, Jared...! ¡La pierna debe de estar matándote de dolor!

Era cierto, pero le hería en su orgullo que ella lo supiera. La miró con un brillo amenazante en los ojos, y le dijo:

–No necesito una enfermera.

Ella soltó un suspiro de exasperación, y exclamó:

–¡Adelante, empeora aún más la herida, y entonces podrás ir a pedirle a tu dulce señorita Doyle que te traiga un whisky para el dolor!

Jared se quedó mirándola sin saber cómo reaccionar. Nunca había sentido semejante vorágine de sentimientos encontrados.

–Por cierto, no sé si es aconsejable que estés tocándome –siguió diciendo ella, cada vez más furiosa–. Te repugnan mis manos, ¿verdad? Seguro que piensas que voy a envenenarte... bueno, llevamos guantes, a lo mejor es por eso por lo que aguantas el contacto.

Él permaneció en silencio, porque jamás podría explicarle por qué le había apartado la mano aquel día.

Noelle se detuvo en medio de la pista de baile, llena de humillación y de furia, y le dijo con voz contenida:

–Voy a pedirle a Andrew que me lleve a casa, no quiero permanecer aquí ni un minuto más. Transmítele mis disculpas a la señorita Doyle, por favor; a pesar de lo que me ha dicho, supongo que humillarla no ha estado bien de mi parte. Aunque teniendo en cuenta mi falta de refinamiento, supongo que era de esperar que pasara algo así –dio media vuelta sin darle tiempo a contestar, y fue directa a donde estaba Andrew–. Me siento mal, ¿podrías llevarme a casa?

–Por supuesto, ahora mismo.

A Andrew le costó disimular el alivio que sintió. La señorita Doyle seguía fulminándolos con la mirada, y su propia señorita Beale estaba lívida. La presencia de Noelle estaba dejándole en mal lugar en más de un sentido. La tomó del brazo, y fueron a presentar sus excusas al anfitrión y a despedirse de la señora Dunn.

Noelle no le dirigió la palabra a Jared; de hecho, ni siquiera le miró.

–Qué invitada tan extraña tienes en tu casa, Jared. No tiene modales, ¿verdad? –comentó la señorita Doyle con frialdad, al verla salir del salón junto a Andrew.

Jared también estaba siguiéndola con la mirada, con las manos en los bolsillos y toda clase de instintos protectores quemándole por dentro.

–Es muy joven –dijo, con voz suave, antes de volverse hacia la señorita Doyle. Su expresión se volvió gélida, y añadió con rigidez–: Tus comentarios han sido de muy mal gusto, no esperaba oír palabras tan desagradables en boca de una mujer de tu clase. Me has decepcionado, Amanda. Te creía por encima de un comportamiento tan pueril.

Ella se quedó boquiabierta. Al ver que las jóvenes que la rodeaban habían oído aquellas palabras y parecían incómodas, se ruborizó e intentó arreglar la situación.

–Es que la señora Hardy me dijo que...

–Noelle es mi prima, y no admito que nadie, absolutamente nadie, haga comentarios peyorativos sobre miembros de mi familia.

La señorita Doyle se abanicó frenética. Jamás en su vida se había sentido tan avergonzada.

–No lo he dicho con mala intención, ha sido un comentario inocente. Discúlpame, por favor.

–Chismorrear es imperdonable –le contestó, con voz severa. Miró a las otras jóvenes con frialdad, y añadió–: Las mujeres que lo hacen me repugnan.

Se oyeron exclamaciones ahogadas varias, y hubo una desbandada general; en otras circunstancias, le habría hecho gracia aquella reacción, pero Noelle se había marchado con Andrew, y estaba furioso con Amanda por haberle dado a su hermanastro una excusa para estar a solas con ella.

–Discúlpame, por favor –le dijo, muy rígido.

Al ver la mirada gélida que le lanzó, Amanda Doyle supo con total certeza que sus posibilidades de pescar a aquel adinerado pez en concreto se habían esfumado.

En caso de que le hubiera quedado la más mínima esperanza, Jared se encargó de eliminarla de raíz. Bailó con Jennifer Beale y con varias de las matronas presentes, pero no volvió a bailar con Amanda en toda la velada de forma deliberada; de hecho, ese detalle no les pasó desapercibido al resto de invitados, y hubo bastantes murmuraciones al respecto. Fue entonces cuando ella se dio cuenta de que con sus desconsiderados comentarios sobre la queridísima prima de Jared sólo había conseguido que él le diera la espalda... y no fue el único: otros hombres presentes también se indignaron por su actitud, y no la sacaron a bailar.

A Jared no le dio nada de pena que, para cuando la llevó de vuelta a casa, la señorita Doyle se hubiera convertido en la comidilla del baile.

Andrew llevó a Noelle a casa, y se detuvo en el vestíbulo el tiempo justo para asegurarse de que estuviera bien.

–Lamento tener que dejarte sola –le dijo, pesaroso–. Lo que ha pasado no ha sido culpa tuya, no quiero que te sientas avergonzada. Esa mujer es una víbora.

La conmovió que estuviera defendiéndola, aunque hubiera esperado a hacerlo en privado y no en público. Jared no la había defendido lo más mínimo.

–Eres muy amable, Andrew. Gracias.

–¿Estarás bien sola?

–La señora Pate está aquí. No te preocupes, voy a acostarme ya. Ha sido un baile maravilloso.

–Tú has estado maravillosa... eres maravillosa –la atrajo hacia sí, y le dio un pequeño beso. Sonrió al verla vacilar con timidez, y entonces la besó con ardor.

Ella no se resistió, pero tampoco respondió. Llevaba mucho tiempo soñando con sus besos, ¿cómo era posible que no sintiera nada?

Él alzó la cabeza, y le acarició la mejilla antes de preguntarle con arrogancia:

–Desconoces por completo esto, ¿verdad? No importa, una muchacha de segunda mano carece de interés. Eres como un pimpollo, Noelle. Me pareces encantadora.

Ella esbozó una sonrisa forzada. Estaba sorprendida, porque después de desear que Andrew la besara, a la hora de la verdad no había sentido nada. Sentir el contacto de su boca no había sido desagradable, pero no había despertado ninguna emoción en su interior; de hecho, ni siquiera se le había acelerado la respiración.

Él le dio unas palmaditas en el hombro en un gesto de afecto, y añadió:

–Que duermas bien, querida. Podríamos ir al teatro mañana, ha llegado a la ciudad una nueva compañía teatral.

–De acuerdo, Andrew.

–Buenas noches, que duermas bien –le guiñó el ojo, sonriente, y después de cerrar la puerta principal, regresó al carruaje silbando animadamente. Era muy agradable besar a Noelle.

A pesar de todo, durante el trayecto de regreso al baile no pudo dejar de pensar en los celosa que se había puesto Jennifer Beale. Estaba encantado, porque era obvio que empezaba a sentir algo por él. Tenía que obrar con mucho cuidado, pero si jugaba bien sus bazas, la fortuna le ahorraría la indignidad de tener que trabajar para vivir. Jennifer era guapa, y más maleable que Noelle... aunque ésta última era una delicia entre sus brazos; bueno, no había ley alguna que impidiera que un hombre pudiera tener una amante.

En la casa reinaba un silencio absoluto. Era muy tarde, y los demás habían regresado del baile hacía rato, pero Noelle no podía conciliar el sueño. Se arrepentía de su comportamiento, por muy justificado que pudiera estar. Se sentía culpable por lo que le había dicho a la acompañante de Jared, y por complicarle aún más las cosas a la señora Dunn. Ella era una huésped en aquella casa, y no podía seguir dejando en mal lugar a la familia.

Pensó que un vaso de leche caliente la ayudaría a dormir, pero decidió que le iría mejor un vaso del whisky que le había llevado aquella vez a Jared; después de ponerse su bata rosa y blanca con encaje y volantes, con el pelo suelto cayéndole sobre los hombros, salió de la habitación sintiéndose de lo más atrevida y bajó a la primera planta.

Estaba oscuro, pero como tenía ojos prácticamente de gato, logró llegar al despacho sin problemas. Se acercó a la vitrina donde se guardaban las bebidas, que estaba iluminada por la tenue luz de una farola cercana, y se sirvió con cuidado un poquito de whisky; después de dejar a un lado la botella, se incorporó y olió el vaso con cautela.

Se volvió al oír un leve sonido, y soltó una exclamación ahogada al ver en la puerta una figura alta y envuelta en sombras. Se llevó la mano al cuello y estuvo a punto de dejar caer el vaso, pero logró evitarlo en el último momento.

La puerta se cerró y la lámpara de gas se encendió e iluminó a Jared, que llevaba puesto un largo batín color burdeos. Su expresión era dura, alerta, y daba la impresión de que tampoco había dormido a pesar de que estaba un poco despeinado. El batín estaba firmemente cerrado y sujeto con el cinturón, pero la parte superior se había abierto un poco y dejaba entrever su pecho moreno y cubierto de vello.

Se puso un poco nerviosa, porque era la primera vez en toda su vida que veía a un hombre medio desvestido, pero recordó de repente que ella misma sólo llevaba encima el camisón y una bata muy fina, estaba descalza, y tenía el pelo suelto.

Era obvio que Jared se había dado cuenta de que el contorno de su cuerpo podía verse con claridad, porque estaba recorriéndola de pies a cabeza con un brillo en la mirada que la hizo retroceder un paso.

–¿Me tienes miedo?

Ella aferró el vaso contra su pecho, y alcanzó a decir:

–No es decente que un hombre me vea así.

–Ni que una mujer me vea a mí así –la contempló en silencio durante un largo momento, sin sacarse las manos de los bolsillos.

Cuando no pudo seguir soportando la tensión y sintió que le flaqueaban las rodillas, Noelle le recordó:

–Fuiste tú quien me dijo que tenía que ser más convencional.

–A los dos nos convendría serlo –fue entonces cuando vio el vaso que tenía en la mano, y le preguntó en tono de broma–: ¿Te he llevado a la bebida?

–No podía dormir, y he pensado que... que si el whisky era lo bastante fuerte como para aliviarte el dolor, podría ayudarme a conciliar el sueño.

–No estás acostumbrada a beber, así que seguro que no despertarías hasta el mediodía –esbozó una sonrisa que ella le devolvió con timidez. Deslizó la mirada por aquella larga melena de pelo caoba, que le llegaba hasta la cintura y parecía seda bajo la luz, y comentó–: Es la primera vez que te veo con el pelo suelto.

–Sólo me lo suelto para dormir –se llevó la mano al pelo, y jugueteó con un mechón con nerviosismo.

–Tenía ganas de vértelo así, cayéndote a la espalda.

–¿Se ha quedado muy disgustada la señorita Doyle? –le preguntó, con la mirada fija en el vaso que tenía en la mano.

–No –no mencionó que la había ignorado durante el resto de la velada, ni que su evidente rechazo había dejado en muy mal lugar a la dama–. Pero tendrías que haber sido más cauta con tus comentarios.

–Sí, ya lo sé.

Cuando se apartó de la puerta y echó a andar hacia ella, Noelle sintió que su respiración iba acelerándose con cada paso que daba, y fue incapaz de apartar la mirada de aquella pequeña abertura del batín; al ver que la prenda le llegaba a los tobillos, se preguntó si llevaba algo más debajo, pero no se atrevió a preguntárselo. Ya era lo bastante intimidante estando ataviado con un batín.

–¿Por qué la has insultado, Noelle? –le preguntó, al pararse delante de ella.

–Fue ella la que me insultó antes a mí; además, ya ha quedado claro que soy una incivilizada. Tengo que regresar a mi cuarto, Jared, esto es... es muy poco convencional.

–Sí que me tienes miedo, ¿verdad? –le preguntó, con voz suave, leyéndole el pensamiento–. ¿No sabes que jamás te haría daño?

Ella lo miró a los ojos, y admitió:

–Claro que lo sé, pero es que...

–¿Estabas celosa de Amanda Doyle?

–¡Vaya pregunta!

–¿Sabes por qué la he llevado al baile?

–Sí, claro que sí, para demostrarme que no te importo nada.

–Sí, ésa era mi intención, pero no se me pasó por la cabeza que pudiera atacarte. Debo de haberte echado a perder la velada.

–Da igual, no estoy acostumbrada a tratar con gente así. ¿Es tan malo que me ponga pantalones y cuide de las plantas?

–No, claro que no. Las murmuraciones me importan tan poco como a ti, pero Andrew y mi abuela son más circunspectos que nosotros, y a ellos sí que les afectan. Es mejor que dejes que Henry se encargue de las plantas.

–Bueno, de acuerdo. Es que aquí apenas tengo pasatiempos –sonrió con tristeza ante los recuerdos–. Mi madre tenía un huerto y un jardín de rosas, y recuerdo que empecé a ayudarla a cuidarlos desde muy pequeña. La jardinería me aporta paz, porque es como estar con ella de nuevo.

–Lo siento –le rozó apenas la mejilla al alargar la mano para tocarle el pelo. Frotó un mechón entre los dedos y comentó–: Tienes un pelo suave como la seda, y tu cuerpo huele a rosas.

Ella sintió que se le aceleraba el corazón, y contestó con voz un poco trémula:

–Tengo un jabón que... que huele a rosas –lo tenía demasiado cerca. Apartó la mirada del pecho desnudo que se vislumbraba por la abertura del batín, y le miró a la cara con nerviosismo.

Él soltó una carcajada carente de humor, y después de quitarle el vaso de la mano y de dejarlo sobre la mesa que tenían justo al lado, la tomó de los hombros y la atrajo contra su cuerpo.

–Jared, no –posó la mano contra su pecho para apartarle, pero se quedó petrificada cuando la metió sin querer por debajo del batín y tocó el espeso vello que le cubría el pecho.

Él se tensó de forma visible, y cuando le agarró la mano de repente y la apretó con más fuerza contra su piel desnuda, Noelle notó el martilleo de su corazón; sin soltarla, hizo que deslizara la mano hacia abajo, que presionara la húmeda y cálida palma contra el duro pezón, y el martilleo del corazón se aceleró aún más.

–Es una locura –susurró ella.

–Sí, claro que lo es –alargó la mano hacia el cuello de su fina bata, que ella tenía sujeta a duras penas con la mano libre, y le dijo con voz suave–: Suéltala.

–¿Por qué?

Él le rozó los párpados con los labios antes de contestar:

–Porque quiero hacerte algo muy poco caballeroso.

Noelle se mordió el labio, pero él trazó su cuello de arriba abajo con la punta de los dedos hasta que claudicó y soltó la bata. Jared esbozó una pequeña sonrisa contra su sien, metió la mano bajo su bata, y empezó a deslizar los dedos por aquella piel suave como los pétalos de una rosa, justo por encima de la clavícula.

Al ver que empezaba a temblar, la rodeó con un brazo para sujetarla y la apretó con más fuerza contra su cuerpo; sin dejar de mirarla a los ojos, fue bajando la mano hasta cubrir uno de sus senos desnudos.

Ella gimió con una mezcla de asombro, angustia y placer. Aquella mano cálida y fuerte le cubrió el pecho por completo, y el pulgar frotó el pezón hasta endurecerlo. Él contuvo el aliento ante la exquisita suavidad de aquella piel, ante su reacción desatada. La sujetó con más fuerza al ver que le flaqueaban las rodillas, siguió deslizando la otra mano por su cuerpo mientras seguía sosteniéndole la mirada, y entonces se inclinó hacia ella y le besó los párpados para que los cerrara.

Cada nueva caricia la estremecía. Se apoyó contra él con indefensión cuando sintió que le cubría los labios con los suyos poco a poco, cuando la magia la dejó hechizada. Deslizó los dedos por el vello hirsuto que le cubría el pecho, saboreó la fuerza y la calidez de los músculos que había debajo.

Él soltó un gemido repentino, apartó la boca de la suya y la miró a los ojos. Era obvio que estaba luchando por recobrar el control.

–¿Cómo diablos puedes afectarme así? –susurró, medio enfadado–. No tenía intención de... –bajó la mirada hasta su propia mano, que seguía bajo la bata, y de repente soltó un sonido gutural y apartó de golpe la prenda hasta dejar al descubierto un seno. Contuvo el aliento, y ni siquiera pareció darse cuenta de que ella intentaba cubrirse a toda prisa.

Estaba más pálido, tenía el rostro rígido y en sus ojos relucía un deseo descarnado. Se quedó inmóvil, contemplando fascinado el contorno de aquel seno desnudo mientras ella se estremecía, y susurró con voz ronca:

–Dios del Cielo... –al ver que ella estaba intentando volver a cerrarse la bata, le agarró la mano para detenerla–. ¡No! Deja que te mire, Noelle.

Trazó con un cuidado infinito el contorno del pezón con un dedo, y después lo deslizó por aquella piel blanca salpicada de pecas; cuando el pezón se puso erecto, ella soltó una exclamación ahogada y él una carcajada.

–¡No, esto no está bien!

En cuanto ella empezó a forcejear, Jared soltó la bata para que pudiera taparse; al ver que estaba ruborizada y temblorosa, le dijo con ternura:

–No tienes de qué avergonzarte. Eres hermosa, Noelle... una visión digna de quedar en la memoria de un hombre hasta que le llegue su hora.

Ella dejó de intentar ponerse bien la bata y lo miró como paralizada.

–¿Puedes soportar tanta honestidad? –le preguntó, con voz suave, antes de soltarla–. Me pareces cautivadora, y me considero el hombre más afortunado del mundo porque has permitido que te toque y te vea así.

Ella mantuvo la bata cerrada con fuerza. Debería sentirse avergonzada, abochornada, asustada, indignada... pero era incapaz de centrarse en una sola emoción. Contuvo el aliento al verle sonreír, porque jamás había visto una sonrisa tan tierna en su rostro.

–Tu piel es como la leche, pero tienes pequitas en los senos, al igual que en la nariz.

Ella se puso roja como un tomate, y empezó a decir:

–No tendría que haber permitido que...

Él le puso el índice sobre los labios para silenciarla.

–Nadie se enterará jamás de lo que acaba de pasar, quedará entre nosotros dos; a estas alturas, ya tendrías que saber que se me da bien guardar secretos.

Ella se sintió un poco más segura, porque sabía que no era un bocazas; aun así, no pudo evitar sentir timidez ante él. Era la primera vez que mostraba su cuerpo ante alguien.

Él agarró el vaso de whisky, y se lo ofreció antes de decir:

–Deja que vea cómo te lo bebes.

Ella se lo llevó a los labios, y echó la cabeza hacia atrás al bebérselo de un trago. Empezó a toser y pensó que iba a ahogarse, pero entonces sintió que un torrente de fuego le bajaba por la garganta y se extendía por su cuerpo.

Él se echó a reír mientras intentaba calmarla, pero Noelle sintió como si se quemara por dentro mientras aquella calidez le recorría las venas. Parpadeó varias veces mientras se tambaleaba un poco y respiró hondo.

–¿Quieres que te suba en brazos a tu dormitorio? –le preguntó él, en tono de broma.

Ella logró recobrar la voz, pero con dificultad.

–Eso sí que sería interesante, teniendo en cuenta tu pierna lisiada. Seguro que acabaríamos rodando escaleras abajo.

Jared sonrió de oreja a oreja, y contestó:

–Sí, es lo más probable.

Ella se tapó la boca con la mano, y lo miró contrita.

–Perdóname, el alcohol me ha soltado la lengua.

–Hablas como si fuera a ser un lisiado de por vida, pero no es así –lo dijo sonriente, sin rencor–. La herida es temporal, ¿no lo sabías? –al verla negar con la cabeza, añadió–:

Aun así, creo que será mejor que no te lleve en brazos a tu dormitorio. Podría perder la cabeza.

–¿Como hace un momento?

–Lo que ha pasado ha sido muy inocente, aunque supongo que eres demasiado inexperta para darte cuenta –se inclinó hacia ella antes de añadir con voz profunda–: Y si quieres seguir siéndolo, será mejor que te vayas. Ahora mismo.

La seductora amenaza que se reflejaba en su voz la hizo reaccionar y echar a andar. Mantuvo cerrados los bordes de la bata con firmeza, pero se detuvo al llegar a la puerta y se volvió a mirarlo.

–¿A ella también la has tocado así?

–No, ni siquiera se me habría pasado por la cabeza intentarlo –era la pura verdad, e incluso a él le sorprendía–. No siento esa clase de atracción por ella.

–Ya veo –luchó por contener una sonrisa, y apartó la mirada.

–¿De verdad que lo ves? –se metió las manos en los bolsillos antes de continuar–. Tengo diecisiete años más que tú, Noelle. Es una diferencia muy grande; además, aún hay demasiados secretos entre los dos.

Lo miró con una mayor comprensión, con más familiaridad. Era irresistible para ella... atractivo, viril, y fuente constante de sorpresas.

–Si me contaras esos secretos, dejarían de interponerse entre nosotros.

–Me siento tentado, pero me cuesta mucho confiar en alguien.

–Te traicionó una mujer, ¿verdad?

Sus palabras volvieron a sacar a la luz el dolor y la angustia del pasado, y el deseo que ella había despertado en su interior se desvaneció. Fue hacia la puerta y la abrió para instarla a que saliera.

–Me dijiste que siempre serías sincero conmigo, Jared.

–Sí, tan sincero como me sea posible –su expresión se suavizó como por arte de magia al mirarla–. ¿Crees que vas a poder conciliar el sueño por fin?

–Lo intentaré –vaciló por un instante antes de preguntarle–: ¿Te duele la pierna?

–Un poco.

–El whisky acaba con el dolor, pero embota la mente.

–¿Por eso has permitido que te tocara?, ¿por el whisky? –le preguntó él, en tono de broma.

–Claro que sí.

–Mentirosa.

Ella se limitó a sonreír antes de ir a toda prisa hacia la escalera; por suerte, todo el mundo estaba durmiendo, porque ya tenía bastantes cargos de conciencia como para sumar un nuevo escándalo. No se atrevió a volverse a mirar atrás, pero sintió el peso de la mirada de Jared mientras subía la escalera.

Se acostó recordando la excitación de sus caricias y sus besos, y se quedó dormida de inmediato; aun así, los dulces recuerdos dieron paso al arrepentimiento al llegar la mañana, ya que sintió una profunda angustia cuando despertó y recordó, con la mente sobria, su comportamiento de la noche anterior.

CAPÍTULO 9

Noelle no sabía si iba a ser capaz de desayunar con Jared en el comedor sin ruborizarse. Le encontró allí cuando bajó, sentado con naturalidad en la cabecera de la mesa, y cuando la miró con una expresión inquisitiva y ligeramente expectante que distaba mucho de la desaprobación que esperaba, se sentó sintiéndose incómoda, desnuda y tímida.

Andrew llegó en ese momento junto con la señora Dunn, y la miró con una sonrisa pícara.

–Buenos días, Noelle. ¿Has dormido bien?

–Muy bien –fue incapaz de mirar a Jared.

Andrew se echó a reír al recordar cómo la había besado en la puerta, y la contempló con una mirada cómplice que hizo que ella se ruborizaba.

La mirada de su hermanastro había provocado que a Jared le hirviera la sangre en las venas, pero verla ruborizarse le enfureció aún más y encendió en su interior algo que no había sentido desde su juventud.

Ella no se dio cuenta de su reacción y agarró una galleta antes de mirar a Andrew con una sonrisa cortés.

–¿Disfrutaste del resto del baile?

–Habría disfrutado más si tú hubieras permanecido allí. Bailas de maravilla, Noelle. ¿Dónde aprendiste?

–Eso, Noelle, ¿dónde aprendiste? –apostilló Jared, sin levantar la mirada de su plato, mientras se servía unas cucharadas de huevos revueltos.

–Me enseñó un pariente.

–Pues hizo muy buen trabajo –comentó Andrew, ajeno a lo que estaba pasando.

–Es que es muy experimentado –dijo ella, antes de lanzarle una mirada furibunda a Jared.

–Así que un pariente, ¿no? ¿Le conozco? –le preguntó Andrew.

–No –era la pura verdad; Andrew sabía tan pocas cosas de su hermanastro, que para él era como un desconocido.

–Pues bailas muy bien, y tu vestido fue la envidia de varias jóvenes damas. Si la señorita Doyle no hubiera...

Jared alzó la mirada y le dijo con firmeza:

–No vamos a hablar de ella, no quiero ni que se la mencione.

–Se portó muy mal con Noelle. Es porque está celosa de ella, aunque sea una pariente lejana...

–He dicho que no vamos a hablar de ella.

Andrew soltó una risita nerviosa ante la clara amenaza que se reflejaba tanto en su voz como en sus ojos, y empezó a untar mantequilla en un panecillo.

–Como quieras, Jared. ¿Qué te pareció la música, Noelle?

–Me gustó mucho –estaba furiosa con Jared, porque después de pasar la velada pendiente de la señorita Doyle, el muy hipócrita había regresado a casa y la había acariciado y besado a ella con pasión.

–Pareces un poco acalorada, Noelle –comentó la señora Dunn.

–Es que... sólo estaba pensando en... eh... –miró a Jared, y dijo con firmeza–: En chismorreos.

Él ni siquiera se inmutó, y contestó con toda naturalidad:

–Teniendo en cuenta lo propensa que eres a atraerlos, no me extraña.

–Conozco a alguien que tiene esa misma propensión.

–No tienes sentido del decoro.

–¡Y tú no tienes modales!

–¡Si los tuviera, sería inútil malgastarlos en una arpía como tú!

Sus ojos relucían como relámpagos azules, y los de ella eran más verdes que el vidrio de una botella.

–¡Noelle! ¡Jared! ¡Por favor! –la señora Dunn soltó una risita nerviosa mientras miraba a uno y a otra.

Ninguno de los dos pareció oírla, y siguieron mirándose ceñudos.

–El teatro es hoy –se apresuró a decir Andrew–. Deberíamos salir de aquí a eso de las seis de la tarde, Noelle. Podemos ir a cenar al Monaco's.

Ella tuvo que hacer un esfuerzo por apartar la mirada del rostro de Jared. Miró a Andrew, y sonrió con dulzura antes de decir:

–Perfecto.

–¿Tienes otro vestido con el que encandilarme?

–Sí, uno verde precioso.

Al recordar que había sido Jared quien lo había pagado, se sintió culpable. No tendría que haber discutido con él con tanta vehemencia, porque eso podía llamarles la atención a los demás; aun así, aquel cambio tan brusco entre la noche anterior y esa mañana resultaba sorprendente, porque sin ninguna causa aparente habían pasado de estar casi tan unidos como un par de amantes a comportarse como enemigos acérrimos.

Jared se puso de pie después de dejar a un lado la servilleta, y se limitó a despedirse de su abuela con una inclinación de cabeza antes de salir del comedor. Su plato seguía medio lleno.

–¿Por qué te llevas tan mal con Jared? –le preguntó Andrew.

–No le caigo bien, piensa que soy demasiado insolente.

–Eso no es verdad –apostilló la señora Dunn, con voz suave–. Te tiene mucho aprecio, aunque en este momento no se note.

–La culpa ha sido mía, os pido disculpas –comentó Andrew con galantería–. No tendría que haber mencionado a la señorita Doyle –soltó una carcajada antes de añadir–: A lo mejor está enfurruñado porque ella no le dio un besito de buenas noches. Es muy circunspecta y sus padres tienen fama de ser extremadamente protectores, aunque Jared parece tener su aprobación.

Noelle sintió que el alma se le caía a los pies al oír aquello. ¿Jared estaba cortejando a Amanda Doyle? En el fondo, era de esperar, pero le pareció horrible que él fuera capaz de cortejar a la otra mientras por detrás estaba seduciéndola a ella.

–Seguro que te encanta la obra de teatro, es una comedia –le dijo Andrew–. Seguro que se nos olvida por completo el mal ambiente de esta mañana.

–Sí, seguro que sí.

Noelle se pasó todo el día dándole vueltas a lo que había pasado. Le dolía estar de malas con Jared, que había sido más considerado que nadie con ella, pero no sabía cómo disculparse; de hecho, ni siquiera estaba segura de quién había iniciado la discusión, y no entendía por qué estaba molesto con ella.

Mientras jugaba con el gatito en la cocina, miró hacia la ventana trasera y frunció el ceño al ver a Henry trabajando en el huerto. No tenía ningún cuidado con las plantas, era como dejar suelto entre los tiernos brotes a un asesino armado con un hacha. Deseó no tener que ser decorosa; en ciertos aspectos, estaba mejor cuando vivía en Galveston, porque a pesar de lo pobre que era, al menos allí no había vecinas vigilando con malicia todos y cada uno de sus movimientos.

La señora Hardy estaba en ese momento en su porche trasero, regando las plantas. Ninguna de ellas tenía flores... seguro que la maligna presencia de aquella mujer las marchitaba; era tan pérfida, que seguro que también agriaba la leche.

–Qué mala soy –le dijo al gatito, antes de seguir jugando con él.

Más tarde, se puso el vestido de seda verde y ribeteado de encaje blanco y se peinó con un recogido alto. No tenía joyas, pero el vestido bastaba por sí solo; después de colocarse la mantilla negra de encaje con la que se completaba el atuendo, se miró en el espejo sin demasiado interés. Jared le había comprado aquel vestido, y ella le había tratado con desconsideración. Él no estaba libre de culpa, por supuesto, pero aun así, lamentaba haber sido tan arisca.

Debería disculparse con él; al fin y al cabo, y a pesar de las diferencias que los separaban, era el mejor amigo que tenía... si no se paraba a pensar en lo que había sentido cuando la había besado, cuando la había acariciado con ternura.

Se dijo una y otra vez que era viejo, que estaba lisiado y era un soso sabelotodo. El que la convenía era el joven y gallardo Andrew; quizá, con el tiempo, llegaría a sentir por él la misma atracción que en ese momento sentía por Jared.

Andrew la llevó a cenar al Monaco's, y fue un acompañante ameno que la entretuvo hablándole de su trabajo y de la gente que había conocido en sus viajes. Le fascinaba la gente, y era obvio que le encantaba relacionarse. Ella era más reticente y retraída... de hecho, en ese aspecto se parecía a Jared, que sabía manejar sus relaciones laborales pero en los demás aspectos era muy reservado. Su vida privada era un misterio. Algunos de sus comentarios la hacían sospechar que ocultaba oscuros secretos, pero nadie de la familia parecía saber gran cosa sobre él, ni siquiera su abuela.

Le habría gustado saber qué clase de vida había tenido; a lo mejor había sido pobre, como ella, a lo mejor se había herido la pierna en un enfrentamiento por una mujer... no, él le había dicho que la herida era algo reciente y temporal.

–¿Sabes algo sobre la infancia de Jared? –le preguntó a Andrew de improviso.

Él se sorprendió ante aquella inesperada pregunta, y al final respondió:

–La verdad es que no, ya te dije en una ocasión que apenas tuvimos contacto. Él venía a casa en contadas ocasiones, y jamás tuvimos una relación fluida. Nunca habla de su vida anterior.

–Sí, ya me he dado cuenta –recorrió con los dedos el delicado encaje del cuello del vestido, con actitud pensativa, y al cabo de un largo momento comentó–: Fue él quien le encargó a la señora Pate que me llevara de compras. Dijo que yo no tenía ropa apropiada, y que no quería que una pariente suya atrajera comentarios desagradables –alzó la mirada, y vio una expresión de lo más extraña en su rostro–. Tendría que habértelo contado antes.

–Qué extraño, esa actitud me parece muy rara en Jared.

Andrew entrecerró los ojos con suspicacia, y en ese momento se dio cuenta de que Jared estaba interesado en ella. Eso explicaría el enfado de aquella mañana: se había dado cuenta de la complicidad que existía entre Noelle y él, y se había puesto celoso. Observó a Noelle con atención, intentando discernir si ella era consciente del interés de su hermanastro, y llegó a la conclusión de que la pobre inocente no tenía ni idea; cuando Jared la había increpado durante el desayuno, ella se había limitado a contraatacar, aunque era obvio que el incidente la había dejado preocupada.

Se reclinó en el asiento, y esbozó una sonrisa fría y calculadora. Era la primera vez que rivalizaba en algo con su hermanastro. El éxito social que había logrado Jared en cuanto había llegado a Fort Worth, gracias a la impecable reputación que se había ganado en Nueva York, le había molestado muchísimo.

Él era más joven, atractivo y gallardo, pero había quedado relegado a un segundo plano en favor de su hermanastro, que tenía a sus pies a la ciudad entera; y por si fuera poco, Jared se había convertido en la estrella indiscutible de la temporada social al escoltar al baile a una de las mujeres más hermosas de Fort Worth, una mujer que a él le había rechazado.

Pero era Noelle quien interesaba en realidad a Jared... aunque la familia entera se había dado cuenta de que ella sólo tenía ojos para su hermanastro pequeño. La mismísima señora Dunn había hecho algún que otro comentario sobre lo prendada que estaba de él.

Andrew se sintió de lo más ufano, porque tenía en sus manos algo que Jared quería: el corazón de Noelle; aun así, no estaba seguro de quererlo. No era tan pueblerina como al principio, era guapa, dulce y una compañía agradable, pero tenía algunos defectos, como aquel genio tan vivo y su propensión a hacer cosas impropias de una dama; en cualquier caso, siempre tenía la opción de hacerla cambiar a su gusto, si en algún momento llegaba a plantearse un posible matrimonio, aunque eso quedaba relegado a un futuro muy lejano, porque él ni siquiera había cumplido aún los treinta.

Le miró con disimulo el escote del vestido mientras fingía contemplar su vaso de agua. Sería interesante ver cómo reaccionaba al hacer el amor, a lo mejor era más receptiva de lo que parecía. A un soltero le estaba permitido tener alguna que otra aventurilla, y en ese caso, tendría el beneficio añadido de ganarle la partida a Jared.

–Da igual cómo consiguieras ese vestido, lo que importa es que estás deslumbrante con él.

–Gracias, Andrew. Tú también estás muy guapo.

Él se alisó el bigote, y la contempló en silencio durante un largo momento antes de decir:

–Pero quiero que permitas que me haga cargo de las facturas la próxima vez que te compres ropa.

–¡Andrew!

–No me gusta que recibas regalos de mi hermanastro. Vivimos en su casa, pero tú eres responsabilidad mía, no suya. La asumí cuando te ofrecí que vinieras a vivir con la abuela y conmigo.

–Sí, y te estoy muy agradecida...

Él la interrumpió con voz firme.

–Deja que termine, Noelle. Jared está muy interesado en la señorita Doyle –se dio cuenta de que su expresión se cerraba en banda al oír aquella mentira, y añadió–: Creo que piensa casarse con ella, y en ese caso, no debe hacer nada que pueda parecer impropio. No es correcto que un hombre que está pensando en prometerse te compre ropa.

Ella se ruborizó y se llevó la mano al cuello. Jared no había mencionado ningún posible compromiso y la había tenido entre sus brazos, la había besado. Su rostro se endureció, y se preguntó si estaba jugando con ella. ¿Acaso la consideraba una última conquista antes de ponerle un anillo en el dedo a la señorita Doyle?

–Estaba enfadado porque la insulté al mencionar el escándalo de su prometido, pero fue ella la que me insultó primero –comentó, pensando en voz alta.

–Ella pensaba que eras una rival que podía arrebatarle a Jared –Andrew se echó a reír antes de añadir–: Qué absurdo, ¿verdad? ¡Si sólo eres su prima! Y la mía, por supuesto.

Sólo era su prima. Se imaginó a Jared con aquella hermosa mujer entre los brazos, besándola tal y como la había besado a ella la noche anterior, haciéndola gemir de pasión... tragó saliva, y su cuerpo entero se tensó ante aquellos recuerdos. A pesar de no ser un hombre de acción, Jared tenía una pericia con las mujeres que no se apreciaba a simple vista, y a pesar de lo ingenua que era, tenía claro que un hombre no ganaba esa experiencia estando con una sola mujer.

–¿Te dijo él que estaba pensando en casarse con ella? –le dijo, con voz vacilante.

–Sí, claro que sí –Andrew no levantó los ojos de su plato.

La embargó una sensación de vacío insoportable. Sabía que no tenía ningún derecho sobre Jared, pero por alguna razón que ni ella misma alcanzaba a entender, se sentía posesiva con él. Seguro que era por la amabilidad con la que la había tratado; al fin y al cabo, Andrew la había encandilado desde el primer momento.

Alzó la mirada, y contempló en silencio aquel atractivo rostro que la miraba con claro interés. Era muy apuesto, su compañía era amena... ¿por qué no sentía excitación ni emoción alguna cuando él la tocaba?

–Tú y yo nos llevamos muy bien, ¿verdad? –comentó él, sonriente.

Noelle asintió, porque era verdad. Nunca discutían como perros y gatos, ni tenían súbitos arranques de genio como Jared y ella.

–Creo que podríamos estar hechos el uno para el otro, ya se verá –Andrew irguió la espalda, y añadió–: Acábate el postre, querida. No debemos llegar tarde a la función.

La obra de teatro procedía de los escenarios de Nueva York, y los actores consiguieron hacer reír y llorar a Noelle. La historia era muy conmovedora a pesar de ser una comedia, y mientras seguía fascinada por el hilo argumental, no pudo evitar pensar que a Jared le habría encantado. Andrew parecía interesado, pero las partes conmovedoras no parecían afectarle lo más mínimo. Quizá se había vuelto insensible a raíz de su larga estancia en el ejército.

Al recordar que Jared había mencionado que había estado brevemente en los rangers de Texas, se preguntó si había trabajado para algún otro cuerpo de seguridad, y si había corrido algún peligro. Alzó la cabeza al darse cuenta de algo: si Jared había sido un ranger, quería decir que sabía usar una pistola, montar a caballo y lidiar con hombres violentos. Se preguntó cómo era posible que no hubiera llegado antes a esa conclusión, y se dio cuenta de que era porque no había pensado en profundidad en lo que él le había contado. Se ruborizó al recordar que le había llamado pusilánime y petimetre.

–¿Qué te pasa? –le preguntó Andrew, mientras iban hacia la salida después de la función–. Pareces muy triste.

–No me pasa nada, sólo estaba pensando –se volvió a mirarle, y le preguntó de repente–: ¿Jared sabe montar a caballo?

La pregunta le sorprendió y se echó a reír.

–¿Que si monta? ¡Pero si se hirió la pierna al caer de un caballo!

–¿Te lo dijo él?

–No, pero es una conclusión lógica. Él es un hombre de ciudad, y mi abuela me contó que se había ocupado recientemente de un caso en Nuevo México. Seguro que tuvo que ir al juzgado a caballo, y se cayó.

Noelle estaba convencida de que no había sido así, pero se limitó a sonreír y dijo con cortesía:

–Por supuesto. Lamento haber discutido con él, en adelante procuraré ser menos desconsiderada; al fin y al cabo, le debo mucho. Y también debo pedirle disculpas a la señorita Doyle –frunció el ceño al añadir–: Si va a formar parte de la familia, habrá que tratarla con amabilidad.

–Es muy bella.

–Sí, sí que lo es –sintió una punzada de dolor al imaginarse a Jared con aquella mujer.

No regresaron a casa demasiado tarde; de hecho, alguien había ido de visita, porque se oían voces a través de la puerta cerrada del comedor. Noelle hizo ademán de ir hacia allí, pero Andrew la agarró de la mano, la miró con una sonrisa cómplice mientras se llevaba un dedo a los labios para indicarle silencio y la condujo hacia el despacho; después de hacerla entrar allí, cerró la puerta y soltó una risita al ver su expresión.

–¿Quieres pasarte una hora o más aguantando quejas y chismorreos?

–La verdad es que no –admitió ella, sonriente.

–Perfecto. ¿Te sirvo un poco de licor?

–Sí, por favor –al recorrer la estancia con la mirada, intentó no pensar en que la noche anterior había estado allí con Jared en bata, y se obligó a apartar de su mente aquellos provocativos recuerdos cuando Andrew le dio el vasito de licor.

Mientras él se servía un poco de brandy y calentaba el vaso entre las manos, ella se acercó sin prisa a la estantería y le echó un vistazo a los libros.

–Hay muchos de Derecho –comentó.

–Sí. Jared se ha llevado casi todos sus libros a su bufete, pero le gusta tener éstos aquí. Tuve que quitar mi colección de primeras ediciones para dejarle el espacio libre –era obvio que no le había hecho ninguna gracia.

–¿Primeras ediciones?, ¿dónde están?

–No tengo ni idea –admitió, sonriente–. Fueron una inversión, nada más. Detesto perder el tiempo leyendo libros.

–¡Qué desperdicio!

–Soy un hombre de acción, querida, no un anodino estudioso.

Noelle estaba segura de que estaba refiriéndose a Jared, pero no contestó.

Tras contemplarla durante un largo momento, él dejó el brandy sobre la mesa y le quitó de las manos el vaso de licor a medio beber; después de dejarlo también en la mesa, apagó la luz y la atrajo hacia sí.

Jared había hecho mucho más la noche anterior, pero le había bastado con una mirada para lograr que ella se tensara de deseo de pies a cabeza; en cambio, no sentía nada, absolutamente nada, estando entre los brazos de Andrew.

–No te preocupes –susurró él, sonriente, mientras se inclinaba para besarla–. No es mi intención ofenderte, pero me encanta el sabor de tu boca. Me excita tener entre mis brazos a una mujer tan inocente –la besó con pasión antes de que pudiera contestar, ya que estaba convencido de que ella le deseaba.

A Noelle no le gustó lo más mínimo sentir aquella boca cálida y húmeda contra la suya, ni que le metiera la lengua entre los labios. No dudaba de las aptitudes de Andrew como soldado, pero su talento como amante era muy limitado.

Le puso las manos en el pecho y le empujó con suavidad, pero a diferencia de Jared, que la había soltado de inmediato, él la apretó contra su cuerpo y la besó con más fuerza. Bajó una mano para subirle un poco la falda y la posó en su muslo, justo donde acababan los largos calzones de muselina, por encima de la liga que sostenía las medias de algodón.

Noelle soltó una exclamación de horror y le empujó, pero él siguió como si nada y dejó buena parte de su pierna al descubierto.

–Relájate, no tengas miedo... –susurró, con voz ronca; sin más, se inclinó hacia delante y le cubrió un pecho con la boca abierta.

Y justo entonces, mientras Noelle luchaba por liberarse y Andrew tenía una mano sobre su muslo y la boca sobre su seno, la puerta se abrió de repente.

No hubo tiempo de reaccionar. La señora Dunn y la señora Hardy, que había ido a pedir prestado un libro sobre la historia de Fort Worth para documentarse de cara a un artículo sobre las Hijas de la Revolución Americana que pensaba escribir, se quedaron paradas en la puerta, con la luz del pasillo a sus espaldas, boquiabiertas y escandalizadas ante lo que estaban viendo. La estancia estaba en penumbra, pero a diferencia de Andrew, Noelle no estaba protegida por las sombras, y había luz suficiente para ver que tenía la falda subida y el pecho cubierto por una cabeza de hombre.

Por si fuera poco, Jared acababa de salir al pasillo y estaba justo detrás de las dos damas, pero lo bastante cerca como para ver a la pareja silueteada contra la ventana.

Noelle pensó que, en lo que le quedaba de vida, jamás olvidaría la expresión de su rostro al verlos.

Andrew siguió de espaldas a la puerta mientras intentaba hundirse más entre las sombras, pero Noelle permaneció allí plantada como una prisionera acusada. El daño estaba hecho.

–A... ahora vengo a hablar contigo –alcanzó a decir la señora Dunn, antes de conducir a la escandalizada señora Hardy hacia la puerta; iba tan apresurada, que ni siquiera vio a Jared en la puerta del comedor.

Las dos mujeres se alejaron por el pasillo, y cuando cerraron la puerta principal al salir al porche y el sonido apagado de sus voces tensas dejó de oírse, Andrew emergió de entre las sombras y se detuvo en seco al ver entrar a su hermanastro.

–Jared –se rio con nerviosismo, y alargó las manos–. Hemos perdido la cabeza en un momento de pasión, nada más.

Jared no contestó, no dijo ni una palabra. Tenía los ojos fijos en Noelle, pero ella era incapaz de sostenerle la mirada.

–Ha sido un malentendido –Andrew miró a Noelle con algo cercano al pánico. Estaba enrojecido, y parecía asustado. Jamás había imaginado que podrían descubrirle en semejante situación, y por si fuera poco, con una mujer que había reaccionado con rechazo–. ¡Dile que ha sido un malentendido, Noelle!

Ella estaba temblando, conmocionada, llena de repugnancia y atenazada por un miedo visceral, y sólo pudo susurrar:

–Ha sido un... error.

–Un error por el que los dos vais a tener que pagar –la voz de Jared era tan gélida como la expresión de sus ojos–. No voy a permitir que mi abuela se vea expuesta a un escándalo así. Los dos sabíais lo chismosa que es la señora Hardy, y si tantas ganas teníais de daros un revolcón, podríais haber tenido la decencia de aseguraros de que no os descubrieran.

Noelle jamás había estado tan cerca de desmayarse. Estaba descompuesta, y tenía la garganta tan constreñida, que era incapaz de pronunciar palabra.

–¿Qué vamos a hacer? –dijo Andrew, angustiado.

–Casaros, por supuesto. Y cuanto antes, mejor –Jared esbozó una sonrisa despiadada.

–*¿Qué?* ¡No puedo casarme con Noelle! –Andrew se volvió hacia ella, y le dijo–: Perdóname, pero es completamente imposible que nos casemos... cielos, Jared, si somos primos. ¡Sí, eso es! Tenemos lazos de sangre, habría habladurías...

–Claro que habrá habladurías, no lo dudes –Jared se mantuvo firme–. Vas a hacer lo correcto, aunque tenga que llevarte yo mismo al altar a punta de pistola –en ese momento, parecía más que capaz de hacerlo.

Andrew siempre había subestimado a su hermanastro, y en ese momento se dio cuenta de que estaba acorralado. No quería casarse con Noelle, pero Jared parecía dispuesto a matarlo con sus propias manos.

–La has deshonrado, Andrew.

Fue entonces cuando Andrew se dio cuenta de lo que pasaba. Jared pensaba que había comprometido a Noelle, que aquello no era más que una prueba de que tenían una relación íntima.

–¿Acaso puede deshonrarse a una perdida?

–¡Andrew! –Noelle apenas podía creer lo que acababa de oír–. ¿Cómo has podido?, ¿cómo has sido capaz de insinuar semejante vileza sobre mí?

–Perdóname, Noelle, pero un hombre debe ser honesto ante la amenaza de un matrimonio indeseado –lo dijo muy rígido, y su confianza fue en aumento al ver la breve vacilación de Jared–. Me niego a casarme con ella. Quiero que mi futura esposa sea una mujer casta, no una descarriada. Ella se ha dejado seducir, no es más que una zorra...

Jared le cerró la boca con un puñetazo. El golpe no pareció costarle ningún esfuerzo, pero dejó a Andrew desplomado en el suelo.

Al ver que su hermanastro se acercaba poco a poco a él, con aquella mirada gélida que le aterraba, Andrew alzó las manos en un gesto defensivo y gritó:

–¡Jared! ¡Por favor, no!

–Levántate –lo dijo con voz tensa y fría. Tenía los puños apretados, y caminaba sin cojear.

Andrew rodó a un lado, se levantó a toda prisa y se escudó tras el escritorio. No tenía pinta de héroe de guerra; de hecho, parecía un niñito asustado ante su estricto profesor.

Noelle echó a andar hacia la puerta en ese momento, y Jared le espetó con furia:

–Vuelve aquí.

Ella no se detuvo, ni se volvió a mirarle; después de abrir la puerta del despacho, dijo sin mirar atrás:

–No voy a casarme con Andrew. Está mintiendo, no he hecho nada que pudiera mancillar mi honor, ni con él ni con ningún otro hombre. Lo que acaba de ocurrir ha sido forzado, yo estaba resistiéndome.

–Qué excusa tan conveniente –le dijo él, con voz llena de desprecio–. Pero no te olvides de lo bien que te conozco –lo dijo con segundas, para recordarle que él sabía de primera mano lo apasionada que era, y sintió cierta satisfacción al ver que se tensaba–. Me da igual lo que digas, Noelle. Vas a tener que casarte con Andrew si no quieres que os eche a los dos de mi casa.

–No hace falta que me eches –le contestó, con voz ronca, con el corazón hecho pedazos–. Voy a hacer las maletas de inmediato, mi tío me acogerá en su casa.

Subió a su habitación decidida a que no la viera llorar. Las mentiras de Andrew lo habían empeorado todo, y la señora Hardy tenía un montón de carnaza nueva para chismorrear a placer. ¡Pobre señora Dunn!

CAPÍTULO 10

Noelle no recordaba haberse sentido tan mal en toda su vida. Andrew la había acusado de ser una mujer fácil, Jared la creía capaz de intimar con cualquier hombre que se le pusiera por delante, y seguro que la señora Dunn no volvía a dirigirle la palabra nunca más; y por si fuera poco, la terrible señora Harry iba a contarle a la ciudad entera lo que había pasado.

Metió sus escasas pertenencias en la maleta y contempló apesadumbrada las bonitas prendas que Jared le había comprado, que seguían colgadas en el armario. No quería nada de un hombre que tenía tan mala opinión de ella. Ni siquiera había querido oír sus explicaciones, la había juzgado y declarado culpable de las cobardes y falsas acusaciones de Andrew. El desprecio con el que la había tratado le dolía más que el hecho de que su buen nombre quedara por los suelos.

Salió de la habitación que había ocupado durante tantos meses y bajó la escalera. Llevaba puesto su abrigo, una blusa blanca y una falda negra.

No vio ni rastro de Andrew, y supuso que estaría cuidándose la mejilla; teniendo en cuenta cuánto la despreciaba Jared, le sorprendía que le hubiera dado un puñetazo a su hermanastro, pero se alegraba de que Andrew hubiera recibido un pequeño castigo por la mentira que había contado.

Ella le había idolatrado hasta la primera vez que Jared la había besado. Aún no podía entender por qué era Jared quien la atraía, por qué ansiaba conseguir su admiración y su interés, cuando era el polo opuesto de su hermanastro; por desgracia, había tardado demasiado en darse cuenta de que no sentía absolutamente nada por Andrew.

Atravesó el vestíbulo con la cabeza bien alta y abrió la puerta principal. No tenía dinero, ni un billete de tren, ni cómo regresar a casa de su tío, pero su orgullo le impedía pedirle ayuda a los Dunn. Estaba dispuesta a trabajar de camarera, de cocinera, o incluso de ama de llaves para ganar el dinero que necesitaba para regresar al este de Texas; de hecho, prefería morirse de hambre a pedirle ayuda a Jared.

Justo cuando estaba a punto de salir por la puerta, una mano férrea la agarró del brazo y la obligó a entrar de nuevo en la casa. Le arrebataron la maleta, y cerraron la puerta.

Se volvió como una exhalación, y fulminó a Jared con la mirada.

–¡No me toques!

–¿Me niegas lo que les permites a otros hombres? –lo que había visto le había enloquecido.

Ella se frotó la zona del brazo donde la había agarrado, y le miró con expresión acusadora antes de decir con firmeza:

–Andrew mintió. No estaba alentándole, sino intentando liberarme. ¿Me crees capaz de aceptar semejante atrevimiento de un hombre? –al recordar lo apasionada que había sido con él, se ruborizó de golpe.

Él pensó que el rubor se debía a que se sentía culpable y la miró con el rostro rígido, con una mirada fija y penetrante que provocaba escalofríos.

–Con qué facilidad mientes. Las mujeres son traicioneras, pero hasta esta noche se me había olvidado hasta qué extremos pueden llegar.

–Puedes creer lo que te dé la gana, voy a marcharme ahora mismo –le espetó con rigidez.

–¿Adónde piensas ir? Es noche cerrada, y no tienes dinero.

–¡Puedo ganármelo trabajando!

Su altivez le enfureció aún más. No podía borrarse de la mente la imagen de Andrew con ella, y cada vez que lo recordaba, los odiaba con toda su alma... pero no se le ocurrió plantearse por qué se sentía así.

–¿Trabajando dónde? –esbozó una sonrisa maliciosa, y añadió–: ¿En un burdel?

Noelle soltó una exclamación de indignación e intentó abofetearle, pero él atrapó su mano sin esfuerzo alguno; hasta ese momento no había logrado golpear aquel rostro arrogante ni una sola vez, era demasiado rápido.

–¿Es que no vas a aprender nunca? Una dama no se mete en peleas –murmuró, antes de soltarle la mano de golpe.

–¡No soy una dama, y tú no eres un caballero! –estaba muy dolida por sus comentarios, pero el orgullo le impedía derramar las lágrimas de dolor y pérdida que luchaban por salir. Abrió un poco más los ojos, intentando contenerlas.

Jared vio el delator brillo de las lágrimas a pesar de sus esfuerzos, y se sintió mal por todo lo que estaba diciéndole. Todo el mundo sabía que estaba enamorada de Andrew, y después de seducirla, el muy canalla estaba intentando hacerles creer que era poco menos que una prostituta. Estaba furioso, pero no tanto como para creerse algo así de ella.

Noelle era una mujer dulce y apasionada, pero estaba seguro de que él había sido el primer hombre que la había besado y acariciado. Lo que había ocurrido con Andrew, fuera lo que fuese, tenía que ser muy reciente, porque la muchacha tímida y temerosa a la que había acariciado con ternura no era una perdida ni mucho menos.

Se metió las manos en los bolsillos, para contener las ganas de agarrarla y zarandearla hasta que confesara la verdad.

–¿Qué más me da lo que digas? –le dijo ella, con voz trémula–; al fin y al cabo, la imagen que Andrew ha dado de mí es la que cabría esperar. A lo mejor crees que sólo sirvo para estar en un burdel... –se le quebró la voz, y le cayó una única lágrima por la mejilla.

Jared no pudo soportarlo más. Soltó un gemido de angustia mientras la atraía hacia su ancho pecho con brusquedad, y la abrazó con fuerza.

–No soporto verte llorar, para ya –masculló, junto a su oído.

Ella le golpeó el pecho mientras intentaba contener las lágrimas, y dijo con rabia:

–No soy una... una perdida.

–¡Por el amor de Dios! –le puso una mano en la nuca, y la instó a que apoyara la cabeza en su pecho–. ¿Acaso he dicho que lo seas?

–Has dicho que podría ir a un burdel.

–No lo he dicho en serio, Noelle –susurró, con voz ronca, mientras restregaba la mejilla contra la suya.

La meció entre sus brazos hasta que dejó de sollozar, y entonces le dio un pañuelo, se metió las manos en los bolsillos, y contempló en silencio cómo se secaba las lágrimas.

Noelle detestaba aquella mirada fija e intensa, porque era imposible adivinar lo que estaba pensando; según él, no había dicho en serio lo de que era una perdida, pero estaba convencida de que la opinión que tenía de ella había caído en picado.

–He reaccionado mal –comentó él, al cabo de un rato. Había estado a punto de perder el control al verla tan vulnerable, y había tenido que luchar por recobrar la compostura–. Lo que hagas con Andrew es asunto tuyo, pero habéis dado pie a un escándalo. La señora Hardy se encargará de pregonar a los cuatro vientos que Andrew y tú estabais solos en una estancia, y con una actitud muy comprometedora; lo exagerará tanto, que al final parecerá que os han pillado juntos en la cama.

Ella se mordió el labio, y alzó la barbilla en un gesto de rebeldía antes de preguntarle con dignidad:

–¿Podrías prestarme dinero para pagar un billete de tren a Galveston?

–¿Y qué pasará con mi abuela si te marchas?, ¿has pensado en cómo la afectará el escándalo, mientras tú estás tan tranquila lejos de aquí?

–¡No quiero casarme con Andrew, lo que dijo no es verdad!

–¿Qué más da? Todo el mundo sabe que le idolatras. No puedo culparte por dar rienda suelta a lo que sientes por él; al fin y al cabo, quedó claro que él también te deseaba.

–Pero si no hicimos nada, él...

–No quiero saber nada más. Andrew y tú vais a tener que llegar a un entendimiento, pero pase lo que pase, tenéis que casaros. Hay que evitar que estalle semejante escándalo, mi abuela tiene un corazón débil. Quedaría expuesta al escarnio público si esto no se solucionara, y no voy a permitirlo. Creo que tienes una idea de cómo la han afectado ya las habladurías.

Era obvio que estaba refiriéndose a las habladurías sobre su afición por la jardinería. Sí, ella sabía perfectamente bien que la señora Dunn lo había pasado mal por los chismes que había difundido la señora Hardy.

–No quiero casarme con Andrew.

Él soltó una fría carcajada antes de contestar.

–Lo que tú quieras carece de importancia.

Noelle entrelazó las manos, le miró a los ojos y le dijo con voz suave:

–Te comportas con tanta superioridad... y aun así, me besaste y me acariciaste a pesar de que estabas a punto de prometerte a la señorita Doyle.

–*¿Qué?*

La miró boquiabierto, pero antes de que pudiera añadir

algo más, Andrew salió al pasillo, ceñudo y sonrojado. A través de la puerta abierta pudieron ver a la menuda señora Dunn, sentada encorvada en el sofá y con el rostro lloroso.

Andrew fulminó con la mirada a su hermanastro, y se rozó con el dedo la mejilla dolorida antes de refunfuñar:

–No hacía falta que me pegaras –se apresuró a retroceder un paso al ver que se volvía hacia él con expresión amenazante.

–¿Que no hacía falta? –Jared señaló con un gesto a su abuela, y añadió–: ¿Qué me dices de eso? Has pisoteado nuestro buen nombre, tienes la moral de un cerdo.

–¡No tienes derecho a hablarme así!

–¡Claro que lo tengo, ésta es mi casa! ¿Quién te crees que eres, lechuguino engreído?

Andrew se ruborizó aún más, y miró a Noelle con expresión acusadora.

–¡Ella me tentó! –al ver la cara que puso ella, fue incapaz de sostenerle la mirada.

–Y tú no pudiste resistirte, ¿verdad? –le dijo Jared, con voz burlona.

–No, no pude. Es muy atractiva, estaba pendiente de todas y cada una de mis palabras, y no me quitaba la vista de encima. ¿Cómo puede uno resistirse a semejante admiración?

Tanto Jared como Noelle sabían que aquello era cierto. Ella estuvo a punto de alegar que la atracción que había sentido en un principio por Andrew había ido desvaneciéndose conforme había ido conociéndole mejor, pero la expresión de Jared era inflexible. Estaba claro que, aunque estuviera dispuesto a consolarla, no iba a creer nada de lo que ella pudiera decirle.

Miró a Andrew con resentimiento. Todo parecía tener sentido tal y como él lo contaba, pero las cosas no habían sucedido así. Él se negaba a admitir que la había besado y acariciado a la fuerza, y Jared jamás la creería; además, ¿por qué habría de hacerlo? Lo único que sentía por ella era una ligera atracción física... de hecho, él mismo no había dudado en besarla en la oscuridad de la noche, pero le enfurecía que Andrew hiciera lo mismo.

–Por favor, Jared... ¿no te das cuenta de que sería un gran error que me casara con ella? –Andrew se echó a reír, y admitió–: Al fin y al cabo, no ha sido más que un beso.

–Antes has insinuado que había sido mucho más –le recordó su hermanastro.

Andrew carraspeó un poco. No podía admitir que había mentido, pero tampoco quería empeorar más la situación.

–Soy humano –se limitó a decir.

Los ojos de Jared estaban usando otros adjetivos para describir al pretencioso que tenían delante. Andrew se daba aires y fingía ser un héroe de guerra, pero él sabía de buena tinta que en realidad había tenido un puesto de despacho en las Filipinas y nunca había entrado en combate. Había mantenido silencio porque le daba igual que quisiera jugar a los soldaditos, pero algunas mujeres creían que esa imagen de héroe era real, y eso era lo que había llevado a Noelle a la perdición.

–Lo siento, Noelle, pero no puedo casarme contigo. Eres muy guapa y te tengo aprecio, pero no eres el tipo de mujer que deseo como esposa; de hecho, llevo un tiempo viéndome con la señorita Beale.

–Y a pesar de eso, has jugado con los sentimientos de Noelle –le espetó Jared.

–¡Ella me alentó! Sé que es incorrecto decirlo, pero ella me provocó hasta que logró enloquecerme. Supongo que eres lo bastante hombre como para entenderlo.

Jared enarcó una ceja. Su hermanastro estaba hablando en base a la imagen equivocada que todo el mundo tenía de él, pero le daba igual. Lo que no le daba igual era el hecho de que estuviera decidido a dejar a Noelle en la estacada. Era un tema muy grave, porque el escándalo sería terrible si no había un matrimonio.

–Me mudaré a Dallas, no me costará conseguir que me trasladen a las oficinas que la empresa tiene allí –dijo Andrew, con firmeza–. Puede que las habladurías amainen si estoy fuera.

–¿De verdad lo crees? –Jared le miró con expresión burlona.

–No es asunto mío. Lamento la humillación que va a sufrir la abuela, pero no estoy dispuesto a sacrificar mi vida entera para evitar habladurías. Yo no he tenido ninguna culpa en todo esto –asintió a modo de despedida, y procuró pasar a una distancia prudencial de Jared de camino a la puerta principal. No se dignó a mirar a Noelle ni una sola vez.

Cuando la puerta se cerró tras él y Jared y Noelle se quedaron solos en el vestíbulo, la señora Dunn dijo con voz llorosa desde la sala de estar:

–¿Qué vamos a hacer? La señora Hardy se ha quedado escandalizada, y estaba lívida de indignación. ¡Va a contárselo a todo el mundo, y por si fuera poco, Andrew acaba de huir en medio de la noche!

–Sólo hay una solución posible –Jared no miró a Noelle, pero se puso incluso más rígido–. Yo me casaré con ella.

–¡Jamás! ¡No me casaría contigo, ni aunque me ofrecieras un carruaje lleno de soberanos de oro!

Él se limitó a mirarla en silencio, con una ceja enarcada, y fue la señora Dunn quien respondió:

–¡Sí, claro que sí! Sería una solución perfecta, Jared. La señora Hardy sólo ha alcanzado a ver a Noelle, Andrew estaba entre las sombras y de espaldas a la puerta, y a ti no ha llegado a verte porque has llegado tras nosotras justo después de que viéramos a Noelle. El despacho estaba en penumbra y alcanzó a ver muy poca cosa, y cuando ella y yo fuimos hacia la puerta, tú entraste en el despacho de inmediato y cerraste la puerta. Sí, creo que lograremos convencerla de que eras tú quien estaba con Noelle.

–Da igual lo que pueda pensar la gente, porque no pienso casarme contigo –lo dijo con tono beligerante, pero el corazón se le aceleró ante la idea de ser su esposa.

–No tienes elección, ha sido tu comportamiento lo que nos ha metido en este lío.

–¡No he sido la única causante! Además, Andrew ha mentido. ¿Por qué no me crees?, ¡me ha manoseado!

–Tú le incitaste a ello. Durante semanas has sido su sombra, te has encargado del papeleo de su trabajo, has estado pendiente de sus palabras, y te has dedicado a mirarle con adoración. Es un hombre, ¿qué esperabas?

Ella se estremeció de repulsión al recordar la húmeda boca de Andrew sobre la suya, y dijo indignada:

–Aunque tenga parte de culpa, no tenía derecho a insinuar que soy una perdida. ¡Es un canalla!

–No va a servirnos de nada que finjas estar furiosa, te casarás conmigo en cuanto estén listos los preparativos.

–¿Por qué estás dispuesto a sacrificarte? Y por cierto, ¿no te da miedo que tu queridísima señorita Doyle se corte las venas si la dejas plantada?

–Ella no te concierne; en cuanto a lo del sacrificio, supongo que sabes que haría cualquier cosa con tal de ahorrarle más sufrimiento a mi abuela.

La furia de Noelle se desvaneció cuando miró a la anciana. La pobre estaba muy pálida, y su cuerpo menudo estaba más encorvado que de costumbre por el peso de la edad y la desolación. Estaba claro que la señora Hardy iba a difundir el escándalo a diestro y siniestro.

Al ver la expresión que apareció en el rostro de Noelle, Jared supo que había ganado. No podía permitir que un escándalo así llevara a su abuela a la tumba, ella siempre había sido su ancla y estaba dispuesto a hacer lo que fuera por ella... incluso casarse con una mujer cuyo honor estaba en entredicho. Sintió una punzada de dolor al recordar la primera vez que la había besado. Estaba seguro de que en aquella ocasión ella era completamente inocente, pero a quien ella deseaba era a Andrew; a juzgar por la familiaridad con la que estaba tratándola su hermanastro cuando los habían descubierto en el despacho, la situación íntima en la que estaban, era obvio que ya se habían acostado juntos anteriormente. La mera idea le enloqueció de angustia.

–No será tan horrible como crees, Noelle –dijo su abuela, con voz suave–. Debes salvar tu reputación... y la nuestra. Piensa en cómo afectaría el escándalo al bufete de Jared.

No había pensado en eso. Jared tenía mucho renombre en Nueva York, pero en Fort Worth apenas estaba empezando. Un escándalo podría costarle el trabajo.

–Lo que me preocupa no es mi bufete –Jared se apoyó en la pared. Parecía agotado e irritado–. Nuestra prioridad debe ser salvar la reputación de Noelle.

Ella bajó la mirada, y la fijó en sus propios pies. Jared no estaba preocupado por su reputación, sino por la de su abuela. Estaba siendo galante... a diferencia del gallardo Andrew, que había mentido y había huido como un cobarde.

En ese momento, Jared se apartó de la pared y le preguntó a su abuela:

–¿Puedes encargarte tú de los preparativos, o le pido a mi secretario que lo haga?

–No creo que Adrian pueda ser tan eficiente, Jared. Estaré encantada de hacerlo yo –posó una mano en el hombro de Noelle, y le dijo–: No estés tan triste, querida. Nadie es perfecto, pero Dios nos perdona.

Noelle pensó que, aunque Dios sí que perdonara, daba la impresión de que Jared jamás lo haría.

Cuando su abuela volvió a entrar en la sala de estar, murmurando para sí sobre invitaciones y un oficiante, él comentó con una sonrisita burlona:

–Tu héroe tenía pies de barro, ¿verdad? Ha huido como un conejo asustado.

–No es lo que aparentaba –admitió ella, con voz queda.

–Nadie lo es, ni siquiera tú. Pensaba que eras un modelo de pureza, de todo tipo de virtudes, pero has resultado ser un ángel caído. Me has decepcionado, Noelle.

–Admito que quizá fue culpa mía que Andrew pensara que estaba dispuesta a aceptar sus atenciones, pero se ha tomado libertades que yo ni alenté ni quería. Puedes creer lo que quieras, pero es la pura verdad.

–Lo que yo crea es irrelevante –bajó la voz al añadir–: No esperes compartir mi lecho; a pesar de tus encantos, no tengo deseo alguno de conformarme con las sobras de mi hermanastro.

Noelle se estremeció de rabia contenida, tenía el rostro tan rígido como los puños.

–¡Y yo no tengo deseo alguno de tener relaciones íntimas con un hombre que me considera una perdida!

–Perfecto, ya veo que nos entendemos a la perfección –sin más, la dejó allí plantada y se fue.

Noelle tuvo unas ganas enormes de lanzarle algún objeto contundente a la espalda. Podía negarse a casarse con él, marcharse de allí y regresar a Galveston, quizá podría pedir prestado algo de dinero... pero la señora Dunn se quedaría en una situación muy complicada que, teniendo en cuenta su edad y su frágil corazón, podría llegar a costarle la vida.

Era innegable que ella le había dado esperanzas a Andrew, pero no se había dado cuenta de lo repugnantes que le resultarían sus atenciones. Las caricias y los besos de Jared la enfebrecían, y se había sentido en el séptimo cielo al ver cómo la miraba cuando la tenía entre sus brazos. Esperaba sentir lo mismo, o incluso más, cuando Andrew la besara, pero sólo había sentido repulsión.

No entendía a qué se debían sus inexplicables emociones. Jared era mucho mayor que ella, y la mayoría de las veces se comportaba como si la odiara. Era un hombre reservado, taciturno, estoico... pero aun así, había sido muy gentil con ella; con excepción de sus padres, nadie la había tratado con tanta ternura.

Aunque eso había cambiado por completo, y el desprecio que sentía por ella en ese momento era palpable. Iba a casarse con ella por el bien de la señora Dunn, pero no porque quisiera hacerlo. La mujer que le interesaba en realidad era la elegante señorita Doyle.

Se mordió el labio con fuerza. Era una situación horrible para todos, y la única solución era un matrimonio que iba a amargarle la vida a todo el mundo.

Los planes de boda se completaron y se anunciaron... y justo a tiempo, porque ya había gente que empezaba a murmurar al ver a la señora Dunn y a Noelle por la ciudad. Aunque Fort Worth era grande y seguía creciendo, todo el mundo sabía quién era quién. En el periódico local se publicaba qué visitantes estaban hospedándose en los hoteles, y la página de sociedad estaba llena de cotilleos sobre la gente de la zona. Fort Worth era una ciudad en expansión que conservaba un ambiente íntimo, así que más que una comunidad era como una gran familia.

Pero una familia podía llegar a ser muy cruel cuando se desataba un escándalo, y Noelle se sentía culpable cada vez que se oía algún comentario viperino y a la señora Dunn le temblaba el labio.

Cuando se publicó el anuncio de la boda en el periódico, la señora Pate llegó del mercado con el cesto lleno de carne, café y harina, y con una sonrisa de petulancia en el rostro.

–Bueno, eso sí que va a darles tema de conversación para rato a todos esos viejos cotillas –le dijo a Noelle, que estaba desgranando judías en la mesa de la cocina.

–¿El qué?

–El anuncio de la boda. Ahora se comenta que la señora Hardy lo malinterpretó todo, y que era Jared quien estaba con usted; de hecho, dicen que acababan de comprometerse cuando la señora Dunn y la señora Hardy los encontraron besándose en el despacho.

Noelle no compartía su entusiasmo, y se limitó a decir:

–Bueno, al menos dejarán de chismorrear sobre la señora Dunn a partir de ahora. Lo ha pasado muy mal, y me preocupaba su corazón.

–No hay de qué preocuparse, es una mujer muy fuerte. Recuerdo cuando llegó a la ciudad con la madre del señor Jared, no había manera humana de evitar que se pasara el día trabajando en el jardín con su azada –al ver que Noelle soltaba una exclamación de sorpresa, frunció los labios y la miró por encima de las gafas–. No estaba enterada de eso, ¿verdad? Las malas lenguas la criticaron sin piedad, y por eso le preocupaba tanto que usted se ocupara de las plantas.

–Mi comportamiento ha sido deplorable. He sido motivo de vergüenza para esta casa desde que llegué, y ahora he causado un escándalo.

–El señor Andrew no está exento de culpa, pero salió huyendo como un cobarde y su hermanastro ha tenido que encargarse de solucionar el problema, como siempre. El señor Jared le ha sacado de muchos apuros a lo largo de los años, una vez tuvo que pagar para que no fuera a la cárcel por actos vandálicos en la ciudad.

Noelle soltó la judía que estaba desgranando y miró al ama de llaves.

–Usted le tiene mucho aprecio a Jared, ¿verdad?

La señora Pate asintió. El ventilador del techo estaba encendido, y el leve zumbido era un agradable sonido de fondo. El sol de última hora de la mañana se filtraba a través de las cortinas y proyectaba extrañas formas sobre la mesa de madera en la que Noelle estaba trabajando.

–¿Puedo preguntarle una cosa, señora Pate?

–Por supuesto, querida.

–¿Andrew es un héroe de guerra?

–Tanto como yo. En las Filipinas estuvo trabajando en el almacén de suministros y ni siquiera llegó a disparar un arma, pero regresó pavoneándose y fanfarroneando sobre el servicio que le había prestado a su país, y sobre todas las supuestas hazañas que había hecho. ¡Ja!

–¿Jared estuvo en el ejército?

–Sí, pero nunca nos habló de ese tema. Estuvo en la reserva, y su unidad fue destinada a Cuba.

–¿Fue allí donde se hirió la pierna?

–No.

–¿Sabe cómo se lo hizo?

–Sí –la miró en silencio durante unos segundos antes de añadir–: Es él quien tiene que contárselo, señorita Noelle. Es un hombre muy reservado, y yo no voy contando a los cuatro vientos lo que sé. Por eso sigo trabajando aquí.

–Discúlpeme, no era mi intención ser indiscreta, pero es que sé muy pocas cosas de él.

–Tendrá tiempo de sobra de conocerle a fondo cuando estén casados –dejó de sacar la compra de la cesta por un momento y la miró antes de añadir–: Lo único que quiero que tenga claro es que el señor Jared está muy por encima del señor Andrew. No fanfarronea ni se da aires de grandeza, pero tampoco huye ante los problemas. Nunca lo ha hecho.

Noelle siguió desgranando las judías en silencio.

El vestido de novia era la prenda más maravillosa que Noelle había visto en su vida; al principio, ella no quería algo tan elegante, pero Jared había insistido.

–Los chismosos no van a tener carnaza para poder criticarte –le dijo él, cuando ella protestó por el gasto que supondría mandar a pedir en Nueva York un vestido importado de París–. Vas a tener un modelo exclusivo, y quiero que sea el más caro que haya.

–¿Crees que es necesario gastarse tanto dinero para callar unas cuantas bocas?

–Sí.

–Aún estoy a tiempo de marcharme –le dijo, vacilante.

Él la miró muy serio y le dijo con firmeza:

–No vas a irte a ningún sitio, la única marcha que va a haber es la nupcial.

El vestido había llegado días antes, con las medidas exactas que les había facilitado la modista de Noelle en Fort Worth, y al sacarlo de la voluminosa caja, se había quedado atónita al ver los metros y metros de encaje importado que lo ribeteaban.

–¡Es encaje de Bruselas! –exclamó la señora Dunn, atónita–. ¡Es un vestido exquisito, Noelle! Nadie podrá olvidar lo deslumbrante que estarás con él.

Noelle acarició el encaje. Era delicado y bonito, pero estaba casándose por los motivos equivocados. El acontecimiento feliz que imaginaba desde pequeña había quedado empañado, y estaba convencida de que el futuro que la esperaba iba a estar marcado por la tristeza y la amargura. Un matrimonio sin amor iba a ser el peor de los infiernos.

CAPÍTULO 11

Jared esperaba su inminente boda con la resignación de un hombre que iba a enfrentarse a un pelotón de fusilamiento. Detestaba verse obligado a casarse, por culpa de los convencionalismos sociales, con una mujer por la que sólo sentía desprecio, con el ángel caído de su hermanastro.

Había descubierto mucho tiempo atrás que las mujeres eran traicioneras. Noelle se había derretido en sus brazos, había disfrutado con sus besos, pero menos de un día después de mostrarse tan apasionada con él, se había lanzado a los brazos de Andrew.

Intentó convencerse de que le daba igual, de que al principio había sentido lástima por ella, nada más. La indeseada atracción física que sentía por ella era inesperada, pero no cambiaba en nada las cosas. Tendría que haber sido más firme, debería haber insistido en que Andrew hiciera lo correcto, pero por alguna extraña razón, no podía soportar la idea de verla casada con su hermanastro. Por eso había dejado que Andrew huyera.

Miró ceñudo por la ventana mientras le daba vueltas a su extraño comportamiento. No entendía por qué le importaba tanto aquella mujer. Era demasiado joven para él, y por si fuera poco, llevaba meses enamorada de su hermanastro; de acuerdo, quizá se sentía atraída sexualmente por él, pero había quedado patente que sentía lo mismo por Andrew. Era una locura casarse con ella, por muy grande que fuera el escándalo... pero tenía que pensar en su abuela, ¿no?

Mientras iba encontrando una excusa tras otra con la que justificar aquella boda, no se le ocurrió pensar que estaba intentando justificarse a sí mismo porque quería conseguir a Noelle como fuera.

Adrian, su secretario, le arrancó de sus pensamientos cuando llamó a la puerta y le dijo:

–Un hombre desea hablar con usted, señor Dunn.

–Hazle pasar.

Adrian se apartó a un lado, y un hombre negro y alto vestido con un traje bastante envejecido entró en el despacho con el sombrero en la mano. Parecía cansado y taciturno, pero no iba con la cabeza gacha ni se deshizo en disculpas por llegar sin cita previa.

–¿Señor Dunn?

–Sí, soy yo.

–Soy Brian Clark, he venido a pedirle que me represente.

–¿De qué se le acusa?

–De robo y agresión, señor. Supongo que me arrestarán en breve.

Jared sólo alcanzó a enarcar las cejas, porque antes de que pudiera contestar, se oyeron voces que se acercaban desde el exterior, el sonido de una puerta que se abría y se cerraba seguido de voces más fuertes en la zona de recepción, y un golpe sordo; alguien llamó a la puerta, y abrió sin más.

Los recién llegados resultaron ser un agente uniformado y un inspector. El primero tenía jurisdicción sobre el delito, porque el robo se había perpetrado en la ciudad, y no había duda de que el segundo, que llevaba un arma enfundada, estaba allí para echar una mano en caso de que surgieran problemas.

–Lo siento, señor Dunn, se han negado a esperar a que los anunciara –le dijo Adrian.

Jared alzó la mano para indicarle que no pasaba nada. Se acercó a los recién llegados, posicionándose a propósito entre Brian Clark y ellos, y se quitó las gafas de leer antes de preguntar con calma:

–¿En qué puedo ayudarlos?

–Venimos a por ese hombre de color –dijo el agente–. Le ha robado cien dólares al viejo Ted Marlowe, el dueño de la tienda de comestibles. Le ha noqueado a golpes con la culata de una pistola, y le ha dado por muerto. Está en coma, y el médico dice que a lo mejor no se salva.

–¿Tienen pruebas suficientes que justifiquen un arresto?

El agente le miró desconcertado y sólo alcanzó a preguntar:

–¿Disculpe?

–No voy a permitir que se lleven al señor Clark hasta que me traigan una orden de arresto donde se detallen los cargos que se le imputan. Tanto usted como yo nos debemos a la ley. Yo me ciño a lo que estipula el sistema judicial, al igual que deberían hacerlo todos los empleados públicos.

–¡Pues yo nunca lo he hecho! –apostilló de muy malos modos el inspector, que se llamaba Sims–. ¿Acaso va a proteger a este...? –usó un epíteto que hizo que Clark se tensara.

–Se apellida Clark, es fácil de pronunciar –le corrigió Jared.

–Este tipo ha golpeado y robado al viejo señor Marlowe, ¿por qué quiere impedir que le arrestemos? –Sims estaba indignado.

–Pueden llevárselo, pero primero deben conseguir una orden de arresto.

El agente vaciló, porque tanto la postura como la mirada amenazante de Jared le tenían intranquilo. Había puesto en duda algunas cosas que el juez le había contado sobre aquel abogado de Nueva York, pero empezaba a darse cuenta de que eran muy ciertas.

–Voy a por ella, regresaré enseguida. Asegúrese de que este tipo no se largue de aquí.

–No lo hará, a un hombre inocente no le hace falta huir –le dijo Jared, con total naturalidad.

El agente soltó un bufido de burla antes de indicarle a Sims, un hombre alto y delgaducho al que le unía una buena amistad, que le siguiera.

Cuando la puerta se cerró tras ellos, Clark soltó un profundo suspiro y dijo pesaroso:

–Eso ha sido arriesgado, señor Dunn.

–No tanto, la ley estaba de mi parte. Siéntese, por favor –cuando el hombre estuvo sentado, con sus largas piernas separadas y el rostro tenso, Jared añadió–: Han dicho que han robado a Ted Marlowe, ¿por qué creen que ha sido usted? –dejó las gafas sobre el informe que había estado leyendo y se sentó en el borde del escritorio.

–Me han tendido una trampa, señor Dunn. Uno de los empleados del rancho Beale, el lugar donde trabajo, me la tiene jurada, y lleva meses intentando meterme en problemas. Anoche bebió más de la cuenta y me dijo que no iba a permitir que Beale me diera el puesto de capataz, que iba a hacer lo que fuera con tal de impedirlo.

–¿Cómo se llama ese hombre?

–No puedo decírselo, es un vaquero del rancho.

–¿Se ha vuelto loco? Si sabe quién es, tiene que decírmelo.

–No puedo.

–Por el amor de Dios, Clark, ¿acaso quiere que le linchen? Supongo que sabe lo que les pasa hoy día a los hombres de su raza que son sospechosos de un delito.

–Sí, claro que lo sé –esbozó una pequeña sonrisa antes de

añadir–: Pero es una cuestión de honor. Lo que sí puedo decirle es que ese hombre dejó muy claras sus intenciones ante todos los presentes.

–¿Usted no ha robado en esa tienda?

–No, señor. No lo he hecho.

Jared lo miró ceñudo. Él mismo siempre se había regido por lo que le dictaba su honor, pero si hubiera estado en el lugar de Brian Clark, con su vida en juego, le habría importado un cuerno; además, la situación de Clark era muy peliaguda. El viejo Marlowe era un hombre muy conocido y apreciado en la ciudad, y su agresor no iba a tenerlo nada fácil.

Estaba claro que iba a ser un caso controvertido y peligroso, y ya había captado su interés como abogado.

–¿Está siendo honesto conmigo?, ¿usted no lo ha hecho?

Clark le miró a los ojos y repitió con voz firme:

–No, señor, no lo he hecho. He matado a hombres, pero nunca he abusado de la bebida ni he robado. Fui oficial de caballería, y empecé a trabajar para el señor Beale después de dejar el ejército. Nunca le he robado a nadie, y aprecio al señor Marlowe.

–¿Estuvo en la caballería?, ¿en qué regimiento?

–El décimo.

–Ah, los Soldados Búfalo.

–Sí, nuestro regimiento tiene una historia de la que nos enorgullecemos. Somos hombres de honor, iría en contra de mis principios hacer algo tan ruin como robar a un hombre y golpearle hasta dejarle medio muerto.

–¿El señor Beale va a apoyarle?

Clark sonrió al oír aquella pregunta.

–Eso me temo, y si lo hace, puede que se le compliquen las cosas. Es un hombre honorable y no va a dejarme tirado, pero su apoyo no va a sentarle nada bien a la gente de esta ciudad.

–Si usted es inocente, alguien más ha tenido que hacerlo.

El viejo Marlowe es muy querido, recuerdo que la gente ya contaba anécdotas sobre él cuando mi madre se vino a vivir a la ciudad. Es posible que le linchen antes de que podamos llegar a juicio.

Clark se llevó la mano al cuello y su rostro se tensó.

–Muchos negros han acabado así, aunque no fueran culpables. No tengo mucho dinero, pero le pagaré lo que le deba... aunque tarde toda mi vida en saldar la deuda. He oído hablar mucho de usted, dicen que es el mejor abogado de por aquí. Acepte mi caso, defiéndame. Soy inocente.

–Se le da bien usar las palabras, señor Clark –comentó Jared, sonriente.

–¿Va a defenderme?

–Sí, claro que sí –se apartó del escritorio, y admitió–: Lo he decidido a los dos minutos de conocerle. Su actitud no es la de un hombre culpable que merezca un linchamiento.

–Gracias, señor –le dijo Clark, sonriente, antes de ofrecerle la mano.

Jared se la estrechó, y en ese momento vio que la otra la tenía agarrotada e inutilizada a un lado del cuerpo; al oír voces airadas que se acercaban y el golpeteo de botas sobre las tablas de madera de la acera, comentó:

–Ya están de vuelta.

–Tengo que irme con ellos, ya lo sé. No van a lincharme, ¿verdad?

–Haré lo que esté en mis manos por impedirlo.

El agente de policía y el inspector entraron en ese momento sin molestarse en llamar a la puerta, y el segundo le entregó la orden de arresto a Jared con brusquedad.

–Esto lo hace oficial. Vas a tener que acompañarnos, muchacho –Sims agarró a Clark del cuello sin miramientos, y añadió–: Estarás en la cárcel hasta que te colguemos.

–No es un muchacho, y ningún oficial de caballería merece que le traten así. Suéltele.

–Venga ya, ¿quiere que me crea que este tipo estuvo en la caballería?

–En el décimo regimiento –Jared miró al agente, que hasta ese momento había permanecido en silencio, y le dijo–: El señor Clark se ha entregado voluntariamente, y yo voy a representarle en el juicio. Espero y deseo no encontrar ninguna señal de violencia en él.

Aquellas palabras le dieron mucho que pensar al agente. A pesar del nativista tenor de los tiempos, que convertía a cualquiera que no fuera blanco en posible objeto de escarnio y menosprecio, él pensaba optar al puesto de sheriff en las siguientes elecciones, y tenía entendido que entre las amistades de Jared había altos cargos del gobierno. No quería poner en peligro su futuro profesional por culpa de la brutalidad de un inspector bravucón. Sims tenía fama de ser muy violento con los mexicanos y los negros, y se vanagloriaba de su buena puntería. Llevaba la cartuchera baja, a la altura del muslo, y tenía tendencia a desenfundar su Colt ante la más mínima provocación. No había dejado de dar problemas desde que le habían contratado.

–Suéltale, Sims –le ordenó, con voz firme.

Sims obedeció de inmediato, pero lo miró ceñudo.

–Ponle las esposas –mientras Sims obedecía, rezongando en voz baja por tener que tratar bien a un criminal, el agente añadió–: Le tengo aprecio al viejo Marlowe; además de robarle, le han golpeado hasta dejarle sin sentido, y tengo tres testigos que afirman haber visto a este hombre saliendo corriendo de la tienda con una bolsita en la mano, justo antes de que encontraran a Marlowe.

–El señor Beale me ha encargado que fuera a comprar provisiones, pero me he ido mucho antes de cuando dicen que se ha cometido el robo; de hecho, ni siquiera estaba en la ciudad cuando ha sucedido, y no llevaba ninguna bolsita en la mano.

–¿En serio?, pues John Garmon dice que sí. Quería venir a por ti con nosotros, porque le tiene mucho aprecio a Marlowe.

–Será mejor que Garmon mantenga las distancias –apostilló Jared, con voz gélida.

–¿Y qué pasa si no lo hace? ¿Qué podría hacerle un lechuguino de ciudad como usted? –dijo Sims, con voz burlona.

Jared se metió las manos en los bolsillos y le miró con ojos fríos y penetrantes que reflejaban una completa ausencia de temor y una sutil actitud amenazante.

–Procure no hacer nada que me obligue a demostrarle lo que puedo hacer.

Sims se consideraba todo un valiente, pero se amedrentó ante él y se volvió de nuevo hacia Clark.

–Vamos, negro ratero.

Mientras Sims se llevaba al prisionero, el agente de policía miró a Jared y le dijo con calma:

–Está pisando terreno resbaladizo, señor Dunn. Sims fue pistolero en Arizona y tiene muy mal genio.

–Vaya, qué impresionante –se limitó a decir, en tono burlón.

El agente lo miró con exasperación, y se fue con la orden de arresto en la mano.

El juicio les dio a la señora Hardy y a sus amigas un nuevo tema sobre el que chismorrear, pero la señora Dunn se preocupó aún más cuando leyó en el periódico que Jared iba a defender al hombre negro acusado de robar y golpear al pobre Ted Marlowe.

–Pobre señor Marlowe, es un buen hombre –comentó, a la hora de la cena.

–Eso es verdad, abuela, pero creo que hay que atrapar al verdadero ladrón, porque mi cliente es inocente –le dijo él.

–¿Cómo lo sabes?

–Porque no tenía motivo alguno para hacer algo así.

–A lo mejor sí que lo tenía, pero tú no estás enterado. Es un caso peligroso, Jared. ¿Por qué lo aceptaste?

–Porque él me pidió que le representara. Fue oficial de la caballería, y supongo que siento cierto compañerismo.

Noelle había estado escuchando la conversación en silencio y preocupada, pero al oír aquello miró a su futuro esposo y le preguntó:

–¿Estuviste en la caballería?

–Sí, hice muchas cosas en mi turbulento pasado. Serví dos veces en el ejército.

–Sé muy poco sobre ti –comentó, pensando en voz alta.

–No hace falta que sepas gran cosa. No vas a casarte conmigo por amor, sino por la protección que va a darte mi apellido.

Fue en ese momento cuando Noelle comprendió que sí que iba a casarse con él por amor, y se quedó atónita al darse cuenta de que durante todo aquel tiempo, mientras pensaba que Andrew era el príncipe azul que la esperaba al final del arco iris, en realidad era Jared quien tenía su corazón en la palma de la mano. Por eso se preocupaba por él, y no le quitaba la vista de encima, y respondía con pasión a sus besos, y se había rendido a sus caricias como una esclava.

Era terrible darse cuenta en ese preciso momento, cuando él la odiaba, cuando el desprecio que sentía por ella era patente cada vez que la miraba. Sólo iba a casarse con ella, a darle su apellido, para salvar su reputación, pero le había dejado muy claro que no sentía nada por ella.

–Tienes mal aspecto –le dijo él, con voz cortante.

–Me duele la cabeza –fue incapaz de mirarle.

La señora Dunn la miró con preocupación y comentó:

–Quizá deberías ir a recostarte a oscuras hasta que se te pase, Noelle. Tengo unos polvos que podrían ayudarte.

–No, gracias, creo que me bastará con recostarme –se levantó de la mesa sin haber probado apenas bocado, y añadió–: Disculpadme.

Jared mantuvo una expresión gélida mientras la veía salir del comedor.

–La boda es el próximo domingo, supongo que está nerviosa y se sentirá mejor después de la ceremonia –comentó su abuela–. En cuanto a ese caso... debes tener mucho cuidado, no quiero que sufras algún daño por lo que pueda pasarle a un vaquero.

–Un vaquero negro –apostilló él.

Ella se echó a reír.

–Ya sabes que no tengo prejuicios contra la gente de distinta raza.

–Sí, claro que lo sé. Fuiste tú quien me inculcó que todos los seres humanos somos valiosos, y esa convicción se fortaleció aún más cuando estuve en Harvard. Me inquieta esta actitud nativista, abuela. Hay tanto odio contra los inmigrantes, contra cualquiera que sea diferente... y justo cuando nos hemos dado cuenta de las carencias que existen a la hora de lidiar con las enfermedades mentales, y con los criminales, e incluso con los vagabundos, y estamos trabajando para corregir esos problemas. Me parece incongruente luchar contra problemas como la masificación y las barriadas míseras, y al mismo tiempo atacar a los inmigrantes que tienen que sufrirlas.

–Seguro que los filósofos le han dado muchas vueltas a esa cuestión. Cómete el rosbif, querido.

–Ya me lo comeré después, voy a ver cómo está Noelle. Va a ser mi esposa, y en adelante será responsabilidad mía.

–Deja la puerta abierta, por favor.

Jared se echó a reír al oír su tono de voz irónico, y contestó:

–No va a pasar nada, te lo aseguro. La señorita Brown no me interesa en ese sentido.

Estaba mintiendo, pero su abuela no lo sabía; después de subir al piso superior, fue por el pasillo hacia el dormitorio de Noelle, y llamó a la puerta antes de entrar sin esperar respuesta.

Ella estaba tumbada sobre la colcha, inmóvil. Se había tensado al oírle entrar, pero en ese momento estaba muy quieta.

Jared se acercó a la cama y posó la mano en el cabecero, aunque no necesitaba el apoyo. Apenas cojeaba, y ya no usaba el bastón.

–¿Te duele la cabeza, o tienes remordimientos de conciencia? –le preguntó, con frialdad.

Ella se sentó en la cama, sacó las piernas por el lateral y entrelazó las manos sobre la larga falda que llevaba antes de contestar con vaguedad:

–Ha empezado a dolerme la cabeza.

–¿Por qué?

«Porque he descubierto de repente que te amo con desesperación»... lo pensó para sus adentros, pero fue incapaz de confesarlo en voz alta; tampoco pudo mirarle, porque se sentía incapaz de enfrentarse a aquellos penetrantes ojos azules.

–Falta poco para la boda –se limitó a decir.

–Sí, es verdad. ¿Qué pasa?, ¿estás replanteándotelo?

–¿Y tú?

–Si nos casamos, lo único que va a cambiar es que llevarás mi apellido y la gente tendrá una cosa menos sobre la que cotillear.

–¿Es peligroso el caso del hombre negro al que representas?

–¿Qué más te da? Soy yo el que está en la línea de fuego, nadie va a pegarte un tiro a ti porque yo esté defendiéndole.

Noelle alzó la mirada hacia él y admitió:

–No soy yo quien me preocupa.

–Mi abuela es más dura de lo que crees. Le parece bien que haya aceptado el caso.

–Tiene el corazón delicado, y va a ser un caso controvertido.

–¿Qué es lo que quieres que haga?, ¿que permita que ahorquen a un hombre inocente para evitar que mi abuela aguante más chismorreos?

–Creía que ibas a casarte conmigo por eso.

–Los chismorreos relacionados contigo le harían más daño a mi abuela que los que pueda generar este caso, te lo aseguro. Es muy consciente de su buen nombre y teme que algo pueda mancharlo, pero un juicio por asesinato despertará su interés. Seguro que se dedica a leer los periódicos para enterarse de todo, y que intenta sonsacarme información –esbozó una pequeña sonrisa antes de añadir–: Tú no la conoces, no es lo que aparenta.

–Nadie lo es –susurró, con la mirada fija en las manos y la cabeza gacha.

Jared la contempló con cierta preocupación. Parecía más delgada, la preocupación y la culpa que había acarreado durante aquellas últimas semanas habían hecho mella en ella. Seguía trabajando sin descanso en la casa, ayudando en todo lo que podía, pero se había mantenido alejada del jardín. Él había tenido una seria charla con Henry, y éste estaba cumpliendo mejor con sus obligaciones. Noelle jugaba con el gatito, cosía y bordaba para su abuela, pero se mostraba muy retraída y callada.

–Has cambiado mucho, Noelle.

–Espero que para mejor.

–No sabría qué decirte.

Ella se alisó la falda antes de ponerse de pie.

–Ya me siento mejor, voy a echarle una mano con los platos a la señora Pate.

Cuando él la agarró de la cintura para evitar que se fuera y la atrajo hacia su cuerpo poco a poco, se recordó a sí misma lo mal que la había tratado. Sabía que debería protestar, apartarse, abofetearle, gritar con indignación... pero no lo hizo, y cerró los ojos extasiada cuando él fue a apartarle un mechón de pelo de la cara y le rozó la mejilla con la mano.

Jared sintió una oleada de furia al ver su total entrega. Se preguntó si estaba tan esclavizada por el deseo carnal que estaba dispuesta a satisfacerlo con cualquier hombre, incluso con él.

–¿Echas de menos a Andrew? –le preguntó, con una sonrisa burlona. La hizo alzar la cabeza para mirarla a los ojos, y añadió–: ¿Quieres que cierre la puerta para darte el revolcón que tanto pareces necesitar?

Ella se puso roja ante aquellas crudas palabras y tuvo ganas de abofetearle.

–No quiero nada de ti, Jared.

–¿Estás segura? –le alzó la barbilla y se apoderó de su boca en un beso firme y acariciante.

El cuerpo de Noelle llevaba semanas sin sentir sus caricias, y reaccionó de inmediato. Se apretó contra él con abandono, y abrió la boca para que el beso se profundizara. Cuando él gimió, sorprendido, y la abrazó con fuerza, ella le rodeó el cuello con los brazos y sintió aquel pecho fuerte y ancho presionado contra sus senos.

Sintió que ardía por dentro mientras el beso seguía y seguía con una intensidad desenfrenada, se estremeció de pies a cabeza ante aquel ardor encendido, pero cuando él se apartó de repente y la soltó con brusquedad, sintió que las piernas no la sostenían, y tuvo que sentarse en el borde de la cama para evitar caer al suelo.

Al verla allí sentada, mirándolo con los ojos muy abiertos y los labios hinchados, le dijo con crueldad:

–Así que te conformas con cualquiera, ¿no? Eres demasiado fácil para mi gusto, no siento ni el más mínimo deseo por ti. No tendrás que cerrar con llave la puerta de tu dormitorio, pero puede que yo sí que tenga que hacerlo –tras lanzarle una sonrisita burlona, se despidió con una pequeña inclinación de cabeza y se fue de la habitación.

—¡Eres un... un... bastardo despiadado!

Noelle agarró un platito que tenía sobre la mesita de noche y lo hizo añicos al lanzarlo contra la puerta con todas sus fuerzas. Miró a su alrededor en busca de otro proyectil, pero como no le servían ni la lámpara ni los muebles, soltó un grito de furia tanto por su propia reacción como por el sarcasmo de Jared. Ella no le había pedido que la besara, y en cuanto a lo de cerrar la puerta con llave... ¡él no tenía de qué preocuparse, porque no estaba dispuesta a tocarle y arriesgarse a pillar la lepra!

Al oírla gritar todo aquello desde el otro lado de la puerta, Jared vaciló por un instante antes de alejarse por el pasillo. Aquella mujer tenía un genio endemoniado, y una boca que habría que lavar con jabón. Ella no sabía cómo le había atormentado en el pasado la palabra que acababa de lanzarle a través de la puerta, porque reflejaba la pura verdad... él no tenía padre, y ni siquiera su madre conocía la identidad del hombre que la había dejado embarazada al violarla.

La palabra «bastardo» había sido el insulto más grave para él de joven, y seguía doliéndole al oírla, pero era consciente de que Noelle había perdido los estribos porque él la había provocado. No tendría que haber sido tan cruel con ella, pero la pasión desenfrenada que sentía cuando la tenía entre sus brazos le hacía sentir vulnerable y le enfurecía. No quería desear tanto a una mujer a la que su hermanastro había seducido y abandonado, a una mujer que estaba enamorada de otro hombre. La debilidad que sentía por ella le hería en su orgullo.

Ella afirmaba que no se había dejado seducir por Andrew, pero si estaba enamorada de él, era normal que le deseara. Sólo había una forma de comprobar si se había acostado con su hermanastro... su cuerpo entero se tensó de deseo ante la mera idea de tenerla desnuda en su propia cama; a juzgar por la pasión con la que acababa de besarle, estaría más que dispuesta a acostarse con él.

Le extrañaba que le encontrara tan físicamente irresistible estando enamorada de su hermanastro. Había sido así desde el principio, desde la primera vez que se habían besado. Ella hablaba de Andrew, se ruborizaba cuando oía mencionar su nombre, e intentaba averiguar cualquier mínimo detalle sobre él, pero esa misma muchachita encandilada de su hermanastro se derretía en cuanto él la tocaba, se aferraba con pasión a su cuerpo a la espera de sus besos, e incluso le había permitido que le bajara un poco el vestido y viera su piel desnuda.

No entendía cómo era posible que Noelle le hubiera permitido tales libertades. Cabría pensar que era una desvergonzada, pero no había flirteado con nadie más. En el baile al que había asistido, sólo había bailado con Andrew y con él, y no había prestado ninguna atención al resto de caballeros presentes. No había habido sonrisas insinuantes ni coqueteos, nada.

Fue a su propio dormitorio dándole vueltas al tema, y todas aquellas preguntas sin respuesta le impidieron dormir bien. Cuando la luz del amanecer entró a través de las cortinas, seguía igual de desconcertado, pero también igual de enfadado por el hecho de que ella le hubiera insultado llamándole bastardo.

Noelle, por su parte, había pasado la noche dando vueltas en la cama, llena de indignación y planeando su venganza. Estaba decidida a hacerle pagar por su crueldad, fuera como fuese. Aún no sabía cómo iba a lograrlo, pero iba a hacerle pagar por todos los comentarios despectivos que había hecho sobre ella, ¡y cuando se hubiera despachado a gusto con Jared, el despreciable Andrew iba a ser el siguiente en sufrir el furor de su venganza!

CAPÍTULO 12

Noelle y Jared se casaron en la Primera Iglesia Metodista. Ella llevaba el precioso vestido de seda color perla importado de París, que le llegaba hasta los dedos de los pies y tenía capas y capas de encaje de Bruselas con lazos azules y malvas entrelazados. También llevaba un ramo de flores de seda a juego, y un larguísimo velo que caía tras ella sobre la cola del vestido.

Llevaba el pelo recogido en un moño alto decorado con unos lazos que conjuntaban con los del ramo, y que servían para sujetar el velo. No llevaba sombrero, y los guantes eran del mismo delicado encaje que el ribeteado del vestido.

El hermano del reverendo se había ofrecido a entregarla, y avanzó de su brazo por el pasillo de la iglesia con la frente bien alta, con su pelo caoba encendido por la luz que entraba por las ventanas.

Le dolía que sus padres y sus hermanos no pudieran estar con ella en ese momento. La única familia presente era la señora Dunn, porque su tío había mandado un telegrama para avisar que no iba a poder asistir a la boda debido a sus problemas de espalda, aunque al menos la había felicitado. Andrew era su primo, así que también contaba como familiar, pero no estaba invitado.

Fue incapaz de mirar a Jared mientras avanzaba por el pasillo de la iglesia, porque se sentía como si le hubieran ofrecido el cielo mientras estaba a un paso de caer en el infierno. Él apenas le había dirigido la palabra desde aquella noche en que habían discutido y la había besado; después, estando más calmada, se había avergonzado de la palabra que había usado para insultarle, pero no había encontrado el momento de disculparse.

Era obvio que seguía enfadado con ella, porque había estado rehuyéndola y sólo le había dirigido la palabra cuando no había tenido más remedio; de hecho, en ese momento ni siquiera se dignó a volverse para verla acercarse, y permaneció erguido, rígido y con el rostro pétreo.

La novia le fue entregada al novio mientras el piano tocaba la marcha nupcial, y el reverendo empezó a oficiar la ceremonia. La iglesia estaba llena, tanto por los chismorreos como por el controvertido juicio que se avecinaba; al igual que muchos de los presentes, la señora Hardy estaba allí para curiosear, y estaba sentada en la primera fila.

Su presencia indignó a Noelle, pero sabía que no podía hacer nada al respecto. Se planteó echarla a la calle a través de alguna de las ventanas que abarcaban desde el techo hasta el suelo, pero supuso que eso no habría sido apropiado en una iglesia.

El reverendo formuló las dos preguntas de rigor, y cuando obtuvo las respuestas esperadas, les declaró marido y mujer y dio permiso para que el novio, que estaba muy serio, besara a la novia.

Jared permaneció inmóvil durante un largo momento, con la mirada fija en el grueso velo que le impedía verle los ojos y la boca. Se había sentido increíblemente dolido y furioso porque ella había usado una palabra que le hacía mucho daño, pero en ese momento, al mirar aquel rostro triste y pálido, el orgullo de saberla suya se impuso a todo lo demás.

Noelle era su esposa, y aunque estuviera enamorada de Andrew, se había casado con él, con Jared Dunn.

Mientras le echaba el velo hacia atrás lentamente, la trascendencia de lo que estaba haciendo le impactó de lleno: estaba viéndola como ningún otro la había visto ni la vería jamás... estaba viéndola por primera vez como su esposa.

La miró con una sonrisa tan tierna, tan arrobada, que ella contuvo el aliento de forma visible. Era como si sólo existieran ellos dos en el mundo. Enmarcó su rostro entre las manos y, bajo la fascinada mirada de los presentes, bajó la cabeza poco a poco y la besó.

Noelle vio acercarse aquellos labios, vio cómo se entreabrían justo antes de posarse sobre los suyos, sintió la cálida caricia de su aliento. Mientras él la besaba con una ternura infinita, como si fuera la primera vez, se sintió como embelesada, y la intensidad del momento le llenó los ojos de lágrimas y le arrancó un pequeño sollozo.

Al oír aquel sonido ahogado, Jared salió de golpe de aquel breve paraíso ficticio en el que se había adentrado. Alzó la cabeza de inmediato y aquella mirada fría e impávida volvió a reflejarse en sus ojos. Tenía muy claro por qué estaba llorosa: acababa de darse cuenta de que Andrew estaba fuera de su alcance para siempre. Estaba llorando por Andrew en la iglesia, en su propia boda.

Se mordió la lengua, pero sus ojos hablaron por sí solos; al ver que ella apartaba la mirada, la soltó de golpe, la tomó del brazo, y la condujo entre las hileras de invitados hacia la puerta. Le soltó el brazo en cuento estuvieron fuera, y le dijo con voz gélida:

–Mientes de maravilla, con qué sinceridad has dicho lo de «prometo serte fiel, amarte y respetarte», ¡ja!

Noelle estaba desconcertada. Un momento antes estaba besándola y parecía incluso un hombre enamorado, y de repente, sin razón alguna, empezaba a atacarla.

–No... no te entiendo, Jared.

–¿En serio?

La llevó con rapidez al carruaje nupcial, y después de ayudarla a entrar sin demasiados miramientos, acabó de meter la falda en el vehículo, cerró la portezuela y le ordenó al cochero que la llevara a casa. El hombre se sorprendió, pero obedeció sin rechistar.

Jared ni siquiera se dignó a lanzarle una última mirada a su esposa. Dio media vuelta, metió las manos con enfado en los bolsillos de sus mejores pantalones y fue hacia su bufete con paso airado.

A su espalda fueron saliendo a la calle todos los que habían presenciado la ceremonia, que no se enteraron de que acababan de perderse la parte más sorprendente de la boda. Tanto el carruaje como él ya estaban fuera de la vista para cuando salieron de la iglesia, charlando animadamente sobre el beso tan tierno que el novio le había dado a la novia. Nadie vio a Noelle regresando sola a casa en el carruaje.

La señora Dunn se fue en otro carruaje tras recibir radiante todas las felicitaciones. Estaba encantada, sonriente, porque las malas lenguas iban a callarse por fin y ella iba a dejar de ser el centro de atención cada vez que salía de casa.

Decidió ir a ver a su modista, porque a juzgar por cómo había besado Jared a Noelle en la iglesia, seguro que en ese momento estaban haciendo las paces... pero cuando llegó a casa mucho después, encontró a la señora Pate muy seria.

–¿Qué le pasa, señora Pate? ¡No hay que tener esa cara después de una boda!

–La novia ha llegado a casa sola y llorando, y el novio aún no ha aparecido. Creo que está trabajando en su bufete, como de costumbre.

–Pero si se fueron juntos de la iglesia, acaban de casarse... –la señora Dunn estaba desconcertada.

–Se han casado por obligación, él cree que ella ha tenido relaciones íntimas con su hermanastro.

–Bueno, la verdad es que yo también he tenido mis dudas...

–Yo hago la colada en esta casa, señora Dunn. Lavo toda la ropa de cama, y puedo asegurarle con total franqueza que no ha ocurrido nada de eso –al ver que la anciana se ruborizaba y parecía escandalizada, se limitó a añadir–: Pensé que usted tenía derecho a saberlo –se despidió con una inclinación de cabeza, y se marchó sin más.

Noelle se quitó el vestido de novia y el velo, y los guardó en la caja donde habían llegado. Estaba casada, pero a pesar de que llevaba puesta la alianza de oro que Jared le había puesto en el dedo, nada había cambiado. Nada de nada. Jared le había dejado muy claro que no sentía nada por ella.

La verdad era que ella le había insultado y había lanzado cosas contra la puerta, pero el muy golfo se lo había merecido. Ojalá cerrara la puerta de su dormitorio con llave, tal y como había dicho, y que todo el mundo lo oyera. Sí, entonces ella podría ir con un camisón sexy, y rogarle que la dejara entrar mientras los demás se reían al presenciar la escena.

A pesar de lo graciosa que le pareció la idea, lo cierto era que estaba enamorada de él, aunque sabía que Jared jamás la amaría; de hecho, ni siquiera la deseaba, y eso significaba que jamás llegarían a tener hijos. Eso era lo más triste de todo, porque a ella le encantaban los niños. Había adorado a sus hermanos pequeños, y nunca le había pesado tener que cuidarlos. Había pensado muchas veces en que le gustaría llegar a tener sus propios hijos algún día, y al llegar a Fort Worth, se había imaginado al apuesto Andrew en el papel de padre de aquellos niños imaginarios... pero aquella idea se había desvanecido rápidamente y había pasado a imaginarse a niñitos de ojos azules y pelo oscuro. Sabía que eran fantasías vanas, porque Jared no la quería como esposa; de hecho, no le extrañaría que regresara a Nueva York para no tener que tenerla cerca.

Se sentó con desánimo en la cama, vestida con la camisola, el corsé y los calzones, y le dio vueltas a aquella terrible posibilidad; si él la abandonaba, se quedaría sola con la protección de su apellido y una asignación económica de la que no tenía ni idea.

Se dio cuenta de que él no podía marcharse hasta que acabara el juicio del tal señor Clark, y empezó a preocuparse al recordar los comentarios de la señora Dunn. A veces se perdían los nervios en las salas de los juzgados, y alguien podría intentar disparar contra Jared. Era un elegante abogado de ciudad, y a pesar de que en su juventud había sido un ranger e incluso había estado en la caballería, los años no pasaban en vano; además, tenía la pierna mal, aunque ya no cojeaba casi nada y había dejado de usar el bastón.

Recorrió con un dedo el borde fruncido de los calzones, que eran de muselina. No se había puesto las delicadas prendas de seda que había comprado con el asesoramiento de la señora Pate, porque no quería nada que se hubiera pagado con el dinero de Jared; en cualquier caso, no tenía sentido ponerse ropa interior bonita, porque su marido no iba a vérsela puesta.

Se puso la falda oscura y la blusa blanca de cuello alto y abotonado de siempre, las gruesas medias y las ligas, se ató los zapatos, y salió del dormitorio después de hacerse un moño alto. Se dijo que era un día como otro cualquiera, que el hecho de que se hubiera casado era algo intrascendente. Si Jared podía actuar con tanta indiferencia y marcharse a trabajar como si nada, ella no iba a ser menos. No pensaba quedarse encerrada en su cuarto, llorando a lágrima viva porque él la había rechazado.

Fue a la cocina para ver si la señora Pate necesitaba ayuda con la cena, pero al único que encontró fue a Henry, que estaba en el jardín con una botella de whisky. El muy sinvergüenza estaba bebiendo y arrancando con la azada sus preciadas tomateras, que ya habían empezado a dar tomatitos, ¡y por si fuera poco, estaba riéndose mientras cometía semejante barbaridad!

Fue la gota que colmó el vaso en un día tenso de por sí. Abrió la puerta de golpe, y salió hecha una furia. Le daba igual que la señora Hardy y el vecindario entero la vieran. Agarró un cubo y lo lanzó hacia Henry con todas sus fuerzas, pero se quedó un poco corta y cayó a escasos centímetros de él.

Henry dejó de destrozar las tomateras, y se la quedó mirando con los ojos como platos con la botella medio vacía de whisky en una mano.

–¡Idiota borracho, has arrancado mis tomateras justo cuando estaban empezando a dar sus frutos! ¡Eres una serpiente despreciable! –se acercó a él como una exhalación, le arrancó la botella de la mano y la vació sin contemplaciones–. ¡Si esto es lo que quieres, aquí lo tienes!

Al verla alzar la botella como si fuera un bate, Henry gritó despavorido y salió huyendo del jardín como si le persiguiese una manada de perros rabiosos. Atravesó corriendo dos jardines, incluyendo el de la señora Hardy, con los brazos alzados por encima de la cabeza y con Noelle pisándole los talones.

Ella corrió tras él a toda velocidad, lanzándole improperios y blandiendo la botella vacía amenazadoramente, pero se detuvo al llegar a la esquina, a un lado del camino de tierra, y luchó por recobrar el aliento. Dos carruajes se habían parado al ver a un hombre de mediana edad, ataviado con un viejo sombrero y un mono de trabajo, huyendo de una joven armada con una botella vacía.

Henry atravesó corriendo el camino sin mirar siquiera si pasaba algún vehículo, saltó por encima de un seto, y siguió corriendo a toda velocidad.

–¡Estás despedido! –le gritó Noelle, a pleno pulmón–. ¡Como vuelvas, te pego un tiro... y no habrá ni un solo jardinero en Fort Worth que me culpe por ello!

Al oír que de uno de los carruajes salía una carcajada, su furia amainó un poco y dio paso a una oleada de vergüenza. Apretó la botella contra la falda para que no se viera tanto, y se volvió ruborizada hacia la casa. Qué día tan horrible.

Mientras regresaba enrabietada a través de los jardines se detuvo a fulminar con la mirada a la señora Hardy, que había presenciado boquiabierta la escena, y le espetó:

–Ya tiene un cotilleo más, vieja chismosa. Vaya a ver si encuentra a alguien más a quien arruinarle la vida con su lengua viperina, pero ya verá como Dios no tarda en ajustarle las cuentas. Se sienta en la iglesia, tan ufana y con aires de superioridad, cuando en realidad es la hipócrita más grande de toda la ciudad. ¡Debería avergonzarse de sí misma!

La mujer se llevó la mano al cuello y dio la impresión de que estaba al borde del desmayo, pero Noelle la ignoró y siguió andando; estaba tan airada, que no le habría extrañado ir dejando un reguero de fuego a su paso, y al ver a Jared en el jardín de casa, observándola en silencio, le lanzó la botella de whisky a los pies y exclamó:

–¡Ha destrozado mis tomateras! –estaba roja de ira, completamente descompuesta–. ¡Me dijiste que hablarías con él, y mira de qué ha servido!

–¿De dónde has sacado la botella?

–De Henry, que ya se había bebido la mitad. Se la he quitado de las manos y le he perseguido por la calle, ¡sólo lamento no haber podido acercarme lo suficiente para golpearle con ella! La señora Hardy estaba en su porche, y le he dicho a la cara lo que pensaba de ella –se llevó las manos a las caderas, y sopló para apartarse de la boca un mechón de pelo–. ¡Ahora voy a decirte lo que pienso de ti!

Jared se apoyó contra el porche con los brazos cruzados y una sonrisita de lo más curiosa, y la invitó a seguir con un gesto de la mano.

–No soy una perdida –lo dijo en voz bien alta y clara, sin importarle que el mundo entero la oyera–. Puedes pensar lo que te dé la gana, y cerrar con llave la puerta de tu habitación si crees que soy una amenaza para ti, pero no he hecho nada de lo que deba avergonzarme, y no pienso pedir perdón. Y otra cosa más: si me apetece cuidar estas plantas vestida con pantalones, voy a hacerlo, y me da igual si al vecindario entero le parece escandaloso –había alzado aún más la voz y miró con deliberación hacia el porche de la señora Hardy, donde vio que una sombra se movía. Se volvió de nuevo hacia su esposo, y le espetó indignada–: ¿Cómo has podido dejarme plantada en la iglesia?, ¡he tenido que regresar sola a casa el día de mi boda!

Él soltó un pequeño silbido sin apartar la mirada de su lívido rostro, y se limitó a decir:

–Sí, no sé cómo he sido capaz –no pudo admitir que, se había sentido tan arrepentido, que por eso había regresado a casa tan temprano.

Ella se apartó el pelo de la cara en un gesto seco, y bajó la mirada antes de murmurar:

–Perdóname por haberte insultado llamándote bastardo, me avergüenzo de haberlo hecho.

Como parecía que la tormenta de furia ya había pasado, Jared se acercó a ella y se detuvo a menos de un metro de distancia.

–¿Sabes por qué me enfureció tanto? –al verla negar con la cabeza, soltó un sonoro suspiro y admitió–: Porque es cierto que soy un bastardo, Noelle, y todo el mundo lo sabía donde me crié. Un desconocido atacó a mi madre en Dodge City, y yo fui el resultado.

–¡Jared!

Esperaba su sorpresa, pero le desconcertó ver la ternura y la compasión que se reflejaron en aquellos ojos verdes.

–Te pido mil perdones. Jamás habría dicho algo así de haber sabido la verdad, por muy enfadada que estuviera.

Al ver su reacción, Jared se sintió mezquino y se avergonzó de su propio comportamiento, y se limitó a decir:

–Hay muchas cosas de mi pasado que no puedo contarte, Noelle. Lo que acabo de admitir sólo lo sabíamos mi abuela y yo.

Ella se le acercó un poco más antes de decir con voz suave:

–Eres muy reservado, ¿hay algún otro secreto que quieras compartir conmigo?

Jared la miró con el aliento contenido. Aquella mujer era una caja de sorpresas, y pensaba en ella en los momentos más insospechados... como aquella misma mañana, cuando tendría que haber estado centrado en el nuevo caso; a pesar de que estaban en juego la libertad e incluso la vida de un hombre, había perdido el tiempo paseándose de un lado a otro del despacho, sin poder quitarse de la mente la desolación que había visto en el rostro de Noelle cuando la había dejado plantada a las puertas de la iglesia. Esa desolación era lo que le había impulsado a regresar temprano a casa, donde se había encontrado con una escena que no olvidaría jamás. La hilarante huida de Henry sería la comidilla de la ciudad durante semanas, o quizás incluso años.

Alargó la mano hacia ella poco a poco, con la mirada fija en sus labios, y vio cómo le temblaba el labio inferior cuando lo recorrió con el dedo índice. Hacía mucho que no la veía tan vulnerable.

–No, en este momento no –dijo, en respuesta a su pregunta–. ¿Y qué me dices de ti, Noelle? ¿Guardas algún oscuro secreto?

–Cuando mi hermano mayor le contó a mi padre que había sido yo quien había roto el asa de la nueva mantequera, le metí una culebra ratonera en la cama.

–¿En serio?, ¿no te dan miedo las serpientes?

–No, ¿y a ti?

Él se rio al oír su tono de voz esperanzado, y contestó sonriente:

–No.

–Otro posible método de venganza menos. Eres un hombre de ciudad, ¿no se supone que deberían darte miedo los bichos?

La agarró de la cintura y la apretó contra su cuerpo con naturalidad antes de decir:

–Me dan miedo muy pocas cosas. Has hecho huir a mi jardinero.

–Sí.

–¿Quieres que contrate a otro?

Noelle lo miró esperanzada al darse cuenta de que parecía estar dándole la opción de decir que no, pero comentó:

–La señora Hardy me criticará sin descanso si me ocupo yo de las plantas.

–Sí, es lo más probable. ¿Quieres hacerlo?

–Sí. ¿Crees que tu abuela se molestará?

–No te preocupes, hablaré con ella. Estamos en una nueva era, y va a tener que aceptar los cambios que vayan llegando.

–Sí, eso es verdad.

Él la sujetó con más fuerza, y la miró con expresión firme antes de decir:

–Si permito que te encargues de las plantas...

–No me gusta lo de «permitir».

–Son mis plantas, Noelle.

–¡Las planté yo!

–El terreno donde están me pertenece, así que soy yo el que decide quién puede trabajar en él.

Noelle lo miró ceñuda. Sentir sus manos fuertes en la cintura la ponía nerviosa, pero no quería que él se diera cuenta.

–Bueno, vale.

–Como iba diciendo, permitiré que te encargues de las plantas hasta que te quedes embarazada, pero a partir de ese momento, contrataré a un jardinero.

Ella lo miró boquiabierta, sin poder respirar ni articular palabra, porque lo que acababa de oír la había tomado totalmente desprevenida. Recobró el habla al cabo de unos segundos, pero sólo alcanzó a decir cosas incoherentes.

–Crees que... que soy una inmoral, que... me conformaría con cualquiera. ¿Cómo es posible que quieras que alguien así sea la madre de tus hijos? ¡Además, dijiste que no ibas a acostarte conmigo!

Él deslizó las manos hasta su tórax, y fijó la mirada en su boca antes de susurrar:

–Quiero acostarme contigo, Noelle. Siempre lo he querido.

–Ah –había apoyado las manos en su pecho musculoso, y las tenía heladas e igual de temblorosas que el resto del cuerpo.

–Apenas he podido pensar en otra cosa desde la noche en que te encontré con mi botella de whisky –al ver que se sonrojaba, añadió sonriente–: No seas cobarde. ¿No te gusta recordar cuánto nos deseamos, tanto aquella noche como la otra?

Lo miró ceñuda, y le dijo con voz trémula:

–No.

Él se limitó a esbozar una pequeña sonrisa llena de ternura. Oyó el sonido de pasos que se acercaban, y le dijo en voz baja:

–Será mejor que cierres la puerta de tu habitación a cal y canto esta noche, querida... aunque no sé si un cerrojo bastaría para impedirme entrar.

Ella tragó con dificultad, pero antes de que pudiera ocurrírsele una respuesta adecuada, la puerta que daba a la cocina se abrió y se cerró de golpe, y la señora Pate salió al jardín seguida de la señora Dunn. Fue ésta última quien preguntó:

–¿A qué viene todo este alboroto, Noelle? Un hombre acaba de venir a avisarnos de que ha visto a nuestro jardinero corriendo despavorido por la calle, perseguido por una mujer que blandía una botella. ¿Tienes idea de qué...? –vaciló al ver la botella de whisky en el suelo y a Jared, y se tapó la cara con la mano–. Oh, cielos...

–¡Henry estaba arrancando mis tomateras, señora Dunn! Mire, mire cómo las ha dejado. Ya tenían tomatitos, y él las ha arrancado porque estaba borracho.

–Ha dejado dos intactas –comentó la señora Pate–. Así que estaba bebiendo otra vez, ¿no?

–Sí, estaba medio borracho. ¡He corrido tan rápido como he podido, pero no he conseguido acercarme lo suficiente para poder propinarle un buen botellazo!

La señora Dunn no pudo evitar soltar una pequeña carcajada, y al ver que Noelle la miraba sorprendida, suspiró y admitió:

–Me veo reflejada en ti, se me había olvidado cómo era en mi juventud. Cuida las plantas vestida con pantalones si quieres, querida. Estamos en un nuevo mundo, mis tiempos han quedado atrás y ahora es tu momento. Ha habido tantos chismorreos, que da igual que haya uno más; en cualquier caso, carece de importancia. Seguro que a Dios no le ofende un suceso tan inocente, y aunque a los vecinos pueda parecerles escandaloso, ¿qué más da lo que ellos piensen?

–Ahora sí que te pareces mucho más a la abuela que recordaba –comentó Jared.

–Y yo vuelvo a sentirme como la persona que fui –se alisó la falda antes de añadir–: Necesito que escribas una carta por mí cuando acabes de arreglar las tomateras, Noelle. Me cuesta mucho sujetar un lápiz por el reumatismo de las manos.

–La ayudaré encantada.

–Aunque no sé si Jared tendrá otros planes, claro –añadió la anciana.

Jared contempló a su esposa con una mirada ardiente, y al ver que se ruborizaba, sonrió y dijo:

–Tengo que regresar al bufete, Noelle y yo tendremos tiempo de hablar con calma cuando llegue a casa esta noche.

–De acuerdo, querido. Venga conmigo, señora Pate. Me gustaría que me enseñara esa labor nueva que está haciendo a ganchillo.

El ama de llaves siguió sonriente a la anciana, y dejaron a solas a la pareja de recién casados.

–Qué consideradas son –comentó Jared–. Si me hubieran leído la mente, no se habrían atrevido a dejarte a solas conmigo.

–Estamos a plena luz del día, y a la vista de todo el vecindario.

Él soltó un sonoro suspiro, y dijo pesaroso:

–Sí, es verdad.

–Yo tengo tomateras que replantar, y tú un cliente al que defender –se puso seria, y le preguntó–: Nadie ha intentado pegarte un tiro por culpa de alguno de tus casos, ¿verdad?

Él la miró con un brillo de diversión en la mirada, y al final admitió:

–Un vaquero lo hizo, en el territorio de Nuevo México. Así fue como me herí la pierna.

–¿Y qué pasó con ese vaquero?, ¿le arrestaron? –estaba horrorizada.

–No fue necesario.

Al ver que se volvía hacia la puerta, Noelle insistió:

–¿Por qué?

Él la miró por encima del hombro, y esbozó una sonrisa.

–Porque yo le destrocé de un tiro el brazo con el que empuñaba su arma, querida. No podrá volver a dispararle a nadie en mucho tiempo, e incluso suponiendo que pueda, seguro que se lo piensa dos veces.

Noelle se quedó sin palabras, y se limitó a mirar con los ojos como platos a aquel desconocido con el que se había casado.

–Te dije que había sido un ranger de Texas, Noelle. Sé usar un arma; de hecho, sé usarla demasiado bien.

Mientras recorría con la mirada su rostro, sus ojos, su pelo, su boca firme, encontró en él cosas que nunca antes había notado, y le preguntó con voz suave:

–¿También sabes cabalgar?

Él se limitó a asentir.

–¿Y... luchaste cuando estuviste en la caballería?

Él asintió de nuevo.

Noelle contuvo el aliento, y tuvo que hacer un esfuerzo consciente para hacer que sus piernas se movieran y la acercaran a su marido. Alzó la mirada hacia él, y susurró:

–Así que Andrew era el farsante y tú el verdadero hombre de acción, ¿no?

Él le acarició la mejilla antes de contestar.

–Andrew es el hermanastro menor, y ansía ser lo que jamás podrá llegar a ser. No tiene lo que hay que tener.

–Pero tú sí que lo tienes –le miró a los ojos, y lo entendió por fin–. Has matado alguna vez, ¿verdad?

–Sí, sí que lo he hecho –apartó la mano de su mejilla mientras terribles recuerdos del pasado iban pasándole por la mente.

–Y has conocido a mujeres –al ver que se le tensaba la mandíbula y permanecía callado, le agarró de la manga y le pidió–: Cuéntamelo, por favor.

–No puedo darte lo que me pides, Noelle.

–Me dijiste que siempre seríamos sinceros el uno con el otro.

–La clase de sinceridad que me pides sería brutal. En aquel

entonces era un hombre diferente... ¿lo entiendes, aunque sea un poco? Era... –se quedó sin palabras ante la cálida mirada de aquellos ojos verdes.

–Lo que pasa es que no quieres recordarlo, ¿verdad? –se acercó un poco más, sin dejar de sostenerle la mirada–. Nada hará cambiar la opinión que tengo de ti... nada que hayas hecho, nada que puedas llegar a hacer. Eres el mejor amigo que he tenido en toda mi vida, y un amigo no deja de querer a otro por el mero hecho de que no haya sido perfecto.

–¿Es eso todo lo que quieres de mí, una amistad? –le preguntó él, con voz queda.

Se dijo que no podía olvidar el hecho de que ella aún estaba resentida con Andrew, y que si éste regresaba y se disculpaba, seguro que ella le perdonaría y correría a sus brazos.

Noelle bajó la mirada hasta sus labios, y susurró atormentada:

–Una amistad es lo único que puedes ofrecerme, ¿verdad?

CAPÍTULO 13

Cuando Jared regresó al bufete, se obligó a apartar a Noelle de sus pensamientos por el momento y se centró en las notas del caso. Había ido a ver a Brian Clark a la cárcel, y éste le había detallado todo lo que había hecho el día del robo.

Tenía una muy buena intuición a la hora de discernir la verdad, y estaba convencido de que su cliente era inocente, pero el mismo Clark había admitido que había estado en la tienda de Marlowe el día en cuestión; según él, a la hora en que se había cometido el delito él ya iba de vuelta al rancho de Beale, pero no podía demostrarlo, al igual que no podía demostrar su inocencia. No había ningún testigo que pudiera confirmar su historia, y Marlowe, la víctima, seguía estando en coma.

Por si fuera poco, los ánimos estaban muy caldeados en la ciudad por lo del robo, y en especial por lo grave que estaba Marlowe. Un bocazas cizañero había estado pregonando a los cuatro vientos que había visto cómo Clark salía corriendo de la tienda justo después del robo, y también se le había oído abogar en favor de los linchamientos.

El tipo en cuestión era John Garmon, uno de los vaqueros del enorme rancho de Terrance Beale, y también afirmaba que Clark había mencionado que necesitaba dinero con urgencia, y que estaba dispuesto a hacer lo que fuera con tal de obtenerlo; según Garmon, había que linchar a un hombre tan brutal, y los que le escuchaban no dudaban en darle la razón.

Jared se enteró de eso de la forma más inesperada: Terrance Beale, el jefe de Clark, fue a hablar con él en persona. Era alto y moreno, tenía el rostro marcado por una cicatriz, y vestía ropa de trabajo. Se trataba de un hombre que no vestía para tener buena imagen de cara a los demás, sino para sentirse cómodo... era un tipo duro, y su aspecto reflejaba el hecho de que había vivido en tiempos difíciles.

Jared se quitó las gafas de leer cuando Beale entró en el despacho, y tras unos segundos en que los dos se observaron con miradas igual de atentas, le indicó con un gesto que se sentara en una de las sillas.

El recién llegado se sentó, cruzó sus largas piernas y empezó a liar un cigarro antes de decir:

–Tengo entendido que usted va a defender a mi vaquero jefe de la acusación de robo y agresión que se le imputa. He venido a decirle que Clark es inocente.

–Eso ya lo sé –Jared se reclinó en la silla antes de añadir–: No habría aceptado el caso si no estuviera convencido de su inocencia.

Beale soltó una carcajada, y se centró en acabar de liar el cigarro y en encenderlo; mientras el humo empezaba a ascender hacia el techo, miró de nuevo a Jared y dijo sin más:

–No sabía cómo se llamaba en El Paso, Dunn, pero sé quién es. Usted no se acuerda de mí, ¿verdad?

Jared le miró ceñudo. A lo largo de los años había habido infinidad de casos y clientes.

–No, está claro que no me recuerda –Beale se tocó la profunda cicatriz que tenía en la mejilla antes de añadir–: Yo vivía en El Paso, trabajaba como alguacil a tiempo parcial. Una noche, tres alborotadores a los que había arrestado en un bar escaparon de la cárcel, se emborracharon y me atacaron en un callejón oscuro armados con cuchillos.

Jared le miró en silencio, y por fin lo recordó.

–¡Sí, ya me acuerdo!

–Usted me salvó la vida aquella noche, Dunn. Nunca antes había visto a tres hombres suplicar clemencia, fue una experiencia muy instructiva –se inclinó hacia delante de repente, y admitió–: Jamás habría imaginado que le encontraría trajeado y como abogado de un empleado mío, la verdad es que me ha descolocado un poco. Está muy cambiado.

Jared esbozó una sonrisa al decir:

–Usted no, la verdad es que su apariencia no ha mejorado demasiado.

–Uno va envejeciendo con el paso del tiempo.

–Beale... me acuerdo de usted, pero no le habría reconocido si no le hubiera visto en persona. En la frontera usaba otro nombre.

–Me lo cambié cuando me casé con Allison, no quería que ella se preocupara de que vinieran a por nosotros tipos a los que yo había arrestado. Me vine a vivir aquí, y amasé una fortuna... un momento, usted es el hermanastro de Andrew Paige, ¿verdad?

–Exacto –lo dijo con voz tensa, porque sólo con oír mencionar a su hermanastro se ponía de mal humor.

–Mi hija, Jennifer, me comentó que el hermanastro de Andrew iba a defender a Clark. Me dijo que se llamaba Jared Dunn, pero no tenía ni idea de que era usted –vaciló por un instante antes de preguntar–: ¿Qué posibilidades tiene Clark?

–La verdad es que la situación es bastante difícil, pero me alegro de que acudiera a mí.

–Sí, lo hizo siguiendo un impulso, acabo de ir a verle a la cárcel y me lo ha contado; al parecer, Clark había oído hablar de usted, y se había enterado de que en Nueva York se había especializado en derecho penal. Sabía que iba a necesitar el mejor abogado posible, pero dudo que sepa que a usted no sólo se le da bien la abogacía.

–Esa parte de mi vida ha quedado atrás.

–Puede creer lo que quiera. Yo pensaba lo mismo, que podría olvidar lo que había sido y lo que había hecho, pero al final me di cuenta de que era imposible. El pasado siempre vuelve. Allison no había presenciado jamás una pelea, no estaba familiarizada con la violencia, pero un día, un hombre al que yo había mandado a la cárcel por asesinato salió por buena conducta sin llegar a cumplir la condena completa, y vino a por mí –su rostro se endureció–. La mató, la mató mientras yo estaba en los pastos con los vaqueros, ayudando a marcar el ganado. La mató, y entonces esperó sentado a que yo llegara a casa y viera lo que había hecho.

–Dio mío...

–Allison jamás le hizo ningún daño a nadie, era la mujer más buena... –tuvo que respirar hondo antes de poder continuar–. El tipo me amenazó con una pistola. Yo ni siquiera iba armado, pero me abalancé contra él. Estaba tan enloquecido, que ni siquiera me di cuenta de que la bala me alcanzaba, pero le maté con mis propias manos antes de desmayarme; aun así, eso no me devolvió a Allison. Jennifer tenía doce años en aquel entonces, y llegó a casa en medio de la pelea. Le dio un poco de miedo verme tan encolerizado, y creo que aún sigue temiéndome un poco.

–Me imagino cómo se sintió al perder así a su esposa.

–Claro, porque usted conoció de primera mano aquellos tiempos salvajes, pero a la gente que no los vivió les cuesta entenderlo.

Jared pensó en Noelle, en cómo reaccionaría ella si se enterara de alguna historia similar sobre él. Entonces intentó imaginarse cómo se sentiría él mismo si alguien del pasado intentara lastimarla, y supo sin lugar a dudas que haría lo mismo que Beale sin vacilar ni un instante, sin arrepentimiento ninguno. Le descolocó tener que plantearse algo así.

–Su hermanastro es un fraude, Dunn. No es más que un dandi engreído, pero Jennifer es inocente y confiada y está enamoriscada de él. ¿Está jugando con ella?

–No –más que una certeza, era una esperanza propia.

A él le habría encantado que su hermanastro amara a aquella muchacha; de hecho, estaba claro que Andrew sentía algo, lo suficiente como para negarse a casarse con Noelle. Aunque ésta aún seguía enamorada de él, quizá llegaría a olvidarle si permanecía alejado y estaba enamorado de otra mujer.

–Me alegro. No cuenta con mi aprobación, porque no me hace ninguna gracia que se vanaglorie tanto de proceder de una familia con solera y dinero, pero puedo tolerarle por mi hija.

Jared soltó una carcajada carente de humor antes de admitir:

–Yo he estado tolerándole durante mucho tiempo por mi abuela.

Los dos intercambiaron una sonrisa, y Beale añadió:

–Se comentó por la ciudad que Andrew se había marchado por culpa de algún problema.

–No ha habido ningún problema. Se marchó cuando yo decidí casarme con Noelle, su prima; por desgracia, no se llevan demasiado bien, supongo que porque ella se ha dado cuenta de cómo es.

–Con un poco de suerte, pasará lo mismo cuando Jennifer llegue a conocerle mejor –comentó Beale, sonriente.

–Puede que una buena mujer consiga convertirle en un hombre.

Beale se limitó a fruncir los labios. Tomó una calada del cigarro y le miró en silencio durante unos segundos antes de decir:

–Uno de mis vaqueros va a testificar en contra de Clark, un tipo llamado John Garmon que procede de Misisipi y odia a los negros. Más de una vez he tenido que contener las ganas de darle una paliza al oírle insultar a Clark, pero éste se limita a ignorarle. Garmon dice que le vio entrar en la tienda minutos antes del robo, y también le ha comentado a algunas personas que Clark le confesó que necesitaba dinero con urgencia.

–Clark no me parece un hombre codicioso.

–No lo es; además, si realmente necesitara dinero con urgencia, vendría a pedírmelo a mí, porque sabe que yo no dudaría en hacerle un préstamo. Es un hombre honorable.

–En ese caso, no tiene sentido que decidiera golpear y robar a un buen tipo como Marlowe.

–Exacto.

–Ese tal Garmon... ¿cuánto tiempo lleva trabajando para usted?

–Seis meses, y no soporta trabajar con Clark. Mi capataz va a jubilarse, y cuando mencioné que pensaba ofrecerle el puesto a Clark, Garmon se enteró y se puso furioso –se inclinó hacia delante para dejar el cigarro en el cenicero que había sobre la mesa, y miró a Jared a los ojos–. Me he enterado de que es un jugador empedernido. Está claro que sólo un hombre bastante corpulento podría noquear a Marlowe, a pesar de su edad, porque mide más de metro noventa y es muy musculoso. Garmon tiene esa misma altura más o menos, pero Clark es más bajo y delgado, y tiene la mano izquierda inutilizada.

–Está claro que piensa más o menos como yo, Beale –comentó Jared, sonriente.

–Fui alguacil, y hay cosas que nunca se olvidan –se puso de pie antes de añadir–: La única fuente de ingresos de Clark es su salario. Gasta muy poco, y ahorra lo suficiente para poder enviarles un giro postal mensual a su madre y a su hermana, que viven más al este. Garmon debe hasta el último céntimo de su sueldo incluso antes de cobrarlo.

–Me alegra que haya venido a verme, voy a ponerme a investigar los datos que acaba de darme.

–Estoy seguro de que van a serle de ayuda. Y en último extremo, puede desafiar a Garmon en mi lugar.

–Hoy en día no gano disputas a punta de pistola.

Beale esbozó una sonrisa antes de decir:

–Pues en Terrell dicen algo muy distinto.

–¿Quién se ha ido de la lengua?

–Conmigo no le hace falta guardarse las espaldas, Dunn –mientras iba hacia la puerta, admitió–: Me lo comentó el juez, jugamos juntos al póquer cada semana –se volvió a mirarle antes de añadir–: Le aconsejo que no le quite el ojo de encima al inspector Sims. Ese tipo ayudará si puede a Garmon, que está agitando las aguas para conseguir que haya un linchamiento.

–Eso ya es sospechoso de por sí, todos tenemos derecho a un juicio justo.

–Si necesita ayuda, ya sabe dónde encontrarme. Tengo artritis, pero aún puedo empuñar un arma... y también puedo contratar a tipos con buena puntería. A mí tampoco me gustan los linchamientos.

–Lo tendré en cuenta.

Jared estaba preocupado por lo del posible linchamiento. Quería un juicio rápido, pero necesitaba tener un margen de tiempo razonable para preparar un expediente sólido. Sabía desde el principio que Clark tenía enemigos, aunque se negara a decirle de quién se trataba, pero Beale acababa de facilitarle el nombre; gracias a aquel empujón inesperado, iba a poder investigar para averiguar todo lo que pudiera sobre el tal Garmon.

Le mandó un telegrama a Matt Davis, un tipo de Chicago que había trabajado para la agencia de detectives Pinkerton, para que comprobara si Garmon aparecía en alguno de los archivos de los que disponía. Sabía que Davis guardaba copias de los archivos de los casos en los que había trabajado durante su época en la agencia, así que no habría que investigar demasiado si ya existían casos previos contra Garmon.

Después de tomar notas, responder a dos llamadas de teléfono de posibles clientes y dictar respuestas a dos cartas que habían llegado en el correo de la mañana, se reclinó en la silla y se puso a pensar en Noelle, en la expresión de tristeza con que le había mirado, y en las extrañas preguntas que le había hecho horas antes, cuando estaban en el porche trasero. «Una amistad es lo único que puedes ofrecerme, ¿verdad?». Aquellas palabras le habían impactado, y no podía quitárselas de la cabeza.

Empezó a juguetear con el cilindro del dictáfono sin darse apenas cuenta de lo que hacía. Había intentado pasar el mínimo tiempo posible pensando y ahondando en lo que sentía por Noelle, porque primero habían existido algunas diferencias entre los dos, después ella se había comportado con hostilidad hacia él, y por último, había pasado lo de Andrew, pero en ese momento ya no existían barreras entre los dos, y la deseaba más que nunca.

Su cuerpo entero se tensó al recordar aquella noche en el despacho, semanas atrás, cuando le había bajado un poco la bata y había visto su seno desnudo; por mucho que le insultara, que se enfrentara a él, o incluso que llorara en su hombro, Noelle se rendía por completo en cuanto la tocaba.

Soltó un gemido, y dejó el cilindro a un lado. Hacía mucho que había renunciado al sueño de tener esposa y familia, pero de repente no podía dejar de pensar en tener un hijo. Era una locura y además peligrosa, porque era un hombre con pasado, y en Texas tenía más posibilidades de encontrarse con algún antiguo adversario que en Nueva York; además, había habido testigos que habían presenciado en Dodge City, tantos años atrás, la muerte de aquel vaquero, el hombre al que Ava había acusado falsamente de violación y de obligarla a cometer un robo.

Era consciente de que al final le resultaría imposible seguir ocultándole el pasado a Noelle, pero no sabía cómo iba a poder contarle lo que había hecho de joven. Ella no echaba nada en cara ni sermoneaba, era una mujer muy comprensiva, pero él había tenido una aventura amorosa con Ava, y por si fuera poco, se había situado en el lado equivocado de la ley cuando había matado por ella. Noelle sabía que había matado cuando era un ranger, pero a pesar de que le conocía mejor que nadie, no tenía ni idea de lo malo que había sido antes de estar del lado de la ley.

La deseaba con locura, pero lo peor de todo era que no sólo se trataba de una necesidad física de estar con ella. Se había vuelto adicto al sonido de su voz, y a sus arranques de genio.

Soltó una pequeña carcajada al imaginársela persiguiendo a Henry por la calle. Era única, no podía renunciar a ella. Ojalá que su hermanastro se casara con la señorita Beale, para que quedara fuera del alcance de Noelle de forma definitiva. Sabía que, a pesar de lo que había pasado, era posible que ella aún conservara la esperanza de recuperar a Andrew, así que estaba decidido a proteger su corazón hasta que ella se desenamorara por completo de su hermanastro.

Era mejor mantener las distancias hasta entonces, pero de momento tenía que poseerla una vez, una única vez, para crear recuerdos de los que sustentarse después.

Cuando regresó a casa después de la jornada de trabajo, las preocupaciones y los profundos anhelos seguían atormentándole. Ni siquiera se dio cuenta de lo que cenó, porque fue incapaz de apartar la mirada de Noelle, y al ver que ella apenas se atrevía a mirarlo y que se sonrojaba ante su intensa mirada, supo sin lugar a dudas que le deseaba. Aquella reacción le dio esperanzas, porque se dijo que el deseo que sentía por él quizá podría llegar a convertirse en amor algún día.

Pasaron un rato charlando de naderías después de la cena, y Noelle le miró con timidez mientras él expresaba sus dudas sobre el posible resultado de un juicio inmediato.

–Habría que constituir un jurado con doce personas carentes de prejuicios, y dispuestas a creer en la palabra de un negro a pesar de la declaración en contra de varios hombres blancos.

–En otras palabras: haría falta un milagro –apostilló la señora Dunn.

–Exacto. He ganado casos sin pruebas sólidas, pero eso fue en Nueva York, donde hay una mentalidad más abierta. Fort Worth no tiene nada que ver, muchos de los que viven aquí se criaron en la frontera y no tuvieron más remedio que endurecerse. Creen en lo que ven y en lo que saben.

–Pero ese hombre es inocente –dijo Noelle.

Jared sonrió al mirarla, y contestó:

–Sí, pero el hecho de que alguien sea inocente no le garantiza un veredicto en su favor. Ha habido condenas a muerte con menos pruebas de las que la acusación tiene en este caso, y el vaquero que está caldeando los ánimos para que haya un linchamiento es la clave de todo.

–¿Qué piensas hacer? –le preguntó Noelle.

–Lo que haga falta.

La señora Dunn dejó a un lado su labor, se puso de pie y le dijo con una cálida sonrisa:

–Tengo plena confianza en tu destreza como abogado, querido –se detuvo en la puerta, y añadió–: Buenas noches. A mi edad, me canso mucho más pronto que antes.

Jared y Noelle le dieron las buenas noches, y la señora Pate se asomó dos minutos después a decirles que ya se marchaba a casa. Ellos se quedaron un rato más en la sala de estar, completamente solos... ella bordando, y él observándola; cuando el reloj de pie dio las diez, los dos alzaron la mirada, y sus ojos se encontraron desde extremos opuestos de la sala.

Jared supo en ese momento que no iba a poder contenerse. En los ojos de Noelle se reflejaba una mirada cálida, y tan anhelante como la suya. Era inútil resistirse al deseo que le atenazaba, necesitaba hacerla suya una vez... una única vez, para sustentar su corazón hasta que ella se olvidara por completo de Andrew.

–Estás cansada, ha sido un día muy largo. ¿Por qué no te retiras pronto también?

Ella se puso de pie mientras la recorría un extraño hormigueo, guardó su labor, y vaciló por un momento antes de mirarle con una tímida mirada interrogante. Cuando él asintió lentamente con un brillo en la mirada que la dejó sin aliento, subió acalorada a su dormitorio y se desnudó a toda prisa; después de ponerse un fino camisón de algodón bordado, se soltó el pelo y guardó sus cosas antes de apagar la luz con manos trémulas.

Quería sentirse cerca de su marido, tener relaciones íntimas con él, pero estaba bastante asustada por los años de miedo y de confidencias que había oído de sus amigas. ¿Iba a dolerle mucho? Amaba a Jared, seguro que no era una experiencia tan horrible...

Estaba tumbada en la cama con las mantas hasta la cintura, sintiendo una mezcla de aprensión y de excitación mientras su cuerpo entero palpitaba, cuando la puerta del dormitorio se abrió y se cerró. Sintió que el corazón y la respiración se le aceleraban al oír el sonido de pasos que se acercaban, y entreabrió los labios cuando una figura envuelta en sombras se detuvo junto a la cama.

Las mantas quedaron apartadas a un lado, el colchón se hundió ligeramente bajo el peso de otra persona, y alguien la atrajo hacia un cuerpo cálido y musculoso que estaba... que estaba... ¡que estaba desnudo!

Soltó una exclamación ahogada, y se estremeció de forma visible mientras apoyaba las manos en aquel pecho duro y velludo.

–¿Serviría de algo que te dijera que no tienes nada que temer? –le preguntó él, con una voz llena de ternura.

–No –admitió, con voz queda. Se tensó al notar que hacía ademán de atraerla más hacia su cuerpo, y susurró–: No... no vas a hacerme daño, ¿verdad?

–Oh, cariño... –la apretó contra sí con cuidado, y la abrazó para reconfortarla hasta que notó que dejaba de temblar y que empezaba a relajarse.

Acarició aquella larga melena caoba una y otra vez, y el silencio fue intensificándose conforme fueron pasando los minutos; cuando notó que ya no estaba tan tensa, se puso de espaldas llevándola consigo hasta que quedó acurrucada contra su costado y con una mano extendida sobre su pecho, justo por encima del diafragma.

Era musculoso, cálido y muy velludo. Noelle movió un poco la mano y le cosquilleó la palma ante la extraña y novedosa sensación de tocar aquella piel masculina. Se detuvo al oírle gemir, volvió a mover la mano al cabo de un momento, y se detuvo de nuevo cuando él soltó un gemido incluso más profundo e intenso.

–¿Los hombres son... vulnerables cuando se les acaricia? –le preguntó, vacilante.

–Sí.

–Ah.

No supo si seguir acariciándole. No tenía ninguna experiencia, y aunque por una parte la aterraba encontrarse con algo escandaloso, por la otra estaba llena de curiosidad y excitación.

–Tócame, Noelle.

–Has gemido, me parece que te hago daño.

–Es una dulce agonía –se echó a reír al darse cuenta de que ella no lo entendía, y le dijo sonriente–: Sé valiente, seguro que hay un espíritu aventurero en tu interior que anhela que seas atrevida.

–Me considero atrevida por quitar las malas hierbas en el jardín. Esto es muy... misterioso, y me da un poco de miedo. ¡Estás desnudo!

–Es bastante difícil hacer el amor estando vestido.

Al notar cierto matiz irónico en su voz, Noelle deslizó la mano hasta un pezón. No tenía ni idea del efecto que podía tener en él, así que pasó de largo. Aquella piel masculina era musculosa y cálida, y le gustaba cómo se tensaba bajo su mano. Contuvo el aliento mientras seguía acariciándole.

–No tienes ni idea de lo que estás haciendo, ¿verdad? ¡Y yo que creía que te habías acostado con mi hermanastro! –alcanzó a decir Jared, con voz estrangulada.

–¿Cómo sabes que no lo he hecho? –le preguntó, enfurruñada.

Él le tomó la mano, y la llevó hacia abajo hasta posarla sobre un lugar que ella ni siquiera sabía que existía. Noelle la dejó allí durante unos segundos, pero al darse cuenta de lo que era aquella cosa dura, soltó un gritito, apartó la mano a toda prisa y se incorporó hasta sentarse.

Él se echó a reír, y le dijo:

–Así es como lo sé.

–Jared, eres... ¿qué estás haciendo?

–Shhh...

Antes de que Noelle se diera cuenta de lo que pasaba, el camisón había ido a parar al suelo, y ella estaba sentada a horcajadas sobre las caderas de su marido con aquella cosa dura que acababa de tocar apretada contra el vientre. La habitación estaba a oscuras, pero sentía el contacto de aquel pecho musculoso contra sus senos desnudos, y la embargaba una extraña tensión.

Se aferró a sus hombros con fuerza mientras luchaba por recobrar la respiración, y él se obligó a permanecer inmóvil, sujetándola, hasta que notó que estaba más tranquila.

–Paso a paso, Noelle –le susurró al oído, antes de deslizar la mejilla contra la suya y de adueñarse de sus labios.

Al principio se limitó a besarla, pero al cabo de un largo momento empezó a hundir la lengua en su boca con sensuales y profundas embestidas, y a recorrerla con caricias nuevas y excitantes. Noelle jamás había imaginado siquiera que un hombre pudiera llegar a tocar aquellas zonas de su cuerpo.

Se quedó desconcertada al ver que la alzaba un poco, porque no tenía ni idea de lo que pretendía hacer, pero al sentir que algo penetraba en su zona más íntima, que se adentraba en aquel paraje virgen, gritó aterrada y le hundió las uñas en los hombros.

–¡No, Jared, no! ¡Me duele!

–Sólo te dolerá esta primera vez –le susurró, muy tenso; aunque ella intentó apartarse, siguió sujetándola de las caderas y fue bajándola poco a poco.

Noelle sintió un dolor desgarrador que le llegó hasta la columna, y gritó de nuevo mientras se echaba a llorar.

–Shhh... –Jared besó aquella boca abierta mientras sollozaba, y susurró–: No te haría daño por nada del mundo, cariño, pero sabes que esto era inevitable.

Ella hundió los dedos en el vello de su pecho y siguió sollozando, aterrada por el dolor.

–Noelle, Noelle... –gimió su nombre una y otra vez contra su boca abierta, y la agarró con más firmeza para sujetarla contra su cuerpo–. Sólo un poco más, cielo mío. Sé fuerte y aguanta un poco más por mí, por favor –le secó con los labios las lágrimas, tembloroso, y siguió sujetándole con firmeza las caderas.

–No sabía que iba a dolerme tanto –confesó ella, entre sollozos.

–Perdóname... perdóname, yo tampoco lo sabía. Tendríamos que haberte mandado antes a un médico.

–A un... –aquel comentario logró llamarle la atención a pesar del dolor, y se estremeció mientras intentaba verle a través de la oscuridad–. ¿Para qué tendría que haber ido al médico?

Él deslizó una mano entre los dos, y le arrancó un jadeo cuando empezó a acariciarla justo donde se unían sus cuerpos. La acarició hasta hacer que se estremeciera, hasta que el placer se adueñó de ella y sustituyó al dolor.

Cuando ella le hundió las uñas en los hombros y gimió, él le preguntó con voz ronca:

–¿Aquí? –antes de que pudiera contestar, volvió a hacer lo mismo.

–¡Ja... red! –gritó su nombre rítmicamente, una y otra vez, mientras él la acariciaba. Se retorció contra él, se alzó y se arqueó, se estremeció y gimió–. ¡Oh!

Noelle sintió que flotaba en un mundo donde no había dolor ni angustia, un mundo donde era completamente libre. Sintió el colchón bajo la espalda cuando él invirtió sus posiciones, la piel cálida de Jared deslizándose con sensualidad contra la suya desde el cuello hasta los pies, y abrió más las piernas mientras alzaba las caderas.

No sintió más dolor, sino una dulce y súbita sensación de plenitud que se movía y palpitaba en su interior, y que despertó en ella un placer tan avasallador, que empezó a sollozar.

Jared le cubrió la boca con la suya para sofocar sus gritos de placer, y ella se aferró temblorosa a su cuerpo con actitud posesiva mientras oía el crujido de las tablas de la cama, mientras él respiraba jadeante junto a su oído y la acariciaba por todas partes, mientras la penetraba una y otra vez con embestidas firmes y rítmicas.

Noelle gritó contra su boca cuando oleada tras oleada de placer la arrastró más allá de lo que estaba sucediéndole a su rígido cuerpo. La tensión estalló de golpe y sintió que caía al vacío, temblorosa y sollozante, presa de un placer que sólo duró unos segundos dulces y extáticos, y que acabó de golpe. Lloró su pérdida y se aferró a Jared con todas sus fuerzas para intentar volver a sentirlo, pero él se quedó inmóvil de golpe al llegar al éxtasis, se convulsionó antes de susurrar su nombre con voz ronca, y se quedó inmóvil de nuevo antes de desplomarse sobre ella con el corazón martilleándole en el pecho.

Noelle le sintió encima, dentro, en todas partes, y deslizó las manos por su espalda musculosa mientras luchaba por recobrar la respiración. Acababa de experimentar el placer más agotador y explosivo de toda su vida, y su cuerpo seguía sacudiéndose de forma rítmica, como si quisiera recobrar lo que acababa de perder. Sintió una pequeña punzada de dolor cuando sus caderas se movieron casi por voluntad propia, pero su cuerpo no se dio por vencido y siguió moviéndose anhelante.

Él le sujetó la cadera para detenerla, y le susurró con ternura:

–No te muevas. Estás desgarrada, así sólo conseguirás hacerte más daño.

–¿Estoy desgarrada? –sonaba horrible.

Él alzó la cabeza, y la besó con una ternura que la conmovió y le llenó los ojos de lágrimas.

–¿No te ha explicado nadie lo que pasa cuando un hombre y una mujer hacen el amor?

–No había nadie que pudiera explicármelo.

Jared le besó los párpados antes de decir:

–La naturaleza protege el cuerpo de la mujer con una fina membrana que se llama himen. Cuando un hombre penetra a una virgen, esa membrana se desgarra.

Ella sintió tanta vergüenza al oír aquello, que dio gracias por el hecho de que él no pudiera verla en la oscuridad.

–Por eso te ha dolido tanto, y te pido mil disculpas por mis acusaciones. Está claro que eras virgen.

–¿Se supone que tenía que doler?

–Tengo entendido que sí, que a veces sí que duele.

–¿No estás seguro? –le preguntó, mientras deslizaba las manos por los poderosos músculos de sus hombros y su espalda.

Él soltó una carcajada, y bajó los labios hasta un seno antes de admitir:

–No.

–Entonces, ha sido...

–Mi primera vez con una virgen.

Noelle tuvo unas ganas locas de preguntarle por las demás, de hacerle un montón de preguntas atrevidas que jamás se atrevería a formularle a plena luz del día, pero vaciló por un momento antes de decidirse.

–Jared...

Él empezó a apartarse, pero se detuvo de inmediato cuando ella soltó una exclamación de dolor. Masculló algo en voz baja, y la sujetó de la cadera antes de ir apartándose muy poco a poco.

–Con cuidado, cariño... poco a poco... –susurró, cuando ella se tensó y gimió de dolor.

Para cuando él salió del todo y se apartó, Noelle se sentía como si ardiera por dentro, y se echó a llorar otra vez. Jared la abrazó contra su cuerpo, y restregó la mejilla contra la suya en un gesto lleno de ternura.

–Lo siento, no quería hacerte daño.

–Ha valido la pena, Jared, ¡ha sido maravilloso! –lo dijo con voz ferviente, de forma impulsiva.

Él respiró hondo antes de preguntar:

–¿Seguro que te ha gustado?

Ella posó la mejilla sobre su pecho y se acercó hasta que notó el roce de su vello contra los senos, pero vaciló al notar que se ponía tenso y se apartó un poco antes de preguntar:

–¿No debo comportarme así? Avísame si hago algo indebido, todo esto es completamente nuevo para mí.

Él volvió a atraerla contra su cuerpo antes de contestar:

–Me excita sentir el contacto de tu cuerpo desnudo, pero a pesar de que me gusta la sensación de estar excitado, me resulta dolorosa cuando no puedo satisfacerla. Sabes que no podemos hacer el amor una segunda vez, Noelle. Te dolería muchísimo.

–Sí, ya lo sé –respiró hondo varias veces antes de preguntar–: ¿Tú has... disfrutado? ¿Te ha dolido como a mí?

–Sólo me ha dolido un poquito –se echó a reír al ver su expresión de sorpresa, y se explicó de inmediato–. Esa parte de mi cuerpo tiene la piel muy delicada, al igual que esa misma parte del tuyo.

–¡Jared!

Él le besó los párpados hasta que los cerró, y cuando se estiró un poco, su poderoso cuerpo se estremeció como resultado del placer abrumador que había sentido.

–Se me había olvidado lo agotador que es esto –se dio cuenta de que se ponía tensa, y sonrió de oreja a oreja–. ¿Estás celosa?, ¿te molesta que haya hecho esto antes?

–¡Sí! –rodó a un lado y le golpeó en el pecho, pero él le agarró el puño y le mordisqueó los nudillos en un gesto juguetón.

–Nunca antes había sido tan perfecto para mí, ni lo había hecho con tanta ternura –admitió en la oscuridad, con voz profunda–. Nunca me había importado tanto darle placer a una mujer con mi cuerpo.

Ella se sentó con cuidado, porque estaba muy dolorida, y la recorrió un ligero temblor.

–¿Te he hecho mucho daño? –parecía solemne, tenso.

–No, sólo estoy un poco dolorida –se ruborizó al darse cuenta de lo que estaban diciéndose el uno al otro. Se llevó la mano al muslo, porque sentía una ligera humedad, y se quedó horrorizada al notar el olor metálico de la sangre–. ¡Las sábanas, Jared...! ¡Todo el mundo sabrá lo que hemos hecho!

–Estamos casados.

–Sí, pero...

–Qué tontita eres –la atrajo contra su cuerpo, y la besó mientras le acariciaba lentamente los senos con actitud posesiva–. Y qué maravillosa –se obligó a soltarla, aunque a regañadientes.

Ella se sentó de nuevo, y le puso una mano en el pecho.

–¿Me dolerá la próxima vez, después de que... me cure?

–No.

No podía pensar en una próxima vez, porque a lo mejor no llegarían a tenerla. Iba a verse obligado a mantener las distancias con ella. Ya había disfrutado de una noche con Noelle, y si llegaba a perderla, tendría que bastarle para el resto de su vida.

Ella notó que se levantaba de la cama, y oyó que se ponía el batín en la oscuridad.

–¿Te vas? Pero si... estamos casados, Jared, ¿no podrías quedarte toda la noche conmigo?

La tentación era tan enorme, que tuvo ganas de gritar, pero no se atrevió a quedarse. Ya estaba loco por ella, y no podía arriesgarse a despertarla por culpa de las pesadillas que solía tener. Cuando llegara el momento oportuno, cuando ella dejara de amar a Andrew (si llegaba a hacerlo, claro), se sinceraría con ella sobre su pasado con la esperanza de que todo saliera bien.

Alcanzó a ver su camisón en el suelo a pesar de la oscuridad, y se lo dio antes de contestar:

–No, no voy a quedarme.

–¿Por qué? –su voz era apenas un susurro.

Él se detuvo junto a la cama, con las manos en los bolsillos.

–Noelle... –estaba desesperado por saber si ella había estado pensando en Andrew mientras hacían el amor.

–¿Qué?

No se atrevió a preguntárselo. Se había enfrentado a hombres armados, pero le aterraba lo que pudiera decirle aquella mujer que se había convertido en alguien tan importante para él.

–Nada, buenas noches –se fue sin más, y cerró la puerta con cuidado tras de sí.

Noelle se quedó sentada en la cama, desconcertada, durante un largo rato, y al final se acercó al aguamanil y se lavó. Apenas pudo conciliar el sueño por culpa del dolor, pero por la mañana ya se sentía un poco mejor.

Noelle bajó a desayunar con paso animado, fascinada por lo que había aprendido en la oscuridad sobre la vida de casada, pero al entrar en el comedor encontró al viejo Jared de siempre sentado a la mesa. La sonrisa con que la miró no contenía ningún mensaje velado, y a pesar de que se mostró cortés, en su actitud no quedaba ni rastro del apasionado amante de la noche anterior.

Se sintió como si estuviera ante un desconocido, y la recorrió una oleada de inseguridad. Fue a sentarse sin saber cómo actuar, y tuvo la sensación de que todo el mundo estaba dándose cuenta de su incomodidad.

–Pruebe los huevos, querida, hoy me parecen incluso más buenos que de costumbre –la señora Pate le ofreció la bandeja, y añadió–: Después de todo el ejercicio que hizo ayer al perseguir al señor Henry, supongo que necesita recobrar fuerzas.

El ama de llaves salió del comedor riendo por lo bajo, y la señora Dunn hizo un sonido sospechosamente parecido a una carcajada.

–Henry estaba bebiendo, y arrancó mis tomateras –masculló Noelle, en voz baja–. Los tomates habrían estado listos para comer en dos semanas, y ahora sólo me quedan unas cuantas matas. Se merecía lo que pasó.

–Sí, querida, ya lo sé. La verdad es que te entiendo –le aseguró la señora Dunn, con una risita.

Noelle frunció los labios, y recordó los comentarios de la señora Pate sobre los problemas que había tenido la abuela de Jared con las habladurías al llegar a la ciudad.

La anciana pareció leerle el pensamiento, porque la miró con aquellos ojos azules tan similares a los de su nieto y comentó sonriente:

–A mí también me encanta la jardinería.

–Sí, ya me lo comentó.

–He estado muy pendiente de las habladurías en estos últimos años. Estoy aprendiendo a vivir en estos nuevos tiempos, pero son difíciles de asimilar para la gente tan mayor como yo.

–No eres tan mayor, abuela –apostilló Jared–. Sigues teniendo el espíritu indómito que recuerdo de cuando era pequeño.

–Pero ya no tengo las mismas fuerzas.

Jared estaba observando a Noelle con ojos penetrantes, pero apartó la mirada en cuanto ella se volvió hacia él. Acabó de desayunar sin prisa, y se limpió la boca con la servilleta de lino antes de echarle un vistazo a su reloj de bolsillo.

–Tengo que ir a ver a un cliente.

–Comentaste que le habías mandado un telegrama a un conocido tuyo de Chicago, ¿va a venir? –le preguntó su abuela.

–No creo que haga falta, puede ocuparse desde allí de la investigación que le he encargado.

–¿No podría darte la información que necesitas alguno de los inspectores de por aquí?

–Trabajan para la ciudad, abuela, y uno de ellos va a ser testigo de la acusación.

–Ese hombre de Chicago... ¿crees que va a ayudarte a demostrar la inocencia de tu cliente? –le preguntó Noelle.

Él la miró con una expresión inescrutable que contrastaba con su actitud de aparente normalidad.

–Espero que encuentre alguna prueba que demuestre que Garmon tiene vinculación con antiguos delitos. He participado en infinidad de casos, y mi intuición no suele fallarme a la hora de saber si mi cliente es culpable o inocente. No soy infalible, pero creo que Clark está diciendo la verdad; además, no tenía razón alguna para robar y golpear a Marlowe, ni siquiera habían discutido.

–En ese caso, ¿por qué le arrestaron?

–Porque tiene enemigos, y carece de coartada.

–Ah.

Al ver que le daba un beso en la mejilla a su abuela, Noelle permaneció expectante y con el aliento contenido, pero él se limitó a despedirse de ella con una cortés y breve inclinación de cabeza antes de marcharse sin mirar atrás.

La señora Pate notó que Noelle hacía alguna que otra mueca de dolor mientras la ayudaba a llevar los platos sucios a la cocina, así que fue a por un pequeño tarro de ungüento a la despensa; después de mirar a uno y otro lado para asegurarse de que no había nadie cerca, se lo dio y le dijo en voz baja:

–Le calmará el dolor, y ayudará a que se le cure antes.

Noelle se puso roja como un tomate. Las sábanas... seguro que la señora Pate las había recogido aquella mañana.

–No hay de qué avergonzarse, querida, todas hemos estado casadas. Las mujeres no tenemos más remedio que soportar la pasión de un hombre y el dolor del parto –le dio unas palmaditas tranquilizadoras en la mano, y le aseguró–: Las cosas mejoran con el tiempo, los hombres sienten menos deseos carnales conforme van haciéndose mayores. Ármese de valor, seguro que puede soportarlo hasta entonces.

El ama de llaves se volvió hacia el fregadero, y Noelle se quedó mirándola perpleja; a juzgar por lo que acababa de oír, daba la impresión de que siempre iba a resultarle doloroso. Jared le había asegurado que no, que sólo sería aquella primera vez, pero aun así...

–Señora Pate, es que... ¿no se siente ningún placer?

–El hombre sí que goza, pero es un pecado que la mujer sienta placer con un acto que sirve para la procreación. Por eso es tan incómodo para nosotras, pero por suerte ellos sólo tardan uno o dos minutos en... terminar. Y tan sólo hay que aguantarlo una o dos veces al mes... al principio, hasta que su ardor vaya desvaneciéndose. No siempre será tan horrible, se lo aseguro. ¿Podría pasarme esos platos, querida?

Noelle agarró los platos sucios que quedaban sobre la mesa de la cocina. La vida de casada que la señora Pate estaba describiendo era muy distinta a la imagen que ella tenía, y estaba claro que el difunto señor Pate no había sido demasiado ardiente y quedaba satisfecho con rapidez. Jared no había mostrado prisa alguna, había sido paciente en todo momento, y ella había sentido un placer explosivo después del dolor inicial.

¿Era realmente un pecado experimentar algo tan maravilloso entre los brazos de un marido al que se amaba? Su intuición le decía que no, que no podía serlo. Se dijo que quizá lo sabría con certeza cuando Jared volviera a acostarse con ella, y se ruborizó sólo con imaginárselo.

En los cuatro días siguientes, Jared no mostró ni el más mínimo ardor hacia ella. Estaba curada del todo gracias a la ayuda del ungüento, y no sentía dolor alguno al ir al baño ni con el roce de la ropa interior. Estaba convencida de que su marido sabía que ya estaba recuperada, pero él no había hecho ningún intento de acercamiento; de hecho, se mostraba más reservado y distante que nunca.

Al ver su actitud, se preguntó si le habría decepcionado en la cama, y por eso no quería volver a tener relaciones íntimas con ella; también se planteó la posibilidad de que él le hubiera hecho el amor por mera curiosidad, para averiguar si había sido sincera al asegurar que Andrew no había sido su amante.

Podía imaginarse infinidad de razones para explicar aquella inesperada abstinencia y la remota cortesía con que la trataba, pero sólo una la atormentaba: Jared no la amaba. Un hombre enamorado habría sido incapaz de mantener las distancias, y a él no parecía costarle lo más mínimo ignorarla. Era su esposa, pero daba la impresión de que en adelante sólo iba a serlo en nombre, porque no volvió a acostarse con ella.

CAPÍTULO 14

Estaba previsto que el juicio empezara en dos días, y cuando su marido llegó a casa preocupado y taciturno, a Noelle no le hizo falta preguntarle qué le pasaba, porque había leído en la primera plana del periódico un artículo sobre la culpabilidad casi segura de su cliente; según el fiscal, el caso estaba prácticamente ganado. Había tres testigos dispuestos a jurar que Clark había estado en la tienda poco antes del robo, y que le habían visto salir corriendo con una bolsita en la mano justo antes de que encontraran a Marlowe. Los tres se habían ofrecido a testificar para la acusación, y afirmaban tener más información pertinente sobre Clark.

Al ver que Jared se metía las manos en los bolsillos y contemplaba ceñudo el periódico, que estaba abierto en el sofá junto a ella, le dijo con calma:

–Diga lo que diga el fiscal, yo no creo que vayas a perder el caso.

Su marido soltó una carcajada carente de humor, y se limitó a contestar con sequedad:

–Qué optimista eres.

–Todo el mundo comenta lo buen abogado que eres, y no tendrías tan buena fama si no se te diera bien tu trabajo

–sin apartar su atención del complicado bordado que la tenía atareada, añadió–: Me encantaría ir a verte al juzgado.

A él le sorprendió y le complació su interés.

–No sé si deberías tener tanta fe en mí. Sé que Clark es inocente, lo difícil es demostrarlo.

Ella dejó a un lado el bordado y le preguntó muy seria:

–¿Qué piensas hacer?

–Recabar información hasta que se me agote el tiempo, y conservar la esperanza de que las pruebas que haya conseguido basten para convencer al jurado.

Se metió las manos en los bolsillos de nuevo, y se acercó a la ventana. Estaba lloviznando, la cena iba a servirse en breve, y su abuela iba a bajar de un momento a otro. Estaba deseando que lo hiciera, porque no quería estar demasiado tiempo a solas con Noelle... su cuerpo ardía de deseo sólo con tenerla cerca, y por las noches apenas podía conciliar el sueño porque no podía dejar de pensar en ella. La deseaba con desesperación, pero el juicio era inminente y no podía permitirse el lujo de distraerse; además, aún no sabía si seguía enamorada de Andrew, y le aterraba estar tan loco por ella cuando aún existía la posibilidad de perderla.

–Tengo entendido que el señor Marlowe sigue estando en coma, ¿tienes idea de quién le golpeó hasta dejarle así?

Jared tardó un largo momento en contestar. Había estado investigando a fondo durante los últimos tres días, y todas sus averiguaciones le conducían a Garmon, el supuesto testigo que mostraba tanto interés por lograr que lincharan a Clark.

–La verdad es que sí –admitió al fin.

–¿Por qué no se lo dices al juez?

Él soltó una pequeña carcajada, y se volvió a mirarla.

–El juez no aceptaría mi palabra sin más, Noelle. Tendré la prueba que necesito si Marlowe recobra la consciencia, pero aún no se sabe si logrará salvarse.

–En ese caso, tendrás que encontrar otras pruebas.

Jared se sintió en el séptimo cielo al ver la confianza que mostraba en él, y la miró sonriente. Llevaba puesto el vestido azul claro con encaje que le quedaba tan bien, y a pesar de que sólo tenía diecinueve años y seguía siendo una cría, entre sus brazos había sido la mujer de sus sueños. Ardía de deseo sólo con verla.

Ella alzó la mirada, vacilante. Quería decirle algo, pero no se atrevía. Él estaba mirándola con una expresión cálida en los ojos, pero seguro que se le agriaba el buen humor en cuanto ella sacara un tema de lo más espinoso.

–¿Qué pasa, Noelle?

Ella hizo acopio de valor antes de decir:

–Hoy hemos recibido una carta de Andrew.

Jared se puso rígido, y se enfadó al verla tan incómoda. ¡El dichoso Andrew de nuevo!

–¿Qué ponía?

–No la he leído, iba dirigida a tu abuela –lo dijo con voz tensa, porque le dolía recordar la horrible situación en la que se había visto involucrada con Andrew, y el hecho de saber que estaba enamorada de Jared lo empeoraba aún más–. Ella me ha dicho que Andrew lamenta de corazón lo que pasó y cómo se comportó conmigo, y que quiere que todos le perdonemos.

–¿Sabes si habla de la señorita Beale en la carta? –mencionó a la otra mujer de forma deliberada, y la observó con atención para ver cómo reaccionaba–. Tengo entendido que ella también está en Dallas, así que espero que sepa tratarla con corrección. Como haga algo inapropiado, Beale le pedirá cuentas y acabará con él.

–¿Crees que el señor Beale sería capaz de llegar a ese extremo? –le preguntó, atónita.

–Fue alguacil, entre otras cosas, y al igual que la mayoría

de hombres que saben usar un arma, es capaz de matar sin pensárselo dos veces –al recordar la conversación que había mantenido con él en el bufete, añadió–: Además, estoy convencido de que con los años no ha perdido ni puntería ni rapidez. Andrew va a meterse en un problema muy serio si se pasa de la raya con Jennifer.

–Pobrecillo.

Él sintió que le carcomían los celos al verla mostrar tanta compasión y preocupación por su hermanastro, ¡estaba claro que aún guardaba esperanzas de recuperarle!

–Sí, claro, pobrecillo –la fulminó con una mirada gélida, y le preguntó con mordacidad–: ¿Se te ha olvidado que huyó como un cobarde ante la posibilidad de tener que casarse contigo? De hecho, fue derechito a por la señorita Beale, ¿no?

–Sí, pero guardar resentimiento no sirve de nada; en cualquier caso, ya no es más que mi cuñado.

Él se limitó a observarla en silencio. Estaba convencido de que había algo más, algo que ella estaba ocultándole, y la miró con expresión interrogante mientras luchaba por disimular los celos que le atormentaban.

Noelle vio la pregunta que se reflejaba en sus ojos, y le dijo sonriente:

–Quiere regresar a casa.

–¡Por encima de mi cadáver!

–Tu abuela está preocupada por él, ¿por qué eres tan inflexible? –estaba sorprendida por aquella negativa tan tajante.

–Porque ha sido un estorbo durante años. ¿Quieres que te cuente cosas de tu querido Andrew, Noelle?, ¿quieres que te explique lo de las demandas de paternidad, y las amenazas de represalias, y las deudas que he tenido que pagar en su nombre? Es un niñito que juega a ser un hombre... es un mentiroso, un mujeriego, y un fanfarrón.

–Ya lo sé, Jared –le dijo, con voz serena.

–Pero donde hay amor, hay perdón, ¿verdad? –estaba loco de celos. Le destrozaba verla defendiendo a Andrew a aquellas alturas, incluso después de que él la dejara tirada–. Supongo que las mujeres son incapaces de resistirse a un tipo apuesto y arrogante, a lo mejor prefieren a los mentirosos porque ellas mismas son incapaces de decir la verdad. Muy bien, tú ganas. Si tanto deseas que Andrew vuelva a casa, que así sea.

Ella le miró sorprendida; al ver en sus ojos aquel brillo acerado e implacable que la había desconcertado durante tanto tiempo, vaciló y dijo:

–No he dicho que desee su vuelta, Jared.

–¿En serio? –esbozó una sonrisita cínica y burlona antes de añadir–: Estás deseando volver a tenerlo entre tus brazos a pesar de cómo te trató, ¿verdad? ¡Lástima que no consiguieras llevarle al altar!

–¿Eso es lo que crees? No confías ni lo más mínimo en mí, ¿verdad? –lo dijo con calma, sin inflexión alguna en la voz–. Me has mantenido a distancia desde el principio, ¡sólo te casaste conmigo porque te sentiste obligado, para proteger a tu abuela!

–Nunca he sido de los que se casan, aunque admito que el matrimonio conlleva... ciertos beneficios.

Al ver que fijaba la mirada en sus senos, Noelle se levantó del sillón hecha una furia y exclamó:

–¡Eres un desvergonzado!

–¿Qué esperabas que dijera? Tú misma acabas de admitir que no nos casamos por amor, sino para evitar un escándalo, y los dos sabemos que este matrimonio no va a durar demasiado –estaba convencido de que se divorciaría de él sin dudar si Andrew se lo pedía.

Él dijo aquello porque creía que ella no dudaría en pedirle el divorcio si Andrew se mostraba interesado en hacerla suya, pero Noelle malinterpretó sus palabras por completo, y sintió que el alma se le caía a los pies al pensar que estaba insinuando que quería divorciarse de ella.

Jared le dio la espalda, porque se sintió incapaz de seguir mirando aquel rostro macilento que hablaba por sí solo. Seguro que ella caería rendida a los pies de Andrew en cuanto éste regresara. Le enfurecía que defendiera a su hermanastro, que fuera capaz de pedirle que le dejara regresar a casa, a pesar de la inolvidable noche de pasión que habían vivido juntos, y le costó un trabajo horrible morderse la lengua y contener su ira.

Noelle no tenía ni idea de lo que él estaba sintiendo, porque era todo un experto a la hora de ocultar sus sentimientos y parecía desinteresado e indiferente.

–¿Estás insinuando que quieres que me vaya, Jared? –consiguió que su voz no reflejara la desesperación que la invadía.

Aquellas palabras le impactaron de lleno. Jared sintió que le daba un vuelco el corazón, y se volvió a mirarla.

–¿Cómo vas a irte, si Andrew regresará en breve? Sería una lástima, ¡imagínate todas las noches de pasión que podrás disfrutar con él en cuanto llegue!

–¡Te he dicho mil veces que entre nosotros no pasó nada más allá de lo que viste cuando nos encontrasteis en el despacho!

–Sí, ya sé que ésa es tu versión.

–¡Tú mismo pudiste comprobarlo la otra noche!

Se ruborizó al tener que hablar con tanta crudeza, y apretó los puños con fuerza. Tenía unas ganas locas de golpearle, de aporrearle, de arrancarle aquella expresión burlona del rostro y lograr que reaccionara, que se enfureciera, que perdiera aquel exasperante autocontrol que había conservado incluso estando en la cama con ella. Daba la impresión de que no perdía nunca aquel férreo estoicismo.

–Adelante, pégame –le dijo él, con voz suave.

Noelle se estremeció mientras luchaba por mantener el control, y le espetó con enfado:

–Sería todo un placer, pero me ha parecido oír a tu abuela bajando la escalera, y debo tenerla en cuenta. Ella no lo entendería, te adora.

–Y tú no.

Estaba tan furiosa, tan dolida, que mintió.

–Yo te detesto con toda mi alma. Me arrepiento de haber venido a vivir aquí, pero lo que más lamento de todo es haberme casado contigo.

–Yo lo lamento tanto como tú, jamás me habría casado contigo de no haberme sentido obligado por culpa de tu adorado Andrew.

No se podía hablar más claro. Noelle guardó su bordado en el costurero que tenía junto al sofá con cuidado, con movimientos medidos, y entonces se giró y salió al pasillo con toda la dignidad que pudo; aun así, la rigidez de su espalda y su rostro alzado hablaban por sí solos.

Jared apretó los puños dentro de los bolsillos. Luchó por contener las ganas de llamarla, de explicarse y pedirle perdón, porque sabía que no había nada que decir. No tenía forma de impedir que se divorciara de él y se casara con Andrew si así lo deseaba, y ni siquiera estaba seguro de si había sido del todo sincera en cuanto a lo de la carta. A lo mejor no sólo estaba dirigida a su abuela, sino también a ella, a lo mejor ya estaban haciendo planes de futuro y Andrew había fingido estar interesado en la señorita Beale en un intento de desviar la atención. A lo mejor se había dado cuenta de que Noelle era un verdadero tesoro, y pensaba regresar a casa para adueñarse de ella...

Cuando su abuela se le acercó y le comentó que Andrew quería regresar, él se limitó a dar su permiso, y sin más, dio media vuelta y salió de la casa sin molestarse en cenar. No soportaba la idea de sentarse a la mesa con Noelle, sabiendo que ella estaría deseando para sus adentros que fuera Andrew y no él quien estuviera a su lado.

Cuando la señora Dunn mencionó durante la cena que le había encargado al chico de los recados que fuera a la oficina de telégrafos de inmediato, para enviarle una nota a Andrew en la que se le invitaba a regresar a casa cuando quisiera, Noelle permaneció callada, porque no sintió emoción alguna.

Jared le había dado la espalda de forma deliberada. Estaba convencido de que ella quería a su hermanastro, pero eso era una sandez, sobre todo teniendo en cuenta que Andrew la había traicionado. Era una esposa, pero sin serlo en realidad. Vivía con un hombre que no soportaba tenerla cerca, y jamás se había sentido tan fuera de lugar. Se dijo que al menos ya sabía a qué atenerse con Jared, que ya había quedado claro que las esperanzas que había albergado en ese sentido jamás llegarían a materializarse; al parecer, tanto la curiosidad como el deseo que ella había despertado en su marido habían quedado saciados en una única noche, y no estaba interesado en obtener nada más. Le había dejado muy claro que acabaría dejándola tarde o temprano, y resultaba irónico que estuviera tan perdidamente enamorada de él.

Andrew llegó a la mañana siguiente, pero parecía un hombre completamente distinto. Ya no se pavoneaba ni hablaba con arrogancia, porque era consciente de que su posición en aquella casa había caído en picado.

Saludó contrito a Noelle y le ofreció una disculpa que parecía sincera, con Jared se mostró reservado, y respetuoso con la señora Dunn.

Jared se mantuvo apartado, porque estaba tan celoso de

él, que ni siquiera soportaba estar en la misma estancia; Noelle, por su parte, se dedicó a observar a Andrew con curiosidad, porque le parecía un hombre diferente y le extrañaba aquel cambio tan radical. Era obvio que lamentaba cómo la había tratado; de hecho, él mismo lo había admitido.

Había algo más que le llamaba la atención a Noelle: la señorita Beale también había regresado de Dallas, pero a pesar de que Andrew hablaba de ella de forma muy diferente, como si estuviera realmente enamorado de ella, no había ido a verla ni una sola vez. Daba la impresión de que estaba esperando algo...

Noelle supuso que quizás estaba a la espera de que el padre de ella le concediera permiso para cortejarla. Le habría gustado que Jared pasara en casa el tiempo suficiente para ver que su hermanastro se limitaba a tratarla con cortesía y amabilidad, sin flirteo alguno, pero su marido se pasaba el día trabajando en su bufete, y ya ni siquiera le hablaba a menos que se viera obligado a hacerlo.

Jared había logrado encontrar dos testigos que creían haber visto a Clark en el rancho poco después de que se cometiera el robo. Les había tomado declaración, pero el problema radicaba en que los dos trabajaban para Beale, y por si fuera poco, uno de ellos tenía fama de beber bastante. Nunca antes había tenido tan pocas pruebas a favor de su defendido estando tan cerca del juicio.

El viejo Marlowe había recobrado la consciencia, pero no tenía ni idea de quién le había robado, porque el asaltante le había golpeado desde detrás; en ese sentido, se había esfumado una de las mayores bazas con las que habría podido contar Jared, porque Clark habría quedado libre de cargos si Marlowe hubiera podido identificar a su atacante.

Como cada vez estaba más claro que no iba a poder demostrar que su cliente era inocente, no tenía más remedio que descubrir al verdadero culpable, así que analizó la información que tenía en busca de cualquier posible pista, y centró todos sus esfuerzos en John Garmon.

Su investigador de Chicago no había descubierto nada sobre él en sus archivos, y Clark tampoco sabía nada de su pasado. Había mandado telegramas a las comisarías de ciudades vecinas solicitando cualquier información que pudieran tener sobre Garmon, pero no había descubierto nada; teniendo en cuenta que el tipo era un jugador compulsivo, resultaba bastante extraño que no tuviera antecedentes penales.

Él había lidiado con demasiados ludópatas a lo largo de los años como para pensar que Garmon no había quebrantado nunca la ley, y la metodología de un hombre solía ser algo tan característico como una huella dactilar.

Esbozó una sonrisa mientras le daba vueltas al asunto... ¿por qué no se le había ocurrido antes?

Le pidió a su secretario que enviara telegramas a las comisarías de todas las ciudades vecinas, preguntando en esa ocasión si había habido algún arresto en los últimos seis meses o más por robo y agresión a tenderos, y al día siguiente recibió dos respuestas: una de Austin, y otra de Victoria.

En ninguno de los dos casos se le había podido atribuir el delito a Garmon, pero en el de Austin se describía al agresor como un hombre corpulento de acento sureño, y como el único testigo había sido un negro que se había negado a testificar en su contra, el caso había quedado archivado por falta de pruebas. No era una prueba de culpabilidad concluyente, pero bastaría para marcarse un farol con Garmon, ya que era obvio que estaba mintiendo.

Las pruebas seguían siendo el principal problema. Incluso suponiendo que lograra encontrar en Austin testigos que pudieran identificar a Garmon y confirmar que había sido el principal sospechoso en el robo de un tendero de allí, seguía sin poder vincularle al robo y la agresión del viejo Marlowe; además, ir a Austin en busca de dichos testigos requeriría tiempo, y eso era algo que no tenía.

La mejor opción, la única que le quedaba, era poner nervioso a Garmon para conseguir que cometiera alguna estupidez. Era la única forma de salvar a Clark. Garmon tenía dos compinches que estarían dispuestos a jurar que el día era noche si él se lo pidiera, y esos eran los tres «testigos» de la defensa. Pero como eran blancos, seguro que la gente les creía.

Lo que tenía que hacer era convencer a Garmon de que había descubierto su juego, y para ello iba a tener que usar las endebles pruebas circunstanciales que había conseguido recabar. Sabía que era una táctica peligrosa, pero le parecía la más viable; en cualquier caso, le daba igual correr peligro. El futuro sólo le habría importado si pensara que Noelle iba a formar parte de su vida, que iban a construir un futuro juntos, pero seguro que ella le dejaba por Andrew... y no porque éste fuese superior como hombre en ningún aspecto, sino porque ella le amaba.

Sin Noelle a su lado, ya no tenía nada que perder. El hecho de que todo le diera igual le había proporcionado cierta ventaja en los viejos tiempos, y volvía a estar en la misma situación justo cuando más lo necesitaba.

Aquel viernes, en vez de ir a cenar a casa después de la jornada de trabajo, fue a The Acre, la zona más peligrosa de la ciudad, porque había averiguado que Garmon solía ir allí los viernes por la noche. No tardó en encontrarle en uno de los garitos que abundaban en la zona, perdiendo de forma estrepitosa en una partida de póquer, y se colocó justo detrás de su silla.

Garmon lanzó las cartas sobre la mesa, se levantó airado, y dio media vuelta para largarse; al encontrárselo justo detrás de él, bloqueándole el paso, se llevó la mano a la pistola que llevaba enfundada a la altura de la cadera, pero se relajó y se echó a reír al darse cuenta de quién era.

–Vaya, mira a quién tenemos aquí, ni más ni menos que al gran abogado que defiende al negrata mimado del señor Beale... –mientras hablaba, dos hombres menos fornidos pero igual de beligerantes le flanquearon.

–Soy el abogado de Clark.

–¿A qué ha venido, abogado? ¿Está buscando un lugar donde poder ahogar sus penas? Mis amigos y yo vimos cómo ese tipo salía de la tienda de Marlowe corriendo como un perro escaldado, y llevaba en la mano algo que parecía una bolsa de dinero. ¿Verdad que sí, muchachos? –cuando sus dos compinches le dieron la razón, añadió desafiante–: Vamos a testificar en el juicio.

Jared ni siquiera se inmutó, se limitó a mirarle con una expresión inescrutable, y al final le dijo con calma:

–¿Qué pasa si le digo que tengo un testigo en Austin que va a venir en un par de días a echar por tierra su testimonio?

–*¿Qué?* –era obvio que aquellas palabras le habían desestabilizado.

–Es un hombre que puede demostrar que usted no es un testigo fiable contra Clark. Testificará que usted fue sospechoso de un robo a mano armada en una tienda de Austin, y que sólo consiguió librarse por falta de pruebas.

–No puede demostrarlo.

–¿Eso cree? Acusó falsamente a Clark.

Garmon no cedió ante la presión, y le preguntó con tono retador:

–¿De dónde ha sacado esa idea tan absurda?

–Beale me dijo que se gasta el sueldo incluso antes de cobrarlo. ¿De dónde ha sacado el dinero para jugar al póquer?

Garmon bajó la mano hacia su arma, desenfundó con una rapidez que levantó murmullos a su alrededor, y le apuntó al estómago antes de decir con una sonrisa amenazadora:

–Podría matarle ahora mismo, abogado.

–Adelante –Jared se mantuvo impasible, y recorrió con la mirada el local lleno de testigos.

Garmon entrecerró los ojos, y vaciló por un instante. Aquel abogaducho no iba armado, y acabar con él en esas condiciones sería una estupidez.

Jared permaneció inmóvil al verle enfundar de nuevo el arma, pero para sus adentros estaba tomándole la medida a su adversario. Garmon era rápido, pero no lo suficiente.

Garmon, por su parte, estaba cada vez más envalentonado, y le espetó con tono desafiante:

–Tiene mucha labia, abogaducho de ciudad, pero no puede demostrar nada. Si tan valiente se cree, enfréntese a mí. No lleva pistola, pero apuesto a que alguien le presta una si se la pide con educación –su sonrisa se desvaneció, y gritó–: ¡Que alguien le dé una pistola a este tipo! –estaba convencido de que sería de lo más fácil cargárselo en ese mismo momento... pero en defensa propia, claro.

Sus dos amigotes dieron un paso hacia delante con actitud amenazadora, pero Jared no se acobardó; después de ver desenfundar a Garmon, sabía que él era más rápido. Podía acabar con los tres allí mismo si hacía falta, pero Clark estaría perdido si Garmon moría sin confesar. No podía excederse, tenía que echarse atrás de momento... o mejor dicho, fingir para dar la impresión de que estaba echándose atrás. Quería que Garmon se pasara la noche preocupado por su amenaza, que perdiera los estribos y fuera a buscarle encolerizado a la mañana siguiente. Ése era el plan, pero tenía que interpretar bien su papel.

Se echó el abrigo hacia atrás, y procuró aparentar nerviosismo al decir:

–Como puede ver, estoy desarmado. La verdad es que no sabría qué hacer con un arma.

Garmon se relajó de forma visible, y dijo en tono burlón:

–A lo mejor prefiere enfrentarse a mí con un libro de Derecho –su propia ocurrencia le hizo tanta gracia, que se echó a reír a mandíbula batiente.

Jared le miró a los ojos, y le dijo con voz suave:

–Le mostraré mis armas cuando suba a mi testigo al estrado.

–Ya lo veremos –ya no parecía tan seguro de sí mismo.

–Sí, claro que lo veremos. El juicio empieza a las nueve de la mañana, seguro que nos veremos allí; con un poco de suerte, mi testigo llegará mañana mismo.

Dio media vuelta, y a pesar de que permaneció alerta y pendiente de los presentes por el rabillo del ojo, de cara a los demás dio la impresión de ser un hombre lo bastante idiota como para darle la espalda a aquellos tipos.

Al ver su actitud, Garmon acabó de convencerse de que era un lechuguino que no tenía ni idea de pelear, pero su inesperada visita sirvió también para que se decidiera a hacer algo cuanto antes. Aquel abogaducho tenía mucha labia, y no podía arriesgarse a que lograra sonsacarle de dónde había sacado el dinero que había usado aquella noche en la partida de póquer. Tendría que haber esperado un poco más antes de gastárselo, pero al principio había dado por hecho que sus esfuerzos por caldear los ánimos y provocar un linchamiento darían sus frutos, y había empezado a darse cuenta de que se había equivocado. Los habitantes de Fort Worth parecían muy reacios a llegar a esos extremos, y no conseguía enfurecerlos lo suficiente; además, el viejo Marlowe estaba recuperándose, y eso había contribuido a apaciguar un poco los ánimos.

Si ya hubieran linchado a Clark, no tendría que estar preocupándose a aquellas alturas por si le descubrían y le encarcelaban, pero no había tenido suerte en ese aspecto; por otro lado, no podía arriesgarse a que el abogado sacara a la luz el arresto por robo en Austin, porque la gente se daría cuenta de que era capaz de cometer un robo a mano armada. En Austin había usado otro nombre, ¿cómo se las había ingeniado Dunn para seguirle la pista?

No había contado con que aquel tipo descubriera que había robado a un tendero en otra ciudad; además, había cometido aquel mismo delito en otros sitios, y corría el riesgo de que Dunn lo descubriera si se le ocurría investigar más a fondo. Le habían arrestado tres veces, aunque al final no había habido ni una sola condena. Nunca había ido a parar a la cárcel, porque siempre se las había ingeniado para salir indemne, pero... ¿y si le pillaban? La mera idea de estar encerrado le resultaba insoportable, jamás se le había pasado por la cabeza que pudieran llegar a atraparle.

Pidió un trago, y se lo bebió mientras le daba vueltas a sus posibles opciones; según Dunn, el testigo de Austin podría estar en la ciudad a la mañana siguiente... tenía que impedirlo como fuera, nadie le creería si existían sospechas sobre su pasado. El negro quedaría libre y él se convertiría en el principal sospechoso, porque se suponía que era un testigo y alguien podría plantearse por qué estaba lo bastante cerca de la tienda a la hora del robo como para ver a Clark salir de allí.

El abogado iba desarmado y era obvio que no tenía ni idea de cómo manejar una pistola, así que lo mejor sería enfrentarse a él por la mañana, antes del juicio, para que se asustara y renunciara a representar a Clark... aunque también podría matarle, y así se desharía también del problema que suponía el testigo de Austin. Si Dunn no se encargaba del caso, el testigo no sería llamado a declarar, y su pasado seguiría a buen recaudo.

Seguro que, si Dunn huía o moría de un tiro, no habría otro abogado con las agallas suficientes para poner en duda su testimonio y el de sus dos compinches, y sería Clark el que iría a la cárcel por el robo. Él conseguiría el puesto de capataz en el rancho de Beale, tendría dinero de sobra para jugárselo a las cartas y podría quedarse a vivir de forma definitiva en Fort Worth.

A su mente abotargada le pareció el plan perfecto. Era bastante rápido con su arma, pero tampoco le haría falta esforzarse demasiado para hacer que aquel abogaducho finolis saliera huyendo con el rabo entre las piernas... si optaba por dejarle con vida, claro. Podía matarle si le daba la gana, y argumentar que había sido en defensa propia.

Cuanto más pensaba en ello, más se convencía de que el plan iba a funcionar.

–Sírveme otro whisky –le dijo al camarero.

–Oye, Garmon, ese abogado prácticamente te ha acusado de robar al viejo Marlowe –comentó un tipo.

Garmon desenfundó sin pensárselo dos veces, y le apuntó con el arma.

–¿Qué has dicho?

El hombre carraspeó antes de apresurarse a recular.

–Que yo en tu lugar le pegaría un tiro a ese abogado de pacotilla.

Garmon soltó una carcajada, y volvió a enfundar el arma. Le encantaba intimidar a la gente. Había aprendido tiempo atrás que casi nadie se atrevía a llevarle la contraria a alguien que desenfundaba tan rápido como él, y le gustaba alardear de su rapidez de vez en cuando para poner nerviosa a la gente.

–Sí, eso me había parecido oír –dijo, con tono socarrón.

Jared se pasó por la cárcel para hablar con Brian Clark, que estaba bastante alicaído, y comentó:

–Esperaba que vinieran a por mí para lincharme, pero de momento sigo vivo.

Jared se apoyó contra los barrotes de la celda, y esbozó una sonrisa llena de ironía.

–Garmon no ha conseguido suficiente apoyo, pero he ido a ponerle un poco nervioso; si todo va según lo previsto, vendrá a por mí mañana por la mañana.

Clark se levantó al oír aquello, y le advirtió con voz suave:

–Tenga cuidado con él, es un hombre peligroso. Sé cosas de él que jamás he contado. No se exponga a que le maten por mi culpa, señor Dunn.

Jared lanzó una mirada a su alrededor, y cuando se aseguró de que no había nadie lo bastante cerca como para oírle, dijo en voz baja:

–Voy a ser sincero con usted, Clark. No tengo suficientes pruebas para ganar el caso, y es muy posible que le declaren culpable si vamos a juicio. No tiene coartada, no hay ningún testigo fiable que pueda confirmar dónde estaba cuando se cometió el delito, y cada vez está más claro que Marlowe no va a poder identificar al hombre que le atacó. Garmon ha caldeado los ánimos en su contra, y sus dos compinches atestiguarán lo que él les pida; a pesar de que no es un tipo de por aquí, le creerán antes que a usted. El testimonio de Beale y el hecho de que sirviera en el ejército le ayudarán, Clark, pero no lo suficiente –le sostuvo la mirada al añadir–: No puedo demostrar su inocencia en un juicio.

–Entiendo –dio la impresión de que empequeñecía de repente.

–Pero existe otro método. Acabo de decirle a Garmon que puedo demostrar que está vinculado a otro robo, y que va a venir un testigo de Austin dispuesto a declarar en su contra. Le he puesto nervioso, y si reacciona como yo espero, vendrá a enfrentarse conmigo mañana mismo, antes de que empiece el juicio.

–Sólo conseguirá que le maten, Dunn.

–Que esto quede entre nosotros, Clark... dudo mucho que Garmon pueda conmigo.

El inspector Sims, que estaba encargándose de vigilar mientras el carcelero estaba fuera comiendo, se asomó por la puerta y dijo de malos modos:

–Fuera de aquí, no estamos en horas de visita.

–Aún no he acabado –se limitó a contestar Jared, sin inmutarse.

Sims se llevó la mano a la cartuchera mientras entraba con actitud desafiante, y repitió ceñudo:

–He dicho que fuera –los abogaduchos de ciudad no le daban ningún miedo, y estaba convencido de que aquél no iba a plantarle cara.

Jared vaciló por un instante, pero como sabía que no era un buen momento para causar problemas, le lanzó una rápida mirada a Clark y le dijo:

–No se preocupe, sé lo que hago.

Cuando fue hacia la puerta y pasó junto a Sims, éste frunció los labios y dijo con voz burlona:

–¿Le pongo nervioso, abogado? –pasó los dedos por su arma, y añadió–: ¿Le dan miedo las pistolas?

–Está claro que tiene muy buena opinión de sí mismo, Sims –se limitó a contestar, en un tono de voz de lo más amable.

–Si lo que está diciendo es que soy bueno con un arma, téngalo por seguro. ¿Sabe con qué extremo de la pistola se apunta, abogado?

Jared rio para sus adentros ante tamaña sandez, y se limitó a contestar:

–Un día de éstos, quizá llegue a averiguar por las malas lo que sé sobre pistolas –sus ojos relampaguearon por un instante.

Mientras él salía a la calle, con las manos en los bolsillos y pensando en lo que iba a pasar al día siguiente, Sims se quedó allí plantado, mucho menos seguro de sí mismo de lo que aparentaba, y siguiéndole con una mirada que reflejaba lo desconcertado que se había quedado.

Noelle y la señora Dunn estaban en la sala de estar cuando Jared llegó a casa, pero cuando él entró y se sirvió un whisky, la anciana tuvo la delicadeza de dejarlos a solas con la excusa de que iba a acostarse.

Jared se sentó frente a su esposa, y mientras la contemplaba en silencio no pudo evitar pensar en las palabras de Beale, en lo de que el pasado siempre regresaba cuando uno menos lo esperaba. No le hacía ninguna gracia tener una confrontación, pero provocar una era la única forma de evitar que Clark acabara en la horca. Era una táctica que iba en contra de sus convicciones y de su respeto por la ley, pero no tenía ninguna otra opción.

–¿Dónde está Andrew? –le preguntó con frialdad a Noelle.

Ella siguió bordando sin molestarse en alzar la mirada, y aparentó estar de lo más calmada a pesar de que el corazón le martilleaba en el pecho.

–Ha salido –no especificó que había ido a visitar por fin a la señorita Beale.

–¿Y no te ha invitado a acompañarle?

En esa ocasión sí que le miró, y se dio cuenta de que a pesar de su insistencia en acicatearla, a pesar de su actitud sarcástica, parecía preocupado.

–¿Qué te pasa, Jared? ¿Es que no puedes decírmelo?

Su perspicacia le tomó por sorpresa, había olvidado que ella era capaz de vislumbrar a veces lo que se ocultaba en lo más profundo de su alma. Era una facultad de lo más peculiar. Deseó poder empezar desde cero con ella, pero ya era demasiado tarde. Era más que probable que al día siguiente tuviera que enfrentarse a un pistolero dispuesto a matarle, y aunque tenía ventaja a la hora de desenfundar, el hecho de ser rápido no garantizaba ganar un duelo. Había que saber mantener la calma, tener una puntería certera, pero lo principal era no descentrarse. Si permitía que algo le distrajese, Garmon tendría ventaja.

–Es algo relacionado con el juicio, ¿verdad?

Él se reclinó en el sillón, y soltó un suspiro antes de admitir:

–Sí.

Recordó con claridad nítida lo mal que se había portado la última vez que había hablado con ella, los comentarios tan duros que había hecho sobre Andrew, las amargas acusaciones que le había lanzado, y lo lamentó de corazón. Si estaba enamorada de Andrew, él debía respetar sus sentimientos. La felicidad de Noelle le importaba por encima de todo.

Decidió dejarle al menos un buen recuerdo, algo que compensara en cierta forma la frialdad con la que la había tratado en los últimos días, y dijo de repente:

–Te he tratado muy mal en estos últimos días. He sido crítico, inflexible, y no he tenido en cuenta tus sentimientos. Lo siento.

Noelle sabía que él casi nunca pedía perdón, y por eso aquella disculpa le resultó tan impactante. Dejó de bordar, y le miró a los ojos con calidez.

–Sé lo ocupado que estás, y quizás incluso puedo entender cómo te sientes ante el regreso de Andrew –bajó la mirada antes de añadir–: Tal y como tú mismo dijiste, no tuviste más remedio que cargar conmigo. No nos casamos por amor, así que no tengo derecho a esperar nada de ti.

Él cerró los ojos al sentir que una punzada de dolor le atravesaba de lado a lado, y le preguntó con voz cortante:

–¿Crees que alguien habría podido obligarme a casarme contigo en contra de mi voluntad?

–Bueno, es que... quieres mucho a tu abuela, y...

–Sí, claro que la quiero, pero la situación habría podido solventarse de otra forma –respiró hondo antes de admitir por fin–: Me casé contigo porque quise, Noelle. No sabes cuánto lo deseaba. Te mentí cuando te dije que lamentaba haber tenido que hacerlo, no es verdad. Lo único que lamento es haber podido ofrecerte tan poco.

–Hablas como si estuvieras despidiéndote –comentó, desconcertada, antes de soltar una risita llena de nerviosismo.

–A lo mejor estoy haciéndolo, en cierta forma –Contempló su rostro con un anhelo ávido que no se reflejó en ningún momento en su expresión, y añadió con voz ronca–: Jamás había permitido que alguien se acercara tanto a mí. A lo mejor, con algo de tiempo, habríamos llegado a... –respiró hondo, y tomó otro trago de whisky–. En fin, es inútil hablar sobre lo que podría haber pasado. Quiero que seas feliz, Noelle; a estas alturas, los dos sabemos que no podemos tener un futuro como pareja.

Ella apretó con fuerza el bordado, y alcanzó a decir con voz trémula:

–Pareces muy seguro de eso.

–Lo estoy –¿cómo podían ser felices juntos mientras ella siguiera enamorada de Andrew? Bajó la mirada, y la clavó en sus botas. Estaban polvorientas, y no servía de nada intentar darles brillo–. En cuanto acabe el juicio, me encargaré de que recuperes tu libertad.

Como seguía con la mirada gacha, no alcanzó a ver la expresión de angustia que se reflejó en el rostro de Noelle.

–¿Quieres que nos divorciemos, Jared? –apenas podía respirar.

–Parece la única opción, pero... ¿quién sabe? –soltó una carcajada gélida antes de añadir–: A lo mejor obtienes tu libertad sin la intervención de un juzgado –si Garmon tenía buena puntería, claro. Alzó la mirada, y le dijo sin inflexión alguna en la voz–: Seguro que te alegras mucho de que Andrew haya regresado.

–Sí, él te agradece muchísimo que le permitieras volver.

Estaba aturdida por lo del posible divorcio y Andrew le parecía totalmente secundario en ese momento, pero recordó lo contento que se había puesto cuando había recibido una invitación para cenar en casa de la señorita Beale aquella noche, y comentó:

–Su corazón está en Fort Worth –no vio los celos descarnados que relampaguearon en sus ojos azules, porque él se apresuró a bajar la mirada.

Jared tomó otro trago de whisky mientras pensaba en lo arrebatadora que estaba con aquel vestido ribeteado de encaje. Recordaba condenadamente bien cómo estaba desnuda, y se dijo que había sido demasiado cauto. Se había negado a compartir su vida con ella para intentar protegerse de una posible traición, pero al final se había dado cuenta de que ella era completamente diferente a Ava y jamás le mentiría. Sabía que, si hubiera sido capaz de amarle a él tal y como amaba a Andrew, no le habría abandonado jamás, ni en el supuesto caso de que hubiera averiguado la clase de hombre que era en realidad y lo que había sido en el pasado.

Pero Andrew había regresado, y ella le amaba. Tenía que dejarla libre, para que pudiera estar con el hombre del que estaba enamorada.

–El juicio empieza mañana, ¿verdad? –le preguntó ella.

–Sí.

–¿Has encontrado las pruebas que necesitabas?

–Lo que he encontrado son meras sospechas, pero no tengo pruebas suficientes para salvar a Clark.

–Lo siento.

–No te preocupes, espero que la situación se rectifique en breve –pensó en la mañana que se avecinaba, y en la sonrisa burlona de Garmon.

–¿Cómo?

Jared apuró su whisky, y se puso de pie. Ya no cojeaba en absoluto, y tenía un aspecto elegante, sano y vital. Se acercó a Noelle, posó una mano sobre el respaldo de su silla, y se inclinó hacia ella sin dejar de sostenerle la mirada.

–No vengas al juicio mañana, Noelle. Quédate en casa.

–¿Por qué? –lo tenía tan cerca, que se le aceleró la respiración.

–No puedo decírtelo, tendrás que fiarte de mi palabra. Si tienes que salir de casa por cualquier razón, pídele a Andrew que te acompañe, él te protegerá.

Estaba preocupada, porque nunca le había visto así. Lo miró ceñuda, y le preguntó:

–No van a intentar linchar al señor Clark, ¿verdad?

–Ésa es la menor de mis preocupaciones en este momento.

Jared se inclinó poco a poco hacia ella, y vaciló cuando sus bocas quedaron a un suspiro de distancia. No sabía si ella querría que la besara estando Andrew de regreso, pero estaba desesperado por saborear su boca una última vez.

–Noelle... –susurró, con voz quebrada.

Ella le hizo bajar la cabeza, y se besaron con pasión. Jared no habría sabido decir si ella intuía que quizá no volvería a verle tras aquellas últimas horas, si estaba intentando reconfortarle, pero le daba igual. La besó con intensidad febril y se obligó a apartarse cuando su cuerpo entero se tensó de deseo, pero al ver que ella se negaba a soltarle y le instaba a que volviera a acercarse, gimió atormentado, se dijo que sólo iba a ser aquella última vez, y se apoderó de nuevo de su boca; estaba tan enloquecido de deseo, que la alzó de la silla y la abrazó con fuerza contra su cuerpo.

Noelle sintió que le flaqueaban las rodillas, y se sintió agradecida por la fuerza de aquellos brazos musculosos que la rodeaban mientras el beso seguía y seguía.

Fue un tormento soltarla. La tomó con firmeza de los brazos, que seguían rodeándole el cuello, y fue apartándola milímetro a milímetro. En sus ojos azules refulgía el deseo contenido, y se estremeció mientras se obligaba a apartarse de ella. Luchó por recobrar la compostura mientras la veía temblar, mientras aquellos enormes ojos verdes le contemplaban llorosos.

¿Cómo era posible que le besara así estando enamorada de Andrew?, ¿cómo era capaz de permitir que la tocara?

–Es la primera vez que me besas así –susurró ella, con voz ronca.

–A lo mejor tendría que haberlo hecho aquel día, en el jardín –sus ojos se llenaron de calidez mientras contemplaba su rostro ruborizado.

–Aquel día... ¿por qué apartaste la mano de golpe, como si yo te hubiera contaminado?

Él respiró hondo antes de admitir:

–Porque te deseé de repente con locura y no quería que te dieras cuenta, que supieras cuánto me afectaba que me tocaras –consiguió esbozar una tensa sonrisa antes de añadir–: No podía decirte algo así antes de que nos casáramos, así que tuve que dejar que creyeras que me sentía asqueado.

Ella le miró con nuevos ojos, esperanzada y asombrada, y susurró:

–Guardas demasiados secretos.

Él asintió, y la miró a los ojos con expresión penetrante antes de decir con voz ronca:

–Eres lo más hermoso que hay en mi vida, el mundo habría sido mucho peor sin ti –al ver que se acercaba un poco, retrocedió de inmediato y soltó una carcajada seca–. No –alzó una mano como para detenerla, y añadió–: No, ya he dicho demasiado.

Ella no entendía lo que estaba pasando, y le miró implorante.

–Pasa algo, ¿verdad? ¡Por favor, dime de qué se trata!

No podía hacerlo. Se apresuró a apartarse de ella, se acercó a la ventana con las manos en los bolsillos, y mantuvo la mirada fija en el exterior hasta que logró recobrar la compostura.

Ella se limitó a observarle en silencio. Aún sentía el sabor a whisky que aquel beso desesperado le había dejado en la boca.

–¿Qué es lo que pasa, Jared?

Después de respirar hondo, se volvió y la devoró con la mirada con una intensidad que la ruborizó. Mientras memorizaba todas y cada una de las líneas de aquel rostro adorado, el tormento que le desgarraba las entrañas se reflejó por un instante en su mirada, pero se apresuró a controlarse; al cabo de un largo momento, le dio la espalda de nuevo y dijo con aparente naturalidad:

–No pasa nada. Tengo que encargarme de un par de cosas pendientes antes de subir a acostarme, buenas noches.

Al verle ir hacia la puerta, Noelle le llamó vacilante.

–¿Jared?

Él se detuvo cuando ya tenía la mano en el pomo, y la miró con expresión interrogante; a pesar de su fachada de aparente calma, el deseo que sentía por ella era tan intenso, que Noelle lo sintió como algo palpable. La recorrió una oleada ardiente al recordar aquella primera y última vez, pero vaciló antes de dar voz a lo que estaba pensando. Era un atrevimiento decirle algo así a un hombre, aunque fuera su marido (sobre todo teniendo en cuenta que le había dejado claro que quería divorciarse de ella), pero estaba preocupado por el juicio, y ella podía ofrecerle al menos su cuerpo para que se relajara; y quizá, si conseguía que la deseara lo suficiente, él cambiaría de idea en cuanto a lo del divorcio.

–Si quieres que... estaba pensando que podríamos hacer... –se puso roja como un tomate.

–¿Estarías dispuesta a hacer ese sacrificio por mí? –la tentación de aceptar era abrumadora, pero no podía hacerlo, porque ella le pertenecía a Andrew. Respiró hondo, y dijo un poco burlón–: ¿Te doy lástima, Noelle?

Ella le fulminó con la mirada.

–¡Claro que no! ¡Además, no tengo ningunas ganas de acostarme contigo!

–¿Tan horrible fue? –soltó una carcajada carente de humor al ver su cara de indignación, pero de repente se puso serio y admitió con voz profunda y gutural–: Fue casi sagrado, Noelle. Jamás volveré a tocar a otra mujer en lo que me queda de vida, el recuerdo me bastará incluso cuando te hayas ido.

Ella seguía sin entender nada, y le dijo con voz queda:

–No has vuelto a acostarte conmigo.

–No me he atrevido –en sus ojos se reflejaban un sinfín de emociones contenidas–. Dios mío, ¿crees que no deseaba hacerlo? –respiró hondo antes de añadir con expresión solemne–: No tenemos más remedio que jugar con las cartas que la vida nos da. Tu futuro no está a mi lado, pero me diste más de lo que esperaba... no olvides nunca eso, por favor. Eres muy joven, cariño. Serás más feliz con... con alguien que tenga una edad más similar a la tuya –fue incapaz de pronunciar el nombre de su hermanastro, y sintió una dulce agonía al contemplar aquel rostro que lo miraba con tanto desconcierto. La amaba con toda su alma–. Supongo que, para bien o para mal, mañana te enterarás de todo.

–No lo entiendo, Jared.

–Ya lo entenderás, te lo aseguro –como su prioridad absoluta era seguir protegiéndola de todo posible peligro, añadió–: No olvides lo que te he dicho quédate en casa mañana por la mañana.

Mientras él salía de la sala de estar a toda prisa, Noelle se puso a hacer planes para la mañana siguiente, porque una cosa estaba muy clara: iba a ir al juzgado. Estaba convencida de que Jared corría peligro, y lo quisiera él o no, al margen de que estuviera decidido a pedirle el divorcio, ella tenía derecho a estar a su lado. Lo que no entendía era por qué la besaba como un hombre locamente enamorado y al cabo de un momento le decía que iba a dejarla libre para que se casara con un hombre más joven. ¿Acaso estaba pensando en alguien en concreto? Estaba enterado de que Andrew quería casarse con Jennifer Beale, ¿no?

CAPÍTULO 15

Jared salió de casa a la mañana siguiente, taciturno y estoico, justo después del desayuno. Apenas había probado bocado, y estaba inusualmente tenso. Nadie sabía que había pasado gran parte de la noche despierto, dándole vueltas y más vueltas a lo que iba a hacer aquella mañana. Se había debatido entre su necesidad de salvar a Clark y el respeto que sentía por la ley, porque a pesar de que había quebrantado las normas con anterioridad y nunca se había arrepentido de ello, en esa ocasión tenía menos opciones que nunca. Si no sobrepasaba los límites de la ley, un hombre iba a acabar en la horca.

Su insomnio también se había debido en parte al ardor de Noelle. Estaba claro que los dos estaban igual de indefensos ante la atracción que sentían el uno por el otro, con la diferencia de que ella estaba enamorada de Andrew... aunque quizás era mejor así, teniendo en cuenta que existía la posibilidad de que Garmon acabara con él aquella mañana.

Era consciente de la enormidad de lo que se avecinaba. Estuvo tenso y callado durante el desayuno, y antes de salir de casa le dio un beso a su abuela e incluso le estrechó la mano a Andrew; en cuanto a Noelle, sólo fue capaz de contemplarla con una larga e intensa mirada mientras sentía que se le desgarraban las entrañas. No se atrevió a tocarla siquiera, porque no quería que todos se dieran cuenta de sus sentimientos. El recuerdo de los dulces besos de la noche anterior iban a tener que bastarle para darle fuerzas mientras se enfrentaba a lo que estaba por suceder, fuera lo que fuese.

Antes de salir de casa, impoluto y elegante, miró una última vez a Noelle, y la vio intercambiando una sonrisa con Andrew, que estaba junto a ella. Se dijo que no tenía de qué extrañarse; al fin y al cabo, estaba convencido de que su hermanastro había regresado a casa para conseguirla, y daba la impresión de que volvían a tener la buena relación de antes. En el fondo, no podía culpar a su hermanastro, porque Noelle era una mujer increíble.

De modo que se puso su sombrero, y salió de casa sin mirar atrás.

Noelle sintió una extraña aprensión que hizo que le flaquearan las rodillas al ver cómo se marchaba. Sabía de forma instintiva que estaba pasando algo malo.

–Jared está un poco raro –les dijo a los demás.

Andrew la miró con una sonrisa comprensiva, y comentó:

–Es por el juicio, ha habido mucha controversia. No entiendo por qué tuvo que aceptar el dichoso caso, incluso en Dallas se habla del tema.

–Su cliente es inocente, Andrew –le contestó, con voz cortante.

–¿Qué importa eso?

–Debería importar, así que será mejor que tengas cuidado con lo que dices en esta casa –le reprendió la señora Dunn.

–Perdón –parecía realmente contrito.

–Voy a ir al juzgado –dijo Noelle de improviso.

La señora Dunn se apresuró a secundarla.

–Yo también.

Andrew vaciló por un momento antes de decir:

–El señor Beale me ha invitado a comer a su casa, y creo que empieza a plantearse concederme la mano de su hija... –se calló al ver sus miradas de enfado, y se apresuró a corregirse–. Pero tengo tiempo de llevaros al juzgado, voy por mi sombrero.

Jared fue a su bufete sin mirar atrás ni una sola vez. Iba desarmado, porque su pistola seguía guardada en su baúl junto con otros recuerdos del pasado; después de darle vueltas y más vueltas durante toda la noche a su siguiente paso, tenía la esperanza de que el enfrentamiento no tuviera consecuencias graves. Estaba claro que Garmon iba a plantarle cara para intentar amilanarle y que dejara el caso, pero llegado el momento, a él le bastaba con herirle sin necesidad de matarle.

Garmon acabaría entre rejas si aparecía con una pistola, porque en la ciudad estaba prohibido ir armado. Si todo iba bien, él le sacaría a declarar y conseguiría arrancarle una confesión; al fin y al cabo, ya lo había logrado antes... pero en el fondo sabía que no iba a ser tan fácil. A Garmon le gustaba fanfarronear, y como le consideraba un abogado finolis que no tenía ni idea de armas (él mismo había potenciado esa imagen a propósito), era muy poco probable que se echara atrás; al fin y al cabo, se jugaba mucho.

En cuanto a él, no tenía nada que perder... pero estaba en juego la vida de su cliente, y fuera cual fuese el precio que tuviera que pagar, no podía echarse atrás. Le tranquilizaba saber que Noelle estaba a salvo en casa, y que no iba a presenciar lo que estaba por suceder.

Cabía la posibilidad de que Garmon se acobardara y decidiera huir antes que arriesgarse a que le desenmascararan, pero era poco probable que dejara escapar la oportunidad de intimidar al que él consideraba un abogado inocentón de ciudad.

Las sospechas de Jared se confirmaron. Diez minutos antes de la hora en que tenía previsto salir hacia el juzgado, oyó que le llamaban a gritos desde la calle.

–¡Dunn! ¡Jared Dunn, salga ahora mismo de ahí! ¡Quiero hablar con usted!

Jared salió sin prisa y vio a John Garmon esperándole sonriente, con una pistola al cinto y acompañado de sus dos compinches. Algunos transeúntes que iban de camino al juicio se pararon a curiosear.

–¿Qué es lo que quiere, Garmon? –se quitó las gafas, bajó de la acera sin quitarle la mirada de encima, y se detuvo tras avanzar un par de pasos por la polvorienta carretera.

–¡Está defendiendo a un sucio ladrón negro! –Garmon se sintió satisfecho al ver que cada vez había más curiosos, porque la presencia de testigos favorecía a sus planes–. ¡Ese tipo golpeó al viejo Marlowe y le robó, pero usted quiere ir a soltar un montón de mentiras sobre mí en ese juzgado para conseguir que le liberen! –se volvió hacia el gentío con las manos extendidas, interpretando su papel a la perfección–. Quiere acusarme del robo para salvar a ese esclavo ignorante que está en la cárcel. Este abogaducho viene del norte, y todo el mundo sabe que allí les encantan los negros. Va a intentar convenceros de que yo golpeé y robé a ese pobre viejo, ¡está claro que necesita echarle la culpa a alguien!

Jared le escuchó con interés. Lo que estaba haciendo Garmon estaba muy claro: defenderse con un buen ataque, y adelantarse a lo que pudieran decir los demás con su propia versión. Era una buena estrategia, pero no iba a funcionarle.

–Fue usted quien robó a Marlowe, Garmon, y no es la primera vez que hace algo así; que yo sepa, ha cometido el mismo delito en dos ciudades más, y en Austin hubo un testigo.

Garmon se volvió hacia él como una exhalación. La acusación le había enfurecido, pero como era cierta, no podía refutarla.

–¡Es un mentiroso, Dunn! ¡Un sucio y despreciable mentiroso! Venga aquí, yanqui cobarde, vamos a ver si es capaz de decir la verdad cuando no tenga más remedio. ¡Saque su arma si la tiene, o le mato ahora mismo!

El desafío levantó murmullos entre las personas que estaban presenciando la escena, y eso incluía a las tres que acababan de detenerse en la acera a menos de media calle de distancia. Noelle se asomó entre el gentío con ansiedad, intentando ver lo que pasaba, y sintió que se le detenía el corazón al ver a su marido en la calle, discutiendo con un tipo corpulento y armado; en ese momento entendió la insistencia de Jared en que se quedara en casa... ¡esperaba tener un enfrentamiento, y por eso se había comportado de forma tan extraña la noche anterior!

Al ver que su marido se adentraba en la calle mientras el otro hombre, el tal Garmon, seguía vociferando insultos, dijo desesperada:

–No puede ser, ¡no puede enfrentarse a ese hombre! Van a pegarle un tiro... –agarró a Andrew de la manga, y exclamó–: ¡Andrew! ¡Acércate a ellos y haz algo! Tú fuiste soldado, seguro que sabes cómo detener un enfrentamiento.

–¿Te has vuelto loca?, ¡ese vaquero va armado!

–¡Va a matar a Jared! –le gritó, aterrada; al ver que permanecía quieto, le preguntó enfurecida–: ¿Por qué no haces nada? –soltó un suspiro airado al ver que seguía sin moverse, y dijo con voz decidida–: ¡Voy a encargarme yo misma de detener esta locura!

Justo cuando hacía ademán de echar a andar, la señora Dunn la agarró del brazo para detenerla y le dijo con firmeza:

–¡Ni se te ocurra, dejarías en evidencia a Jared!

–¡Ese hombre dice que va a matarle!

–Quédate quieta, querida.

La señora Dunn sabía que su nieto estaba preparado para lidiar con aquella situación, que sabía lo que tenía que hacer. No podía dejar que Noelle interfiriera, porque estaba claro lo que Jared sentía por ella, y en ese momento no podía permitirse ninguna distracción.

–Todo va a salir bien, Noelle, te lo prometo. Espera y verás.

Noelle no pudo luchar contra aquella mano firme que la sujetaba, y sintió una angustia desgarradora. No sabía si podría seguir viviendo si mataban a Jared. Él había sido ranger en una ocasión, pero habían pasado muchos años desde entonces; de hecho, seguro que en ese momento ni siquiera iba armado.

Ajeno a la presencia de su familia, Jared se echó hacia atrás la chaqueta muy poco a poco, y se ciñó al papel que estaba interpretando.

–No estoy armado, Garmon.

–¡Pues búsquese un arma! –su rostro de tez morena reflejaba petulancia, estaba muy seguro de sí mismo.

Estaba convencido de que aquel abogado no iba a poder vencerle en un duelo. Si Dunn huía, parte del problema quedaría resuelto, y si se quedaba, sería un asesinato legal ante testigos. A lo mejor llegarían a arrestarle por ir armado, pero daría la impresión de que Jared Dunn había muerto en un enfrentamiento justo; en cualquier caso, estaba seguro de que Dunn no iba a tener agallas para ponerse una pistola al cinto y enfrentarse a él como un hombre.

El inspector Sims pensó en ese momento que aquélla era una oportunidad perfecta para demostrar lo bien que disparaba. Avanzó por la calle con una sonrisa bravucona y la mano a escasa distancia de la culata de su pistola, y gritó en voz bien alta, para que todos le oyeran:

–¡Ya está bien, Garmon! Suelte esa pistola, y...

–¡Gracias a Di...! –Noelle enmudeció al oír una súbita detonación.

Ni siquiera había visto a Garmon mover la mano, pero su pistola acababa de disparar y la pierna de Sims se doblegó de golpe. El inspector alcanzó a disparar mientras se desplomaba, pero la bala impactó contra el suelo. Las pistolas de los dos estaban humeantes, se oyeron exclamaciones ahogadas entre el gentío, y Noelle se llevó una mano al cuello mientras aquel arranque de violencia hacía que comprendiera con mayor claridad el peligro al que estaba enfrentándose su marido.

Sims tardó unos segundos en sentir el dolor. Para cuando logró darse cuenta de lo que estaba pasando, estaba sentado en medio de la calle como un niñito, sangrando y desorientado, y era el centro de todas las miradas.

Garmon enfundó sintiéndose más envalentonado que nunca, se volvió hacia Jared, y le espetó con voz amenazante:

–Ahora le toca a usted, Dunn. Si no consigue una pistola, le pego un tiro ahora mismo... a menos que quiera salir huyendo, claro.

Noelle esperó con el aliento contenido a que su marido respondiera, suplicándole en silencio que no aceptara el desafío, y el alma se le cayó a los pies al oírle decir:

–De acuerdo, Garmon, como quiera.

Jared se acercó a Sims poco a poco y sin apartar la mirada de Garmon, al que le extrañó que no pareciera nada intimidado. Le desató la cartuchera a Sims con total naturalidad, y le preguntó:

–¿Está bien calibrada? –siguió mirando en todo momento a Garmon, con ojos tan fríos e implacables como la muerte.

–Sí –le contestó Sims, antes de soltar un gemido de dolor.

Noelle soltó una exclamación, y dijo horrorizada:

–¡Dios mío, está poniéndose esa cartuchera!

–Ten valor, querida –le dijo la señora Dunn, mientras la sujetaba con mayor firmeza.

–Pero...

–Ten valor. Jared sabe lo que hace.

Sims alzó la mano hacia Jared, y le agarró el brazo antes de decir jadeante:

–No lo haga, es un suicidio. ¿Le ha visto desenfundar? ¡Por Dios, si me ha ganado a mí!

–Usted es muy lento, Sims, así que no me extraña.

Se zafó de un tirón de su mano, y acabó de ponerse la cartuchera alrededor de las caderas; después de sujetar los largos cordeles al muslo, comprobó el Colt del calibre 45, y colocó la funda de modo que el morro del arma estuviera ligeramente inclinado hacia delante y la culata quedara al alcance de la mano.

–Sujéteme esto –echó las gafas de lectura hacia Sims, se quitó la chaqueta, y se la lanzó también.

Sin más preámbulos, echó a andar hacia Garmon con pasos calculados y precisos, sin parpadear ni apartar la mirada de él. La gente retrocedió, y Noelle se aferró a la señora Dunn mientras contemplaba horrorizada lo que estaba pasando y contenía a duras penas las ganas de gritar. Tenía el corazón encogido desde que aquel tipo tan corpulento había derribado a Sims sin inmutarse. El inspector era muy rápido, y si el tal Garmon había podido con él, estaba claro que Jared no tenía ninguna posibilidad de vencerle. ¿Por qué estaba cometiendo aquella locura?, ¿dónde diablos estaba la policía?, ¿por qué no llegaban de una vez las autoridades para detener aquello?

–¿Seguro que sabe con qué parte de la pistola tiene que apuntar, abogado? –gritó Garmon, con voz burlona.

Jared se detuvo a poco más de tres metros de él, y esbozó una sonrisa gélida.

–No se preocupe, Garmon, creo que me las arreglaré.

Su mano fue bajando poco a poco hasta quedar a escasa distancia de la pistola, lista para desenfundar. Su postura cambió de forma casi imperceptible, lo justo para que varias personas de entre el gentío que habían vivido los tiempos del Salvaje Oeste se tensaran, pero Garmon no supo darse cuenta de lo reveladores que eran tanto aquel pequeño gesto como la mirada fija y acerada de su adversario.

–Cuando quiera, Garmon.

Al vaquero le sorprendió que tuviera tantas agallas, pero cualquiera podía llevar un arma al cinto. Lo importante era disparar, y estaba convencido de su superioridad. Esbozó una sonrisa bravucona justo antes de alargar la mano a toda velocidad hacia su arma, pero a pesar de lo rápido que era, la bala de Jared le destrozó la mano antes de que pudiera acabar de desenfundar. El arma cayó al suelo, pero otra bala la alcanzó al cabo de un segundo, y después otra, y fueron alejándola a saltitos de su dueño; por su parte, Garmon estaba mirándole boquiabierto y sujetándose la mano herida mientras su cerebro, aturdido por la conmoción y por el dolor, intentaba asimilar lo que acababa de pasar.

Al igual que el resto de los presentes, Noelle soltó una exclamación de asombro al darse cuenta de lo que había sucedido. Su marido, que supuestamente era un inofensivo abogado de ciudad, acababa de desarmar a un pistolero, y por si fuera poco, le había agujereado la mano en vez de las tripas. Todas las personas que había allí, incluyéndola a ella, eran conscientes del dominio de las armas que había que tener para conseguir aquellas dos hazañas.

Jared mantuvo la humeante pistola recta y a la altura de la cintura mientras se acercaba sin prisa a Garmon. Sus ojos azules parecían tan fríos como un cielo de invierno, y tanto en ellos como en cada paso que daba se reflejaba una resolución letal.

Los hombres de entre el gentío que habían vivido en zonas sin ley reconocieron tanto su expresión como su forma de andar, y se dieron cuenta de que aquel abogado no era ningún pusilánime de ciudad.

Garmon sintió un pánico creciente al verle acercarse con aquel paso sereno y pausado, aquel paso que parecía capaz de abrirse camino hasta en los mismísimos fuegos del infierno, y gritó aterrado:

–¡No! –apretó los dientes mientras luchaba contra el dolor, y se puso de rodillas–. ¡No me dispare, sería un crimen a sangre fría! ¡Además, estamos rodeados de testigos! –miró a su alrededor, con la esperanza de que alguien le salvara.

Jared siguió avanzando sin inmutarse y disparó al suelo entre las piernas de Garmon, que saltó sobresaltado.

–Usted robó a Marlowe, y acusó a Clark del delito –se detuvo justo delante de él con la pistola a la altura de la cintura, apuntándole al estómago. Su voz calmada e inflexible reflejaba una autoridad férrea, y era un arma tan letal como la que empuñaba en la mano–. Admítalo ante todas estas personas.

–Yo no...

Jared amartilló la pistola, y al ver aquellos ojos fríos como el acero, Garmon se dio cuenta de que eran los ojos de un asesino que no dudaría en apretar el gatillo.

–¡De acuerdo, lo admito, fui yo! –gritó, en voz bien alta, para que todos le oyeran–. ¡Yo lo hice! Quería el puesto de capataz, y Beale iba a dárselo a ese dichoso negro. Necesitaba dinero, así que se lo robé a Marlowe y le eché la culpa a Clark. ¿Por qué demonios tenía que tener él ese puesto?, ¡era yo quien lo merecía, y no estoy dispuesto a recibir órdenes de un sucio negro! –contuvo el aliento al darse cuenta de que Jared seguía apuntándole con la pistola–. Ya he confesado, ¿no? ¡Acabo de contar toda la verdad, así que baje ese cacharro!

Jared sonrió con crueldad, y le miró a los ojos al decirle con voz burlona:

–¿Qué pasa, Garmon? ¿Sólo es valiente cuando puede intimidar a alguien con su pistola? –estaba furioso, porque Clark podría haber muerto por culpa de las mentiras de aquel tipo. Vaciló por un instante mientras seguía apuntándole al estómago, y apretó el gatillo.

Garmon soltó un grito y se encogió en espera del impacto de la bala, pero lo único que se oyó fue el chasquido de la recámara vacía de la pistola. Su rígido cuerpo se estremeció, y en aquel momento de terror se olvidó hasta del dolor de la mano. El corazón le latía con tanta fuerza, que daba la impresión de que estaba a punto de salírsele del pecho.

Jared soltó una carcajada carente de humor mientras sacaba cinco balas de la cartuchera y recargaba el arma sin prisa.

–Sólo un pardillo carga las seis recámaras, ¿no sabe que el martillo siempre descansa sobre una vacía? Sims ha disparado una vez y yo cuatro, así que la última estaba vacía. No me quedaba ninguna bala –le lanzó una mirada llena de desprecio antes de añadir–: Usted no habría durado ni una semana en la frontera, Garmon.

Sin apartar la mirada de él, colocó el tambor recargado en su sitio y enfundó la pistola con una fluidez y una maestría que no le pasó desapercibida a nadie. Un joven agente de policía que había presenciado lo ocurrido se apresuró a arrestar a Garmon, y cuando le hizo ponerse en pie para llevárselo, le lanzó una mirada respetuosa a Jared. Estaba claro que no tenía intención alguna de desarmarle.

Noelle se sintió al borde del desmayo. Estaba tan mareada, que se apoyó en Andrew, y al notar que él también estaba tembloroso, alzó la cabeza para mirarle y vio que estaba macilento. La señora Dunn seguía junto a ella, estoica, dándole gracias a Dios en voz baja.

Después de quitarse la cartuchera, Jared la lanzó al suelo junto a Sims y agarró sus gafas y su chaqueta. El inspector estaba más cerca de él que los demás, lo suficiente para alcanzar a ver el brillo gélido que se reflejaba en sus ojos azules y para notar la violencia residual que aún quedaba en su interior, y no pudo evitar estremecerse. No quedaba ni rastro de su anterior bravuconería.

Al ver la aprensión con que le miraba, Jared le dijo con sarcasmo:

–¿Le dan miedo las pistolas, Sims? ¿Por qué? Al fin y al cabo, es todo un pistolero, ¿no?

Sims permaneció inmóvil mientras veía cómo iba alejándose poco a poco, y tardó un largo momento en acordarse de que le habían pegado un tiro en la pierna y estaba sangrando.

La señora Dunn fue hacia su nieto con Noelle y Andrew pisándole los talones, y le preguntó con nerviosismo:

–¿Estás bien, querido? –era obvio que no sabía si tocarle; de hecho, ni siquiera parecía segura de si debía acercarse demasiado a él.

Jared estaba intentando lidiar con la tensión que le había atenazado tras el enfrentamiento. Apenas podía respirar, y era consciente de los temblores que le recorrían de pies a cabeza. Muchos de los que estaban cerca habían empezado a retroceder con cautela, porque la expresión de sus ojos seguía siendo aterradora. No había matado a nadie, no lo había matado, pero había estado dispuesto a hacerlo...

Noelle era la única que no tenía miedo. Se acercó a él, le miró a los ojos con valentía, y aprovechó que tenía la chaqueta abierta para posar una mano sobre su corazón.

–¿Estás bien, Jared? –le preguntó, con voz suave.

Él la miró sin reconocerla hasta que de repente, al cabo de unos segundos, sus facciones se endurecieron y se puso rígido; en vez de acobardarse, ella presionó la mano con más firmeza contra su pecho y susurró:

–Ya está, ya ha acabado todo.

Él respiró hondo, soltó el aire poco a poco mientras su

mirada iba despejándose, y entonces entrecerró los ojos y le espetó furioso:

–¡Te dije que te quedaras en casa!

Noelle entendió de forma instintiva que aún estaba inmerso en la tensión del enfrentamiento, y se limitó a contestar con calma:

–Sí, ya lo sé.

Andrew intervino en ese momento. La tenía agarrada de la mano, y era obvio que estaba impactado por lo que acababa de presenciar.

–Le... le has disparado a ese tipo –fue incapaz de seguir hablando. Estaba muy pálido, y le temblaba la voz.

A Jared no le pasó desapercibido que su hermanastro tenía agarrada de la mano a su esposa, pero a pesar de que jamás en toda su vida había estado tan celoso, se mordió la lengua. Noelle había elegido, y Andrew no tenía la culpa de que ella le amara. Uno no se enamoraba a voluntad.

–Lleva a Noelle y a mi abuela a casa, Andrew –le dijo, con voz contenida.

Su hermanastro tragó con fuerza antes de poder contestar.

–Sí, por supuesto, ahora mismo –miró hacia Sims, que estaba poniéndose en pie con la ayuda de dos personas, y hacia Garmon, que se alejaba sujeto con firmeza por el policía, y comentó–: Los dos son muy rápidos.

–La rapidez no sirve de nada sin puntería –Jared se rio con frialdad cuando su mirada se encontró con la de su hermanastro–. He matado a hombres mucho más rápidos con una pistola que Garmon, ha tenido suerte de que no acabara con él.

–No aprendiste a disparar así en Nueva York –Andrew no lo dijo a modo de pregunta.

–No –Jared alzó la barbilla antes de admitir–: Antes de marcharme a estudiar Derecho, fui pistolero en Kansas, y después estuve trabajando de ranger en la frontera. Uno no olvida nunca cómo matar, pero eso es algo de lo que tú no tienes ni idea, ¿verdad? ¡Durante la guerra sólo mataste el tiempo, porque no saliste de detrás de tu condenado escritorio!

Andrew se tragó las ganas de contestar, porque ver a su estoico hermanastro tan descontrolado estaba poniéndole cada vez más nervioso. Tenía la sensación de que estaba frente a un desconocido, un hombre que tenía unos gélidos y penetrantes ojos azules que le resultaban aterradores.

–Voy a llevar a las damas a casa, para que no corran ningún peligro –susurró.

–Perfecto –la voz de Jared restalló como un latigazo.

Andrew tomó del brazo a la señora Dunn y a Noelle, pero ésta se zafó de un tirón y regresó junto a Jared, que la miró con la misma expresión inescrutable y le ordenó con voz cortante:

–Vete a casa, Noelle. No tienes nada que hacer aquí.

–Me iré dentro de un momento –sabía que su marido estaba diciéndole de forma velada que no sentía nada por ella, pero indicó el gentío con un gesto de la cabeza y se acercó un poco más a él para que nadie pudiera oírla–. Los has asustado, Jared. Como no relajes un poco esa actitud tan fiera, algunas de las mujeres van a desmayarse –lo dijo en tono de broma, para intentar suavizar un poco la terrible severidad que se reflejaba en su rostro.

Jared miró a su alrededor, y fue entonces cuando se dio cuenta de lo que estaba haciendo Noelle. Las personas que abarrotaban la calle parecían haber recobrado la cordura al verla con él, porque dejaron de mirarle como si fuera un bicho raro y empezaron a dispersarse. La tensión que se respiraba en el ambiente no había desaparecido del todo, pero iba ganando terreno una oleada de comprensión y compasión al ver la férrea lealtad con la que la joven muchacha se aferraba a su marido.

Jared se calmó un poco al sentir el contacto de su mano, pero la violencia seguía latente en su interior y tenía unas ganas locas de darle una paliza a Andrew; antes de que pudiera saborear aquella posibilidad, notó que aquella mano enguantada le daba un ligero apretón en el brazo.

–¿Te vienes a casa con nosotros, Jared?

Se lo preguntó apresurada, porque estaba temblorosa y tenía la sensación de que iba a desmoronarse de un momento a otro. Llevaba una semana encontrándose un poco mal, y en ese momento tenía unas ligeras náuseas; si se desmayaba a los pies de Jared, se echaría a perder la imagen de mujer valiente que acababa de dar, y eso sería una lástima. Ni siquiera sabía cómo se las había ingeniado para contener las ganas de gritar al ver a su marido corriendo un peligro tan grave.

Él la miró a los ojos al decir:

–Aún no puedo marcharme, tengo que ir a por el fiscal para que vayamos juntos a hablar con el juez. Garmon tendrá que ser juzgado, claro, pero mucha gente ha presenciado su confesión, así que seguro que el juez no se opone a dejar en libertad a Clark de inmediato –la miró con expresión penetrante, porque no esperaba que ella reaccionara así ante lo que acababa de ver, y comentó con cierta curiosidad–: No me tienes miedo.

–Claro que no.

–Garmon sí que se ha asustado, y Sims, y Andrew... incluso mi abuela.

–Sí, ya lo sé.

Al ver que él se limitaba a mirarla por encima de las gafas con expresión interrogante, Noelle soltó un profundo suspiro y le acarició la mejilla con la mano.

–Puede que yo te resulte irritante e incluso exasperante, pero jamás te he tenido miedo. Me he sentido muy orgullosa de ti, Jared. Has conseguido que ese hombre confesara la verdad, y no te has acobardado en ningún momento –lo miró con ojos llenos de orgullo y admiración.

Jared estaba desconcertado. Lo que ella acababa de decir no explicaba por qué no se había sentido asqueada por lo que había visto, por qué no sentía repulsión tras enterarse de cómo era él en realidad.

–¿Es que no has oído lo que le he dicho a Andrew? Fui pistolero, Noelle, cometí asesinatos; de hecho, durante un tiempo estuve en busca y captura.

–¿Cómo llegaste a ser un ranger de Texas?

–Los ayudé a capturar a un tipo que era incluso peor que yo, y antes de darme cuenta, estaba en la frontera con una placa –respiró hondo antes de admitir–: Asesiné a un hombre inocente por una mujer, Noelle, porque le acusó falsamente de un crimen.

Ella no apartó la mirada, no hizo gesto alguno de rechazo. Estaba enterada de lo de aquella mujer, al menos en parte, y le pareció increíble tener que enterarse del pasado de su marido en medio de la calle. A eso se refería él la noche anterior, al decir que no le había contado la verdad sobre su pasado... ¿por qué tendría que haberlo hecho? Al fin y al cabo, no la amaba.

Se dijo que había sido una necia, que había estado viviendo en un paraíso ficticio. Había mantenido la esperanza de que él llegara a entregarle su corazón, o de que la deseara al menos, pero él se había negado a acostarse con ella la noche anterior, e incluso había llegado a decir que no tenían ningún futuro como pareja. En ese momento, tras el tiroteo, tenía la sensación de que lo que él había querido decir era que no quería tener nada que ver con ella, que quería cortar la relación de raíz. Por eso se había disculpado y se había comportado como si estuviera despidiéndose, porque eso era justo lo que estaba haciendo: despidiéndose de ella.

–¿Me has oído, Noelle?

Ella se limitó a asentir, sintiéndose peor que nunca. Jared no la amaba, no la deseaba, no tenía ningún interés en ella.

–¡Pues di algo! –exclamó, exasperado.

–¿Qué quieres que diga? –susurró, con voz queda. Consiguió esbozar una pequeña sonrisa, y añadió–: Supe que había habido violencia en tu vida cuando me dijiste que habías sido ranger y que habías estado en el ejército. Lo de hoy me ha tomado por sorpresa, pero no cambia en nada las cosas. En nada en absoluto.

–Eso lo tengo muy claro –lanzó una mirada gélida hacia Andrew, y se apartó un poco de ella antes de decir con sequedad–: Tengo que ir a hablar con el juez.

Ella le miró a los ojos intentando encontrar en ellos algún rastro de calidez.

–Ojalá... –susurró, pesarosa, mientras en su rostro se reflejaba la profunda tristeza que sentía.

–¿Ojalá qué?

–Noelle, tenemos que irnos –Andrew había estado esperando a unos metros de ellos, sin saber qué hacer y con la señora Dunn agarrada a su brazo, pero su futuro entero dependía de la conversación que iba a mantener con el señor Beale, y no quería llegar tarde a la cita.

Noelle le lanzó una mirada ceñuda antes de volverse de nuevo hacia Jared, y se limitó a contestar:

–Ya voy, Andrew.

–No esperes más, vete con él –le dijo Jared, con una sonrisa tensa.

Miró furibundo a su engreído hermanastro, pero a pesar de la rabia que sentía, le hizo gracia que se mantuviera a distancia, porque era obvio que se sentía intimidado. Bajó la mirada hacia Noelle, y le dijo con frialdad:

–No nos queda nada por decirnos, Noelle. Vete a casa.

–¿Sabes qué?, creo que ésa es una muy buena idea. Sí, me voy a casa –le espetó ella, muy dolida. Dio media vuelta sin más, fue hacia Andrew, y aceptó el brazo que él le ofreció.

Jared la siguió con la mirada, loco de celos y de incertidumbre, mientras maldecía para sus adentros a su hermanastro.

Noelle se alejó por la calle con paso firme, sin saber que él había malinterpretado por completo su nueva relación con Andrew. Jared no le había preguntado a qué casa pensaba ir, y ella no había especificado que estaba decidida a irse a vivir con su tío en Galveston; era irónico, pero en ese momento Fort Worth la aterraba más que Galveston y el pasado.

CAPÍTULO 16

En cuanto dejó a Noelle y a la señora Dunn en casa, Andrew agarró el sombrero y los guantes y se dispuso a ir a casa de la señorita Beale. Se detuvo apenas a despedirse mientras se ponía el bombín, y por un instante volvió a ser el gallardo Andrew de antes, aquél del que Noelle se había encandilado tiempo atrás, un joven apuesto de labios sonrientes.

–Siento tener que marcharme con tanta prisa, Noelle, pero se trata de un asunto de vital importancia para mí. Espero que el señor Beale me dé permiso para cortejar a Jennifer –la miró contrito, y admitió–: Me he portado como un canalla contigo y lo lamento de corazón, pero las cosas te van muy bien, ¿verdad? Jared tiene mucho dinero, y nunca te faltará de nada...

–Sí, por supuesto –lo dijo sin demasiado entusiasmo, pero añadió con sinceridad–: Me alegro mucho por ti y por la señorita Beale, Andrew.

–No tenía ni idea de que Jared... –vaciló por un instante, y al final comentó–: Está claro que no es lo que aparenta, nunca le he conocido de verdad.

–Ni tú, ni ninguno de nosotros –admitió, llena de tristeza.

–¿No le tienes miedo?

Ella esbozó una sonrisa al verle tan preocupado, y le contestó con total sinceridad:

–No, Andrew, nunca le he tenido miedo. Jared se ha portado muy bien conmigo.

–Sí, mucho mejor que yo. Me estaría bien empleado que la señorita Beale me odiara, pero comparte mis sentimientos. Su padre era reacio a darnos su aprobación antes del juicio, pero el buen concepto que tiene de Jared parece haber inclinado la balanza en mi favor, y ahora tengo que demostrarle que su hija estará en buenas manos conmigo.

–Te deseo lo mejor.

–Lo mismo digo, Noelle –la miró sonriente al añadir–: Ahora sí que seremos parientes de verdad.

–Sí, tienes razón –lo dijo sin inflexión alguna en la voz, aunque por dentro estaba oyendo la profunda voz de Jared hablando de dejarla en libertad.

–¿Crees que podrías perdonarme? Me gustaría que fuéramos amigos, Noelle. Me he dado cuenta de cómo soy en realidad, y espero poder cambiar lo suficiente para que Jennifer se sienta orgullosa de ser mi esposa.

Él le ofreció la mano, y Noelle se la estrechó antes de decir:

–No eres un hombre malo, pero tienes que dejar de fingir ser lo que no eres.

–Podrías darle ese mismo consejo a mi hermanastro, aunque me parece que su secreto ha quedado al descubierto después de lo de hoy.

La sonrisa de Noelle se desvaneció, y su rostro se cerró en banda.

–Jared no le haría ningún caso a mis consejos. Será mejor que te vayas ya si no quieres llegar tarde.

–Sí, tienes razón –hizo adiós con la mano, y fue a toda prisa hacia el establo donde estaba el carruaje.

Noelle cerró la puerta principal, y se volvió al oír que la

señora Dunn la llamaba con voz suave. La anciana estaba en la puerta de la sala de estar, y parecía preocupada.

–Jared no ha tenido más remedio que enfrentarse a ese hombre, Noelle. No es un asesino, sólo le ha herido. Veinte años atrás, quizá le habría hecho algo mucho peor.

–Ya lo sé, señora Dunn. No culpo a Jared, entiendo por qué lo ha hecho. Le ha salvado la vida al señor Clark.

–No sabes el peso que me quitas de encima, me preocupaba muchísimo que sintieras rechazo al saber la verdad sobre él. Mi nieto es un hombre al que cuesta mucho llegar a conocer, apenas expresa sus sentimientos, pero creo que se quedaría destrozado si te perdiera.

–Estamos hablando del hombre de hierro, señora Dunn. No necesita a nadie.

–¿Cómo puedes pensar tal cosa? –la voz de la anciana era suave–. No tienes ni idea de lo mucho que ha cambiado desde que regresó a casa y te conoció. Ahora ríe, sonríe, pasa tiempo con nosotras... el Jared que venía de visita era tan callado y reservado, que apenas nos dábamos cuenta de que estaba en casa. Era un hombre sombrío y taciturno que nunca sonreía, y que no tenía interés alguno en las mujeres... bueno, en las mujeres decentes –añadió, un poco incómoda, porque había oído alguna que otra historia.

–Jared se casó conmigo porque Andrew y yo fuimos descubiertos en una situación comprometedora, él mismo me lo dejó muy claro –le contestó Noelle, con voz firme–. Puede que me desee desde un punto de vista físico, pero nada más. Anoche mismo me dijo que nuestro matrimonio era algo meramente temporal, y que no teníamos futuro como pareja. Estoy convencida de que piensa divorciarse de mí –se alzó un poco la falda, y empezó a subir por la escalera–. He decidido irme a vivir con mi tío, Jared puede hacer lo que le dé la gana. Es abogado, y si lo que quiere es obtener el divorcio, seguro que sabe cómo hacerlo. Lo único que necesitará de mí será que firme los documentos pertinentes cuando llegue el momento.

–¡No puede ser, debe de haber algún error! –la señora Dunn estaba horrorizada.

–No hay ningún error. Jared no me ama, no le intereso lo más mínimo –aquellas palabras le dolieron, pero siguió andando sin vacilar.

Sólo tardó una hora en guardar todas sus pertenencias. Había dejado sus hermosas prendas nuevas en el armario, porque no quería nada que se hubiera comprado con el dinero de Jared. Era la segunda vez que decidía marcharse, la primera había sido cuando la habían descubierto en aquella situación comprometida con Andrew, pero en esa ocasión sí que tenía algo de dinero, así que quizá lograría llegar más lejos.

Pensaba vivir con su tío hasta que encontrara un empleo de ama de llaves o de niñera en Galveston, y a pesar de que allí iba a encontrarse de nuevo con todos los recuerdos, se sentía capaz de lidiar con ellos. Su matrimonio la había fortalecido, había dejado de ser la ingenua jovencita que se había mudado a Fort Worth.

Recorrió con la mirada la habitación donde se había alojado, y contempló la cama con ojos llenos de dolor. Allí había tenido su primera y única experiencia íntima, con un hombre que sólo se había acostado con ella para asegurarse de que era virgen y legalizar el matrimonio. Jared no había mostrado ningún interés en repetir la experiencia; de hecho, daba la impresión de que querría olvidarla por completo.

Se puso el sombrero y el abrigo, porque el sol matinal había dado paso a nubarrones y ya había empezado a lloviznar, y pertrechada con su maleta y su bolsito, bajó la escalera por última vez.

Jared había ido, junto con el fiscal y el joven agente de policía que había arrestado a Garmon tras oír su confesión, a ver al juez territorial, al que conocía desde hacía años. El caso contra Clark había quedado desestimado, y Garmon había sido acusado de robo y agresión. La fecha para la comparecencia ante el juez ya estaba fijada, y Jared estaba convencido de que Garmon quedaría bajo custodia hasta la vista preliminar.

–Me han dicho que le ha pegado un tiro al señor Garmon en medio de la calle, Dunn –comentó el juez, con severidad fingida.

El joven policía se apresuró a dar un paso al frente, y dijo con firmeza:

–El señor Dunn no ha tenido elección, Su Señoría. El señor Garmon ya había disparado al señor Sims, y estaba lo bastante desquiciado como para pegarle un tiro a cualquiera que se moviese. El señor Dunn les ha prestado un valioso servicio a los ciudadanos de Fort Worth.

–No es eso lo que estoy cuestionando, sino la posesión de un arma de fuego dentro de los límites de la ciudad.

–El arma pertenecía al señor Sims, Su Señoría –el agente estaba haciendo todo un alarde de valentía al mantenerse firme en su defensa–. Él se la prestó al señor Dunn –se puso más firme, y alzó la barbilla–. El señor Dunn estaba desempeñando las funciones de un agente del orden, y estoy dispuesto a jurar que se le había nombrado agente temporal durante el tiempo que durara el altercado.

Jared sonrió ante aquel gesto tan inesperado del joven agente, que parecía un poco avergonzado. El juez sonrió también antes de decir:

–Tranquilo, agente. Usted no tiene edad suficiente para recordar los tiempos sin ley en Kansas, pero yo sí. Conozco bastante bien al señor Dunn, y él sabe que sólo estaba tomándole un poco el pelo por los viejos tiempos.

Jared se echó a reír, y apostilló:

–Aun así, agente...

–Ryan, señor.

–Gracias por su intervención y por su apoyo, agente Ryan. No le olvidaré.

Le ofreció la mano, y el joven se la estrechó antes de contestar sonriente:

–Ha sido un placer, señor –salió a la calle después de despedirse de ellos con una inclinación de cabeza, y aún seguía sonriendo mientras iba hacia la esquina.

Jared acompañó a Brian Clark desde la cárcel hasta el establo, y allí le alquiló un buen caballo y le entregó sus pertenencias, que hasta ese momento habían estado en manos de la policía.

–No tengo con qué pagarle –le dijo Clark, cabizbajo, mientras se estrechaban la mano.

–Era inocente, señor Clark; por desgracia, sólo los ricos suelen quedar libres de culpa, sin importar que sean inocentes o no, pero en este caso se ha hecho justicia. Ha sido toda una satisfacción trabajar para usted, me da igual no cobrar –no comentó que había rechazado el ofrecimiento de Beale de pagarle. Había cosas más gratificantes que el dinero.

Clark pareció entenderle, porque asintió y le dijo:

–Algún día haré algo, algo bueno, y usted se alegrará de haber conseguido devolverme mi libertad.

–Me parece perfecto. Es un desperdicio que un hombre con su intelecto se limite a realizar pequeñas tareas en un rancho, señor Clark. Creo que le beneficiaría recibir una buena educación.

Clark pensó en ello durante unos segundos, y al final comentó:

–Puede que tenga razón. Gracias también por alquilarme el caballo, lo enviaré de vuelta con alguien en cuanto llegue al rancho del señor Beale. Es un buen patrón.

–Es un buen hombre en general; en fin, la verdad es que me habría gustado haber recabado suficientes pruebas para demostrar su inocencia, sin tener que recurrir a métodos dudosos para llegar a la verdad.

Clark soltó una carcajada.

–Creo que en la ciudad se hablará durante años de esos «métodos dudosos», señor Dunn. Le agradezco que haya corrido un riesgo tan grande por ayudarme.

–Hay causas por las que merece la pena arriesgarse –le estrechó de nuevo la mano, y se apartó a un lado para que montara.

Mientras Clark se alejaba al trote por la calle, dejando a su paso el reguero de polvo que levantaban los cascos del caballo, las nubes que habían encapotado el cielo empezaron a soltar grandes goterones. Jared se dijo que a las tomateras de casa iba a irles de maravilla aquella lluvia inesperada, porque Noelle llevaba días teniendo que regarlas a diario, y sintió una punzada de dolor al pensar en ella.

Se preguntó si, en ese mismo momento, el condenado Andrew y ella estarían planeando su futuro juntos. Le había salvado la vida a Clark, pero era incapaz de salvar su propio matrimonio. Estaba perdiendo lo que más le importaba en el mundo entero.

Dio media vuelta y echó a andar hacia su bufete, decidido a acabar con todo el trabajo que tenía pendiente antes de regresar a casa; al fin y al cabo, no tenía prisa alguna.

Lo que él no sabía era que Noelle estaba sentada en la estación, con la maleta y un billete de tren a Galveston en la mano. Tenía la mirada perdida, y estaba demacrada y angustiada por el fin de su breve matrimonio. Ante ella se extendía un futuro árido y carente de sentido sin Jared, aunque seguro que él se sentiría aliviado por no tener que volver a verla.

Recordó cuando le había conocido, el interés que había mostrado en ella, las clases de baile y de buenos modales... la había preparado para que fuera una acompañante adecuada para Andrew, pero se había visto obligado a casarse con ella. Había sido entonces cuando habían dejado de ser amigos. Se preguntó por qué se había acostado con ella a pesar de que no la deseaba, a lo mejor tenía ganas de estar con una mujer y se había conformado con la que tenía más a mano, pero para ella había significado un mundo hacer el amor con el hombre al que amaba con locura.

Jared le había dicho varias veces que no quedaba ni una pizca de amor en su interior. Seguro que aquella mujer por la que había matado a un hombre inocente en Kansas había sido su único amor verdadero, y en su corazón ya no quedaba sitio para ninguna otra, así que estaba siendo sensata al marcharse de Fort Worth.

En ese momento, dos hombres entraron en la estación cargados con maletas: uno de ellos era un señor mayor y el otro era mucho más joven, quizás era su nieto. El primero se sentó junto a ella, y se llevó la mano al sombrero en un respetuoso saludo mientras el segundo se acercaba al mostrador y decía:

–Dos billetes a San Luis, por favor. Sólo ida.

–De inmediato –mientras se encargaba de los billetes, el empleado comentó–: Nos han dicho que se ha montado un buen alboroto en la ciudad, que un vaquero ha retado al hombre equivocado.

–Nunca en mi vida había visto algo parecido –comentó el joven, ajeno al interés con que estaba escuchándolos Noelle–. Ese tipo apenas movió la mano y le dio de lleno al vaquero, que se quedó boquiabierto. Está claro que no esperaba que un hombre trajeado le ganara la partida con una pistola. Dicen que ese abogado había sido pistolero en Kansas, mi abuelo le conocía –miró al anciano, y sonrió con orgullo.

–Pues sí, le conocí, pero no fue en Kansas, sino en El Paso; en aquel entonces, él era un ranger. Evitó que lincharan a un hombre, le salvó la vida. ¡Nadie le tocaba las narices al capitán Dunn, no señor!

–¿Capitán? –la pregunta salió de los labios de Noelle antes de que se diera cuenta.

–Sí, señora. Decían que había sido un forajido antes de unirse a los rangers, pero cuando ayudó a atrapar a un asesino y salvó a uno de los rangers que participaban en la búsqueda, le concedieron un perdón y le reclutaron sin pensárselo dos veces. Pasó bastante tiempo por allí, por la zona de El Paso. Nadie le tocaba las narices al capitán Dunn –al ver lo boquiabierta que estaba, esbozó una sonrisa penitente y añadió–: Discúlpeme, señora, supongo que no está bien hablar de estos temas en presencia de una dama.

Noelle le devolvió la sonrisa, pero en sus ojos se reflejó lo dolida que se sentía. Estaba enterándose de datos que desconocía sobre la vida de Jared, de su esposo, gracias a unos desconocidos. Si no hubiera comprado ya el billete, habría ido en ese mismo instante a su bufete y le habría lanzado algún objeto contundente por ocultarle tantos secretos. Menos mal que había decidido marcharse, se había casado con un completo desconocido.

Cuando terminó con todo el papeleo que tenía pendiente, Jared se dispuso a regresar a casa, pero su secretario asomó la cabeza por la puerta y le dijo:

–Tiene una llamada, señor Dunn.

Él asintió, y levantó el auricular. Estaba esperando una llamada del juzgado.

–Dunn.

–¿Jared?

Se sorprendió al oír la voz de su abuela, y temió que hubiera pasado algo malo.

–Sí, soy yo. Dime.

–Noelle se ha ido, querido.

Fijó la mirada en el escritorio, pero su mente apenas registró los remolinos que se dibujaban en la madera de roble.

–¿Adónde?

–A Galveston. He intentado hablar con ella, pero no ha querido escucharme. Estaba empeñada en marcharse... ni siquiera se ha llevado su ropa nueva, Jared. Está toda en el armario.

–¿Se ha ido con Andrew? –le preguntó, muy rígido.

–¿Andrew?

–Sí, ¿se han ido juntos? –la conexión era malísima, y apenas alcanzaba a oírla.

–Andrew está en casa de la señorita Beale, espera obtener el permiso de su padre para casarse con ella. Tanto Noelle como yo nos alegramos mucho por él, y teníamos la esperanza de que tú también le apoyaras.

–*¿Qué?*

La señora Dunn se apartó el auricular del oído. ¡El sonido le había llegado con tanta fuerza, que daba la impresión de que su nieto estaba allí mismo!

–Andrew espera poder casarse con la señorita Beale, Jared. ¿No lo sabías?

–No, no lo sabía, ¿cómo iba a...? –se calló de golpe, y le preguntó–: ¿Has dicho que Noelle se ha ido a Galveston?, ¿cuándo?

–Se fue hace una hora –la voz de la anciana reflejaba una profunda tristeza.

Jared logró controlar a duras penas su genio, y le preguntó con aparente calma:

–¿Por qué no me has llamado antes?

–¿Para qué? Ella se habría negado a hablar contigo, estaba decidida a marcharse. Me dijo que era lo mejor, y quizá tenía razón –su voz se endureció al añadir–: Has sido muy desconsiderado con ella últimamente, querido. Me ha confesado que le dijiste que no teníais futuro como pareja, que creía que querías el divorcio, y que seguro que te alegrarías de que ella se fuera, porque no te importaba lo más mínimo.

Era cierto que había sido desconsiderado con Noelle, aunque no le hizo ninguna gracia que se lo echaran en cara. Pero lo del divorcio no era cierto, sino justo al revés: él había dado por hecho que ella quería divorciarse, para casarse con Andrew. Pero si su hermanastro iba a casarse con la señorita Beale, y Noelle quería marcharse porque pensaba que estaba casada con un hombre que no sentía nada por ella...

La felicidad que le embargó le dejó sin aliento, y se apresuró a preguntar:

–¿En qué tren pensaba irse?

–No lo sé, no he visto los horarios.

–Hasta luego, abuela.

Noelle le había abandonado. Cuando le había dicho que se iba a casa, él había dado por hecho que se refería a la suya, pero en realidad estaba hablando de la de su tío en Galveston. Le había abandonado porque pensaba que él quería divorciarse...

No pudo evitar echarse a reír. ¡Había renunciado a Noelle para que pudiera casarse con Andrew, y ella había pensado que lo había hecho porque no la quería! Si había renunciado a ella era porque la amaba y quería que fuera feliz, ¿cómo era posible que Noelle no se hubiera dado cuenta de algo tan obvio?

Salió a toda prisa después de ponerse la chaqueta y el sombrero, y de camino a la puerta le indicó a su secretario que cerrara y se marchara ya.

La estación estaba muy cerca del bufete, y fue con paso rápido mientras el sombrero y el cuello alzado de la chaqueta le protegían de la llovizna; en cuanto entró en la estación, recorrió con la mirada la zona de espera, y vio a Noelle de inmediato a pesar de que había bastante gente. Era la única mujer sin acompañante de la sala y estaba sentada con la maleta a sus pies junto a dos hombres, uno mayor y otro más joven, en uno de los largos bancos de roble. Parecía completamente fuera de lugar.

Se metió las manos en los bolsillos, y se detuvo justo delante de ella. El hombre mayor le reconoció e hizo ademán de decir algo, pero antes de que pudiera articular palabra, Noelle alzó la mirada e inhaló de golpe al verle.

–¿Qué haces aquí, Jared? ¿Has venido a despedirte?

Él alzó la barbilla y la miró con expresión firme. No llevaba las gafas, y el azul de sus ojos parecía más vívido que nunca.

–No. He venido a llevarte a tu hogar, que es donde debes estar.

–¿Mi hogar? ¡Ja! ¡Eso no es mi hogar, sino tu casa, y no se me ha perdido nada allí!

–Éste no es lugar para mantener una conversación privada, Noelle –le dijo, con voz serena, al ver que estaban atrayendo la atención de la gente.

Ella le fulminó con la mirada antes de contestar encolerizada:

–¿Por qué no? ¡La ciudad entera parece conocerte mejor que yo!

–La verdad es que no he sido sincero del todo contigo –admitió, con voz queda.

–No, no lo has sido. Creía que eras un sofisticado abogado de Nueva York, pero hasta hoy no tenía ni idea de que manejabas tan bien un arma, ni de que habías sido capitán en los rangers de Texas. Todo lo que sé de ti lo he averiguado por accidente, o gracias a otras personas.

–No sabía cómo contártelo todo.

–Sí, eso está claro. Una esposa debería conocer a su propio marido, ¡no tendría que enterarse de cómo ha sido su vida gracias a desconocidos!

Tanto el hombre mayor como varias personas más estaban mirándola boquiabiertos.

–Vamos a casa, para poder hablarlo con calma...

–¡No tengo nada de qué hablar contigo! Voy a volver a Galveston, puedes divorciarte de mí cuanto te dé la gana.

–¡No voy a divorciarme de ti!

–¿En serio?, ¡pues anoche me dejaste claro que era lo que pensabas hacer!

–Creía que querías el divorcio, Noelle.

–¡Claro que lo quiero!, ¡lo quiero con todas mis fuerzas! Me has ocultado secretos, me has ignorado, me has evitado, me has insultado... ¿por qué debería quedarme con un hombre así?

Jared esbozó una sonrisa, y admitió:

–No tengo ni idea.

Ella se aferró con fuerza a su bolsito, y sus ojos verdes relampaguearon al mirarle.

–¿Por qué quieres que me quede?

–¿Acaso he dicho que lo quiera?

Ella apartó la mirada. No, su marido no había dicho en ningún momento que quisiera que se quedara. Rezó para que el tren no tardara en llegar, porque quería marcharse de allí cuanto antes. Jared estaba dejándola en evidencia delante de todos aquellos desconocidos.

Él la contempló con frustración. No había forma de convencerla de que regresara a casa, no sabía cómo hacerlo. Miró con enfado a los curiosos que estaban pendientes de la conversación, y deseó que se largaran y los dejaran en paz.

–Espera hasta mañana al menos, mi abuela cumple setenta y cinco años y se ha quedado muy triste cuando te has ido.

–¿Mañana es su cumpleaños?, no me lo ha dicho.

Tampoco se lo había dicho a él, porque no era verdad... pero Noelle no lo sabía, y si conseguía que regresara a casa, quizá lograría convencerla de que no se fuera a Galveston.

–Es que la pobre no quería que te sintieras obligada a quedarte.

Ella le miró ceñuda. No quería volver, pero, por otro lado, la señora Dunn la había tratado muy bien. Parecía una grosería marcharse el día antes de su cumpleaños, y sin felicitarla siquiera. No estaba dispuesta a admitir que quería quedarse, ni cuánto la complacía que Jared quisiera que regresara a casa con él, aunque sólo fuera para celebrar el cumpleaños de su abuela.

–Supongo que da igual que me quede un día más.

–Perfecto –Jared agarró la maleta, la tomó del codo para ayudarla a levantarse, y la llevó hacia la puerta después de despedirse de los mirones con una cortés inclinación de cabeza.

Caminaron en silencio durante unos minutos, aunque Noelle se dio cuenta de que él no le soltó el codo, como si pensara que podía intentar escaparse de un momento a otro.

–El señor mayor que estaba sentado a mi lado me ha dicho que fuiste capitán en los rangers –al verle asentir, esperó a que se explicara, pero como él permaneció callado, se detuvo en seco y le dijo con exasperación–: ¿Y bien?

Jared sintió que lo recorría un deseo ardiente sólo con mirarla, y aferró con más fuerza el asa de la maleta. Ella no sólo estaba pidiéndole una respuesta, lo que quería era total sinceridad, y no estaba seguro de poder dársela.

Ella bajó la mirada al ver que no contestaba, y le dijo con voz queda:

–Suéltame, Jared. Ya tengo mi billete, y esto no sirve de nada. Es inútil.

Alargó la mano hacia la maleta, pero él se negó a soltarla y tensó la mandíbula al decir:

–No.

Ella soltó un bufido de coraje, y le preguntó:

–¿De qué serviría que me quedara?, todo seguirá como antes. Tú mismo me recordaste que sólo te habías casado conmigo para evitar un escándalo, así que estoy ahorrándote el tener que soportar un matrimonio sin amor. ¿Por qué te empeñas en que me quede?

Él respiró hondo mientras la contemplaba con rigidez, y rechinó los dientes. Las palabras se negaban a salir.

–¿Te preocupa que tu reputación quede dañada?, ¿afectará en algo al bufete el hecho de que me vaya? –al ver que permanecía callado e inmóvil, alzó las manos en un gesto de exasperación–. ¡Jared!

Él le soltó el codo, y alzó la mano muy poco a poco hasta su acalorada mejilla. La trazó con la punta de los dedos lentamente, ceñudo, mientras su penetrante mirada escudriñaba sus enormes ojos verdes.

–Fui un asesino antes de ser ranger, un forajido que se unió a una banda de tipos de baja calaña. Acabé por pura casualidad en los rangers, e incluso estando allí seguí matando. Lo que tienes ante ti es una fachada de respetabilidad bajo la que se esconde el hombre que siempre fui. La verdad es que no he cambiado en absoluto. El pasado nunca muere, siempre hay gente que lo recuerda –sintió una punzada de dolor al recordar la tragedia que Beale le había contado sobre su esposa–. Tú misma has visto hoy que no he logrado escapar por completo de lo que fui, y no soportaría que sufrieras algún daño por culpa de lo que hice años atrás.

Ella no entendió a qué se refería, y permaneció inmóvil y en silencio mientras su aturdida mente intentaba asimilar lo que acababa de oír.

–¿Crees que tengo miedo porque estoy enterada de tu pasado? –dijo al fin, mientras iba entendiéndolo todo–. ¿Por eso mencionaste un posible divorcio?

–Te ofrecí el divorcio para que pudieras casarte con Andrew.

Ella soltó una exclamación ahogada, y le miró con indignación.

–¡Vaya, muchísimas gracias! ¿Se puede saber cuándo te dije que quería casarme con un cobarde fanfarrón?

Él se encogió de hombros, y le espetó ceñudo:

–No me explicaste que él había vuelto por la señorita Beale, creía que lo había hecho porque se había dado cuenta del error que había cometido al dejarte escapar.

–No me dejó escapar, salió huyendo como un gato escaldado.

Él la miró durante un largo momento sin expresión alguna en la mirada, y al final admitió:

–Andrew parecía tener todas las cualidades de las que yo carecía, y hasta hoy no me conocías de verdad. Andrew te deslumbró al principio porque era joven, gallardo y culto... y yo nunca fui ninguna de esas cosas. Viví como un forajido, Noelle. Me porté mal, estuve compinchado con verdaderos canallas, y ni siquiera conocí a mi padre; además, daba la impresión de que tú sólo sentías lástima por mí –esbozó una pequeña sonrisa antes de añadir–: Siempre estabas preocupándote por la pierna, o abriéndome las puertas. Y acuérdate de anoche, te ofreciste a mí porque pensaste que necesitaba algún consuelo. Me tenías lástima.

Noelle soltó el aire que había estado conteniendo. Estaba atónita, su marido no tenía ni idea de lo que sentía por él.

–¿Lástima? ¿Creíste que... que te tenía lástima? ¡Eres un idiota! –la enfureció que él hubiera malinterpretado hasta tal punto sus sentimientos–. ¡Idiota! –le golpeó una vez, otra más, y ni siquiera se dio cuenta de que la miraba boquiabierto cuando le quitó el sombrero de un tirón, lo lanzó al suelo y empezó a pisotearlo–. ¡Qué razón más increíble, absurda, y totalmente irrelevante para querer apartar a una mujer de tu vida...! *¡Idiota!*

Él retrocedió hasta un poste y se quedó allí plantado, mirándola atónito.

–¡Andrew nunca significó nada para mí! –le arrancó la maleta de la mano, y añadió encolerizada–: Estaba un poco encaprichada de él, hasta que llegaste a casa y me miraste ceñudo en cuanto te abrí la puerta. Me atrajiste desde el primer momento en que te vi, y pasé semanas y semanas intentando entender por qué me sentía tan feliz contigo, y tan indiferente con Andrew. Me dieron ganas de morirme cuando él fingió que éramos amantes, pero cuando te casaste conmigo tuve la esperanza de que... pero tú sólo te acostaste conmigo aquella única vez, y no volviste a mostrar ningún interés en mí. Me dijiste que sólo te habías casado conmigo para evitar que tu abuela tuviera que soportar un escándalo, que no teníamos futuro como pareja –se le inundaron los ojos de lágrimas, y no pudo ver la expresión de felicidad que le iluminó el rostro al oírla decir todo aquello–. ¡Te amaba tanto, Jared, tantísimo! Incluso cuando pensaba que eras un lisiado insulso y viejo, te amaba con toda mi alma. ¿Crees que me importa lo malo que fuiste hace veinte años, o lo que hiciste? –le preguntó, con voz rota–. No te habría cambiado ni por una docena de Andrews, y hoy me he sentido tan orgullosa de ti, que me han dado ganas de vitorearte a voz en grito. ¿Cómo has podido estar tan ciego como para creer que te rechazaría por culpa de tu pasado? Nada puede cambiar lo que siento por ti, ¡nada!

–Dios mío, Noelle... –susurró, sin aliento. Su expresión era tan radiante, que resultaba cegadora.

Ella no se dio cuenta de su reacción, y siguió diciendo llena de angustia:

–Pero tú no quieres saber nada de mí. No me amas, nunca me amarás. No pienso seguir así, sufriendo día tras día mientras tú no me haces ni caso; ¡de hecho, me marcho ahora mismo!

Dio media vuelta como una exhalación y regresó hacia la estación hecha una furia, mientras tras ella un rostro se iluminaba con una gloriosa sonrisa. Jared dejó el sombrero en el suelo, y rio por lo bajo mientras iba tras ella con una expresión tan pícara y seductora que la habría hecho ruborizarse.

CAPÍTULO 17

Noelle apenas alcanzaba a ver por dónde iba por culpa de las lágrimas. Jamás se había sentido tan desconsolada, pero justo cuando iba a doblar la esquina, alguien la detuvo desde atrás, le quitó la maleta de la mano y la dejó en el suelo junto a ella; antes de que pudiera reaccionar, hicieron que se girara, y un par de brazos cálidos y fuertes la alzaron del suelo por completo al abrazarla y apretarla contra un ancho pecho masculino.

Jared la miró a los ojos, y le dijo con voz firme:

–No vas a marcharte a ningún lado –dio media vuelta, y empezó a desandar el camino.

–Mi maleta... –alcanzó a decir ella, sin demasiadas fuerzas.

–Ya nos la devolverá quien se la encuentre; si no es así, tampoco se habrá perdido gran cosa.

–¡Se le ha caído la maleta, señora Dunn! –dijo tras ellos una voz afable.

–Guárdesela a mi esposa –contestó Jared, por encima del hombro.

–¡Sí, señor!

–¿Adónde me llevas? –masculló, enfurruñada, mientras se secaba las lágrimas–. ¡La pierna se te va a resentir! Ya está prácticamente curada, y no tendrías que obligarla a cargar con tanto peso.

–Qué manía con sermonearme, eres una mandona –murmuró, sin mirarla. La verdad era que le encantaba que se preocupara por él.

–Bájame, desvergonzado.

–Cuando lleguemos a casa.

–¡Jared!

En esa ocasión, sí que bajó la mirada hacia ella, y la forma en que la miró la ruborizó. Noelle sintió que el corazón le latía desbocado ante la intensa expresión de aquellos ojos azul claro, y se rindió sin protestar. Curvó el cuerpo contra el suyo como si estuvieran hechos para encajar el uno con el otro, y se aferró a su cuello con fuerza.

Jared se estremeció y sus brazos se tensaron a su alrededor, y a ella le pareció oírle gemir cuando la acercó un poco más.

–No estoy dispuesta a vivir con un desconocido que no comparte conmigo nada de sí mismo.

–Shhh... –le susurró él al oído.

Ella hundió el rostro en su cuello, y le dijo:

–Sería mejor que dejaras que me fuera.

–¿Mejor para quién?, me cortaría un brazo antes que perderte.

Ella se sobresaltó al oír algo bajo aquella aparente aspereza, cierto matiz extraño que jamás había oído en su voz.

–¿Qué pasa, Noelle? ¿Te has quedado sin palabras? Qué raro, hace un momento has hablado muy claro. Ya estamos aquí.

Jared recorrió el caminito que conducía a la casa, subió los escalones, y la señora Pate, que los había visto llegar, les abrió la puerta sonriente.

–¿Les sirvo un café, señor?

–No, aún no.

–Su abuela está recostada.

–No la moleste. Noelle, querida, vamos a tener que procurar no alzar demasiado la voz para no incomodarla –esbozó una sonrisa burlona, y la llevó hacia la sala de estar–. Señora Pate, cierre la puerta tras nosotros, por favor.

–Por supuesto, señor Jared.

Noelle estaba cada vez más desconcertada. La puerta se cerró con firmeza mientras Jared la llevaba hacia el largo sofá forrado de terciopelo, y después de tumbarla allí sin contemplaciones, se cernió sobre ella con ojos relucientes.

Ella permaneció inmóvil, expectante, mirándole con los ojos como platos, y al cabo de un largo momento, él dijo con voz ronca:

–Eres una fierecilla, tendría que darte unos buenos azotes.

Noelle tragó con fuerza mientras iba pensando en todos los argumentos que podía usar para defenderse, pero al cabo de unos segundos se dio cuenta de que no eran necesarios, porque él se inclinó hacia delante y le cubrió la boca con la suya en un beso lento y lleno de ternura. Ella se tensó por un instante, pero se derritió de inmediato y alzó los brazos para aferrarse a su cuello.

Al sentir el contacto de aquel pecho contra el suyo, mientas aquella boca la instaba a abrir los labios y sentía la caricia de su aliento, mientras él la besaba con una pasión desatada, Noelle se dio cuenta de que ni siquiera cuando habían hecho el amor la había besado así.

Él enmarcó su rostro entre las manos, y empezó a salpicar sus labios de pequeños besos que fueron ganando intensidad y encendiéndola de pasión. Soltó un gemido gutural, y antes de que ella pudiera reaccionar, la tumbó en la alfombra y la cubrió de pies a cabeza con su cuerpo mientras seguía devorándole la boca. Empezó a soltarle el pelo con frenesí, y hundió las manos ansioso en aquella larga melena de pelo caoba.

–Así que pensabas dejarme, ¿verdad? Inténtalo, Noelle. La próxima vez, ni siquiera llegarás a la puerta –dijo, jadeante, contra sus senos.

Ella se había quedado sin aliento. Abrió la boca para responder, pero abandonó el intento cuando él volvió a besarla; en cualquier caso, su mente no estaba lo bastante despejada como para hilar frases. Alzó las manos hacia su nuca, hundió las manos en su espeso pelo, y sonrió contra sus labios mientras aquel cuerpo poderoso se movía contra el suyo.

Jared alzó un poco la cabeza para recobrar el aliento, y la miró con ojos llenos de deseo.

–No voy a detenerme, Noelle –le metió las manos bajo la falda, y añadió–: ¡Venga, ríete ahora!

–Pero no... ¡no podemos hacerlo aquí! –oyó el tintineo de una hebilla metálica que chocaba contra el suelo, y de la boca que cubría sus labios salió una carcajada.

Jared se adueñó de su boca justo cuando la penetró. Ella jadeó y soltó una exclamación ahogada, pero alzó las caderas en una clara invitación, y gimió estremecida mientras el ritmo rápido y frenético de sus embestidas borraban de su mente los recuerdos de la vez anterior. No sentía dolor alguno, sino un placer indescriptible...

Sollozó bajo sus labios mientras el éxtasis la recorría en enormes oleadas que fueron ganando intensidad, y pensó que su cuerpo iba a explotar en mil pedazos. Él siguió aferrándola con fuerza, alzándole las caderas enfebrecido, y soltó la risa gutural de un depredador al sentir que la tensión que la embargaba estallaba de golpe mientras la suya propia alcanzaba un punto álgido. Aún seguía riendo cuando sintió que salía despedido hacia el sol y su cuerpo se convulsionó en un glorioso estallido de placer.

Noelle yació temblorosa en sus brazos, aferrándose a él, mientras el sol entraba por las ventanas a través de las cortinas de encaje y proyectaba rosas de luz sobre su cuerpo. Tenía las uñas hundidas en los brazos de su marido a través de la chaqueta, y su acalorado cuerpo parecía palpitar de pies a cabeza.

Él se encargó de poner bien la ropa y volver a abrochar los cierres, pero siguió sujetándola contra su cuerpo y fue salpicando de tiernos besos sus acaloradas mejillas, sus ojos y sus labios.

Cuando Noelle abrió los ojos al fin, se dio cuenta de que no parecía nada arrepentido de lo que acababa de ocurrir, que era un acto atrevido y de sórdidas dimensiones.

–Soy un bruto –le dijo él, sonriente–. Adelante, seguro que a ti se te ocurren varios adjetivos más.

Ella bajó la mirada, y vio lo arrugados que estaban tanto su propio vestido como la camisa blanca de Jared; al recordar cómo se había aferrado a él, se puso roja como un tomate.

–¿Te he dejado sin habla? –se inclinó para rozarle los labios con los suyos, y soltó una carcajada antes de instarla a que se tumbara de espaldas por completo; mientras se cernía sobre ella, en sus ojos ardían un sinfín de sentimientos que no sabía cómo expresar con palabras.

Era cierto que Noelle se había quedado sin habla, pero incluso una ciega habría sabido descifrar lo que estaban diciéndole aquellos ojos azules. Los subterfugios y los disimulos habían quedado atrás, y él estaba abriéndose por completo y mostrándole todo lo que sentía por ella.

Noelle alzó la mano, y le acarició la boca con la punta de los dedos antes de susurrar:

–Te amo, Jared.

–Sí –su sonrisa se desvaneció mientras la observaba con una mirada penetrante. Le echó hacia atrás el pelo, que estaba húmedo y desmadejado, y admitió–: Te habría dejado marchar, incluso con Andrew, si eso hubiera sido lo que querías realmente.

–No lo era, Jared. Lo que quiero es permanecer siempre

a tu lado. No estoy enamorada de Andrew, y tu pasado no supone ninguna diferencia para mí.

Él respiró hondo, y empezó a trazar con un dedo su nariz y sus labios antes de admitir:

–Para mí sí; al principio, no sabía si podrías aceptarlo. A veces tengo pesadillas, por eso no quise quedarme contigo la noche en que hicimos el amor... ni ayer, aunque estaba deseando hacerlo.

–Yo también solía tener pesadillas después de lo de la inundación; si dormimos juntos, podremos reconfortarnos el uno al otro.

Él soltó una pequeña carcajada, y dijo sonriente:

–Tienes toda la razón.

Noelle hizo una pequeña mueca cuando se estiró y notó lo agarrotados que tenía los músculos después de lo que acababa de pasar; alzó los ojos hacia él, miró a su alrededor y no pudo evitar ruborizarse.

Él esbozó una sonrisa traviesa, y susurró:

–Sí, ya lo sé, lo que hemos hecho es escandaloso... en el suelo, y a plena luz del día. Pero no podía esperar hasta llevarte arriba.

Aquel hombre dinámico, impulsivo, juguetón y poco convencional le resultaba tan extraño, que le costaba creer que fuera su marido. Estaba fascinada.

–He perdido el control, Noelle –admitió, mientras trazaba sus hinchados labios con la punta de un dedo–. Hacía muchísimo tiempo que no me pasaba.

–Eh... claro, en fin, supongo que... –su mirada la dejó sin aliento, y admitió–: Me ha encantado –sintió tanta vergüenza, que ocultó el rostro en su cuello.

Él se conmovió tanto con su reacción, que se echó a reír y la abrazó con fuerza mientras disfrutaba de una sensación de paz embriagadora.

–Me torturaba necesitarte tanto y pensar que era a Andrew

a quien querías, y hoy, en la calle, pensé que me rechazarías después de ver el enfrentamiento –la apretó con más fuerza contra su cuerpo, y añadió emocionado–: Pero viniste hacia mí sin vacilar, no sentiste ni el más mínimo temor.

–A diferencia de todos los demás –comentó, muy seria, al recordarlo–. La gente que estaba allí te temía, pero lo único que me daba miedo a mí era que aquel hombre pudiera matarte.

–Me parece que estás olvidando que habría matado a Garmon si él hubiera intentado dispararme de nuevo, lo habría hecho sin pensármelo dos veces y sin conciencia alguna.

Ella se sentó en la alfombra, y le miró con una expresión serena y llena de amor.

–¿De verdad que no ves lo diferente que eres de un hombre como Garmon? –le acarició la cara con ternura antes de añadir–: Tú eras lo único que se interponía entre el señor Clark y una muerte segura. No lo has hecho para ganar dinero ni para ganar fama, lo único que te importaba era salvar a un hombre inocente. Está claro que no eres un hombre sin conciencia, Jared.

Él respiró hondo, y se llevó su mano a los labios antes de decir con tristeza:

–Pero en otros tiempos sí que lo fui. De joven, cuando vivía en Dodge City, me lie con Ava, una de las chicas de la taberna –se detuvo por un instante, y añadió pesaroso–: Supongo que no hace falta que te diga la clase de relación que tuvimos. Yo era muy joven e impresionable, y pensaba que estaba enamorado; cuando ella apareció un día magullada y me dijo que la habían violado y la habían obligado a cometer un robo, la creí sin más y fui a por el vaquero en cuestión, le reté a un duelo y le maté. Después me enteré de que ella había mentido, de que me había utilizado para vengarse de aquel hombre porque él la había rechazado –en su rostro se reflejaba cuánto le dolía aquella confesión–. Empecé a beber, y perdí la razón. Me metí en una pelea tras otra, hasta que al final me uní a una banda de forajidos. Un ranger de Texas me obligó a recobrar la sobriedad, me devolvió a rastras al buen camino, y me convenció de que aportara pruebas contra los miembros de la banda. Le ayudé a perseguirlos y casi todos murieron... sólo quedó uno con vida, pero le atraparon y acabó muriendo en la cárcel. Yo me uní a los rangers y estuve trabajando con ellos en la frontera, en la zona de El Paso.

–Comentaste que estuviste también en la caballería –estaba fascinada por lo que estaba contándole, y supo de forma instintiva que él ni siquiera se había sincerado así con la señora Dunn.

Él esbozó una sonrisa antes de contestar:

–Sí, pero sólo durante dos años. Formé parte de las tropas que se enfrentaron a Gerónimo en el ochenta y cinco y en el ochenta y seis, pero me harté de las reglas y las regulaciones, así que lo dejé y regresé a los rangers; poco después, mi madre enfermó y me rogó que fuera a verla. Ella se había casado con el padre de Andrew varios años antes, y pensaba que yo aún seguía siendo un forajido. Me rogó que me fuera a estudiar Derecho, y yo acepté para que muriera tranquila. No podía romper la promesa que le había hecho a mi madre en su lecho de muerte, y además, la vida de un ranger se parecía bastante a la de un forajido en aquel entonces. Volví a alistarme cuando estalló la Guerra Hispano-Norteamericana, pero sólo serví en Cuba y durante muy poco tiempo, había pedido una excedencia en el bufete.

–El señor mayor de la estación me ha dicho que fuiste capitán en los rangers, debías de ser muy bueno en tu trabajo para conseguir ascender tanto.

–No tenía ninguna motivación para vivir, nada que perder. Tenía la muerte de un vaquero inocente en la conciencia, y había sufrido la traición de una mujer. Supongo que me volví muy temerario.

–¿Es eso lo que sentías hoy?, ¿que no tenías nada que perder?

Él fijó la mirada en sus labios, y admitió con sinceridad:

–Sí –cuando alzó la mirada y vio su expresión, se apresuró a explicarse–. Pensaba que estabas enamorada de Andrew, estaba convencido de que él había regresado a casa por ti. Mi vida no tenía sentido sin ti, no tenía nada que perder... al menos, eso era lo que yo pensaba –la miró con ojos llenos de emoción, y dijo con voz ronca–: No sabía que me amabas, jamás soñé siquiera que pudieras hacerlo.

–Da la impresión de que aún te cuesta creerlo –comentó ella, con una pequeña sonrisa.

–Eres una mujer delicada y no estás familiarizada con la violencia, pero yo he convivido con ella desde niño; de hecho, incluso en las salas de los juzgados se viven situaciones tensas. ¿Recuerdas que te conté lo del enfrentamiento que había tenido por culpa de un caso en Terrell, en el territorio de Nuevo México? Te dije que había disparado a un hombre, pero omití que había sido en un duelo.

Ella contuvo el aliento, y le miró horrorizada. ¡Habrían podido matarle!

Jared le tomó la mano, y la puso contra su propio pecho antes de decir:

–Ha habido otros incidentes a lo largo de los años, pero no demasiados. El mundo en que vivimos cada vez es más civilizado, pero aún hay lugares sin ley y hombres acostumbrados a resolver sus disputas a punta de pistola. La violencia seguirá siendo una amenaza constante en el Oeste hasta que ya no haya más personas así, tú misma has presenciado el comportamiento de Garmon. He conocido a montones de tipos como él, bravucones que se quedaron estancados en el mundo de hace veinte años y creen que pueden seguir viviendo sin obedecer regla alguna.

Noelle se mordió el labio antes de decir:

–Ya sabes que no soy ninguna cobarde, pero me moriría si te perdiera, Jared.

Él se sentó a toda prisa, y la abrazó con todas sus fuerzas; al cabo de unos segundos, la miró con una expresión de lo más posesiva y admitió con voz ronca:

–Y yo me moriría sin ti, cariño. No aceptaré ningún caso más fuera del estado, y te juro que no participaré en más enfrentamientos armados.

–Nunca juras en vano –susurró, mientras restregaba el rostro contra su cuello y se aferraba a él.

–No.

–¿Te resultará muy duro tener una esposa y una familia? –preguntó, con los labios rozándole el cuello.

Él soltó una suave carcajada antes de contestar.

–No, no creo que... –se puso tenso de golpe, y le acarició el pelo con actitud vacilante–. ¿Una... una familia?

Noelle le miró a los ojos y asintió.

Dio la impresión de que él dejaba de respirar por un largo momento. Posó la mano en su cabeza, y la atrajo hacia sí antes de susurrar:

–¿Estás embarazada?

Ella sonrió contra su cuello.

–No lo sé. Sólo han pasado unos días y aún es pronto para saberlo con certeza, pero es muy posible. Apenas puedo desayunar, y llevo dos días con náuseas matutinas. No creo que sea por algo que haya comido. La señora Pate se ha dado cuenta de lo que me pasa, y me ha dicho que hay mujeres que tienen náuseas desde el día en que conciben.

Jared cerró los ojos, y le recorrió una oleada de felicidad que le estremeció. La apretó contra su cuerpo en un gesto protector.

–Aún es muy pronto para saberlo, Jared, pero... ¡ojalá sea así!

–Cariño mío... –susurró, embargado de emoción.

No hacía falta preguntarle si se sentía complacido. Noelle cerró los ojos, y se acurrucó sonriente contra él. Horas antes pensaba que todo estaba perdido, y de repente, tenía por delante un futuro lleno de felicidad.

Al cabo de un largo momento, Jared le besó los párpados y susurró:

–Qué final tan maravilloso para un día que empezó tan lleno de angustia. Ven, vamos a decirles a los demás que te quedas –después de ayudarla a levantarse, recogió del suelo las horquillas que le había quitado del pelo y se las dio sonriente.

Ella se echó a reír. Sabía que, en el pasado, la habría incomodado que la viera en semejante estado de desarreglo, pero en ese momento se sentía en la gloria. Lo miró con una sonrisita traviesa, y comentó:

–Estamos casados y acabamos de hacer las paces después de un terrible desacuerdo, así que seguro que no se sorprenden.

Él le devolvió la sonrisa.

–No, no se sorprenderán si no les contamos toda la verdad.

Noelle se echó a reír, y en sus ojos verdes se reflejó un amor que resultaba casi cegador. Él la tomó de la mano, y salieron juntos de la sala de estar.

A nadie le sorprendió la noticia. Noelle formaba parte de la familia, y lo impactante había sido su decisión de regresar a Galveston. Durante la cena reinó un ambiente alegre y distendido, fue toda una celebración, y Jared le dijo sin palabras cuánto la amaba con cada una de sus miradas.

La señora Dunn y la señora Pate intercambiaron más de una mirada de diversión, porque el comportamiento de la pareja revelaba sin lugar a dudas cuánto se amaban; además,

Noelle había vomitado aquella mañana, así que había que empezar a tejer ropa de bebé y a comprar mobiliario adecuado. ¡Cuántas cosas maravillosas tenían por delante!

Noelle salió por la puerta trasera de la cocina después de cenar, para echarle un vistazo a las plantas antes de que oscureciera, y al cabo de unos minutos volvió a entrar a toda prisa, sujetando el delantal con ambas manos y con el rostro radiante.

–¡Mirad! –le dijo a todos, con una sonrisa triunfal.

En el delantal había cuatro tomatitos rosados, perfectos en todos los sentidos.

Jared se limitó a sonreír, y bajó la mirada hacia su cintura mientras pensaba emocionado en otra simiente que quizás estaba dando ya sus frutos. Ya no le costaba imaginarse a sí mismo como padre de familia; de hecho, estaba deseando serlo.

Noelle adivinó por su expresión lo que estaba pensando, y se echó a reír llena de felicidad. En los ojos de Jared se reflejaba el futuro, y era brillante y hermoso.

Meses después, mientras pequeños copos de nieve enharinaban las calles en la mañana del día de Navidad, Noelle yacía entre los brazos de su marido, saboreando la calidez de su cuerpo musculoso. Andrew y la encantadora señorita Beale se habían casado una semana antes, y a raíz de la unión de las dos familias, Terrance Beale visitaba con asiduidad la casa. A Noelle le caía muy bien, porque en muchos aspectos, era un hombre muy parecido a su adorado marido.

–Feliz cumpleaños –susurró Jared, antes de sacar un paquetito del cajón de la mesita de noche.

Después de dárselo, se recostó en las almohadas para ver

cómo lo abría, y al ver que Noelle contenía el aliento al ver el precioso angelito de oro puro que había dentro, comentó:

–Eres tú –lo dijo en tono de broma, pero en la mirada que se reflejaba en sus ojos azules no había ni rastro de humor... era una mirada intensa, y que rebosaba amor–. Representa lo que eres para mí, lo que siempre serás: mi ángel.

Ella lloraba cada dos por tres últimamente debido al embarazo, pero en esa ocasión las lágrimas que derramó eran de dicha, porque jamás había soñado siquiera que llegaría a ser tan feliz. Se inclinó hacia él, con la larga melena de pelo cayéndole sobre los hombros, y le dio un beso reverente.

–Lo guardaré para nuestro hijo –susurró, con una sonrisa, mientras se llevaba la mano a su abultado vientre–. Será el comienzo de una tradición familiar, quizás algún día él se lo regalará a la mujer de la que se enamore.

Él deslizó una mano por su suave piel, arrobado. Aún le costaba creer lo afortunado que era.

–Noelle... sabes lo que siento por ti a pesar de que nunca te lo he dicho con palabras, ¿verdad?

–Me lo dices cada vez que me miras, cada vez que me tocas; algunas emociones son tan fuertes, que no hace falta expresarlas con palabras.

–Nunca imaginé que podría llegar a sentir algo tan poderoso. Has cerrado las viejas heridas, has hecho que desaparezcan las pesadillas, y llenas de felicidad todos mis días –le tomó la mano libre, la que no sujetaba el angelito contra sus senos, y se la llevó a los labios–. Te amo más que a mi vida. Te amaré hasta el día en que me muera, Noelle.

Ella sintió que se le formaba un nudo de emoción en la garganta. Tiró de él para que apoyara la cabeza contra sus senos, y lo sujetó contra sí mientras salpicaba de dulces besos su pelo. Podría haber respondido cien cosas distintas, pero la felicidad que rebosaba de su corazón la había dejado sin habla. Le instó a que alzara un poco la cabeza, y le dio un beso cálido y lleno de amor que fue respuesta más que suficiente. Notó que él sonreía contra su boca, y mientras la nieve empezaba a caer con más fuerza en el exterior, sintió que tenía tanto la Navidad como el futuro en sus manos y en su corazón.

Títulos publicados en Top Novel

Sólo un juego – Nora Roberts
Inocencia impetuosa/Una esposa a su medida – Stephanie Laurens
Pensando en ti – Debbie Macomber
Una atracción imposible – Brenda Joyce
Para siempre – Diana Palmer
Un día más – Suzanne Brockmann
Confío en ti – Debbie Macomber
Más fuerte que el odio – Heather Graham
Sombras del pasado – Linda Lael Miller
Tras la máscara – Anne stuart
En el punto de mira – Diana Palmer
Secretos del corazón – Kasey Michaels
La isla de las flores/Sueños hechos realidad – Nora Roberts
Juegos de seducción – Anne stuart
Cambio de estación – Debbie Macomber
La protegida del marqués – Kasey Michaels
Un lugar en el valle – Robyn Carr
Los O'Hurley – Nora Roberts
La mejor elección – Debbie Macomber
En nombre de la venganza – Anne stuart
Tras la colina – Robyn Carr
Espíritu salvaje – Heather Graham
A la orilla del río – Robyn Carr
Secretos de una dama – Candace Camp
Desafiando las normas – Suzanne Brockmann
La promesa – Brenda Joyce

www.ingramcontent.com/pod-product-compliance
Lightning Source LLC
LaVergne TN
LVHW030215230826
846093LV00010B/472